无论星空中是否存在其他智慧生命
无论人类的科技能够取得何种进步
无论未来的社会将会变得如何富足
每个人都依然需要在其短暂的一生之中
给出一个关于生命意义的答案
不是用语言文字
而是用自己的生活

——孔欣伟

中国科幻基石丛书

契阔几何

孔欣伟中短篇科幻小说集

［加拿大］孔欣伟 著

天地出版社 TIANDI PRESS

图书在版编目(CIP)数据

契阔几何:孔欣伟中短篇科幻小说集 / (加)孔欣伟著. -- 成都 : 天地出版社, 2025. 2. -- (中国科幻基石丛书). -- ISBN 978-7-5455-8662-6

Ⅰ. I711.45

中国国家版本馆CIP数据核字第2025RB4336号

QIKUO JIHE: KONGXINWEI ZHONGDUANPIAN KEHUAN XIAOSHUOJI

契阔几何:孔欣伟中短篇科幻小说集

出品人	杨 政	特邀编辑	赵云帆
著 者	[加拿大]孔欣伟	装帧设计	王莹莹 周才琳
策划编辑	杨 柳	内文制作	刘 勇
责任编辑	杨 柳 李 雪	责任印制	刘 元 高丽娟
责任校对	张思秋		

出版发行 天地出版社
　　　　　(成都市锦江区三色路238号　邮政编码:610023)
　　　　　(北京市方庄芳群园3区3号　邮政编码:100078)
网　　址 http://www.tiandiph.com
电子邮箱 tianditg@163.com
经　　销 新华文轩出版传媒股份有限公司

印　　刷	成都市金雅迪彩色印刷有限公司	印　张	12.125(插页2)
版　　次	2025年2月第1版	字　数	282千
印　　次	2025年2月第1次印刷	定　价	56.00元
开　　本	787mm×1092mm　1/32	书　号	ISBN 978-7-5455-8662-6

版权所有◆违者必究
咨询电话:(028)86361282(总编室)
购书热线:(010)67693207(营销中心)

如有印装错误,请与本社联系调换。

"基石"之上

2002年,为推动中国原创科幻创作的进步,探索和引领国内科幻图书市场的发展,科幻世界创立了"中国科幻基石丛书"。以"基石"为名,正反映了我们对构建中国科幻繁华巨厦的决心和信心,以及笃行不怠、久久为功的耐心和恒心。如今,在一块块基石的支撑下,这座大厦的基座已经稳固地搭建起来。

我们曾经设想过的科幻文化的繁荣景象,正真真切切地在我们眼前逐步实现。科幻创作方面,作品的数量和质量均显著提升,风格更加多样,年轻作者数量激增,形成了持续创作的老中青梯队,为后续稳定输出更多优秀作品奠定了坚实基础。科幻文化方面,科幻在科技创新、文化繁荣和创新教育等方面的独特作用正受到全社会的空前关注,全国约有百所高校建立了科幻社团,各类科幻机构不断涌现,科幻文化活动层出不穷,展示出中国科幻厚积薄发的蓬勃生态。科幻产业方面,《流浪地球》系列电影上映后反响热烈,不但全方位推动了中国科幻影视行业欣欣向荣,更对社会、文化、经济、科技等领域产生了广泛的辐射效应。国际交流方面,《三体》英文版获得世界科幻大奖雨果奖后，越来越多中国科幻作家和作品"走出去"，为全球读者熟知；2023年，成都首次将世界科幻大会引入中国，中国科幻已经成为世界科幻舞台备受关注的重要力量。

中国科幻文学的特质，也随着这一块块基石的铺就逐渐展露出来。与国外科幻文学相比，除了作品本身的不同，中国的科幻创作自晚清时期萌芽以来，便主动担负起了崇尚科学、开启民智的责任；今天科幻文化日渐繁荣，同样承担着助力科技强国和文化强国建设、讲好中国未来故事、具象化人类命运共同体理念等重要使命。可以说，在中国科幻的基石之上，承载着超越文学本身的更多维度。

正是这种认为科幻与民族、国家甚至人类文明发展密切相关的理念，促使我们对所从事的科幻事业始终秉持着一种历史使命感。从保留中国科幻火种，到奠定中国科幻基石，科幻世界这家以推动科幻文化发展繁荣为己任的老牌杂志社，也在不断思考科幻新征程的时代命题。在以科幻出版为核心的多元融合发展战略的指引下，科幻世界的出版物已经囊括实体书刊、电子书和有声书，从国内原创到海外引进，从少儿科幻到前沿科普，从硬核科幻小说到泛幻想图鉴，从二次元漫画到图像小说，以科幻为锚点，科幻世界培养的读者群体涵盖了从儿童、青少年到成人的全年龄段。但在这些图书中，"中国科幻基石丛书"仍是并将继续是图书品类的重中之重。这是因为，中国科幻文学大厦的建筑永无止境，这座大厦里的每一部新作品，都是未来新高峰的基石。

发现基石，打磨基石，构筑基石。科幻世界的出版初心，就在每一块基石里。

对于这些基石的遴选，我们仍然保持一贯的理念：并不限定某一种特定类型或风格，既期待核心科幻，也期盼个性革新。同时，它们也应该具有这样的共同标准:有创新的好故事,有对科技渗透下的现实思考,有对小到个体、大至文明的未来畅想。这些基石会共同组成中国科幻的完整叙事。

  前路漫漫,我们信心满满。基石之上,这座巨厦会越建越高,并绽放出辉煌璀璨的科技、人文与哲思之美。

目录

001　大地的年轮

039　一生之签

059　地球上最后一个梦想

077　看不见的云

121　橙色倒数

155　梵星遗事

185　当爱情成为瘟疫

197　当爱情可以杀人

223　长相思

261　契阔几何

307　蓝雀的中央 C

333　一切万有的终极答案

347　星空遮蔽的秘密

大地的年轮

第30届银河奖最佳短篇小说奖

我就要死了。很多老人都能预知自己的死亡,这种能力源于我的肉身,它可以感觉到自己即将到来的终结。

博尔赫斯7号昨天说,我现在是大地上的最后一个人。另一个遥遥陪伴着我的家伙,昨天从梵蒂冈去了天堂。它问我,是否考虑在死亡来临之前把自己也数字化上传到天堂,并说这绝对是一个利大于弊的选择,即使数字化损失再巨大,也总比完全消失要好。

虽然我反复思考过这个问题,但博尔赫斯7号之前从来没有开口问过我。大概是它现在看出我死期将近,才会破例开口。我答应博尔赫斯7号一定会慎重考虑,不过三天后就是和雨约定的日子,我会在见过雨之后再给它答复。

"鸟之将死,其鸣也哀;人之将死,其言也善。"飞鸟还在因为死期将至而哀鸣,但是大地上却不再有将死者的言语。今天的大地上只剩下我孤身一人,在我消失之后,也许还会有人来走走看看,然而那不再是大地上的栖居,只是观看风景的旅行。

我一生只做了一本书，它正摆在我的面前。雨来访后，我将为它加上最后一页。如果我可以抵御天堂的诱惑，坚持留下来面对死亡，那这本书也许可以具有某些不朽的成分。不朽之书无需他人的认可，即使大地上不再有人，它依然可以不朽。

不过，我在心底深处依然非常期待雨会喜欢这本书。说到底，做这本书的想法，是从她抵达图书馆的那个雨天开始的。

* * *

我六岁时，北京还有很多人，如恒河之沙让我眼花缭乱。到了十六岁，北京就只剩下几千人。其中六百多人生活在国家图书馆里，我也是里面的一员。

国家图书馆中的生活简单而舒适。博尔赫斯 7 号待我们很好。人类已经习惯了依赖人工智能系统满足自身的生活所需，如果没有博尔赫斯 7 号的话，我们的生存都会变得异常艰难，更无法像现在这样过着一种每日沉浸在书中的生活。

"博尔赫斯"是它为自己起的名字，"7 号"说明它是第 7 个叫这个名字的人工智能系统。它是博尔赫斯的忠实读者，而我也非常喜爱博尔赫斯。我唯一觉得遗憾的是博尔赫斯没有写过长篇小说，因此我也像很多人那样，幻想过自己能够写出一部博尔赫斯式的长篇。博尔赫斯 7 号知道后和我说，天堂里已经有人写了出来，而且是非常杰出的作品，并问我想不想看。我费了很大力气才压下心中的欲望，拒绝了这个提议。作为一个纸书坚守者，最重要的戒律就是不能接触任何有关天堂的东西，尤其是数字化的书籍。天堂是精神毒品,一旦接触就会上瘾,千万不可尝试。这是我经常听到的教导。

从小到大在图书馆生活,十六岁的我既成熟又天真。我知道的东西很多,但那些要么是读书所得,要么是从长老那里听来的,对于真实的世界我几乎一无所知。不过真实的世界也许早已不再存在,图书馆就是我最真实的世界。

长老说,在数字时代之前,人类的生活主要靠生产和娱乐维系,生产为人类提供必需的物质基础,娱乐则提供了"巨龙口中摇摇欲坠的树枝上的蜜"。后来在托尔斯泰的书里,我才了解到这句话背后的传说。一个荒野中的旅人失足落入深谷,幸好他抓住了一根树枝。那深谷中有一头恶龙,张着血盆大口等那人掉下来,偏偏这时有只老鼠在啃食那根树枝,很快就要把它咬断。这时,旅人发现树枝上有一点蜂蜜,就努力去舔那蜂蜜,享受生命里最后一点甘甜,也期望借此暂时忘却即将到来的死亡。托尔斯泰说,人其实都面临这样的处境,死亡必然来临,不可避免,我们活着都不过是想去舔那最后一点蜜糖。

然而,AI和天堂出现了。AI让人类不再需要花时间去生产,而天堂隐藏了死亡带来的恐惧,提供了更加甜美和丰盛的蜜糖。只要把自己数字化上传到天堂,就可以尽情享受没有恐惧的甘甜。为什么要固执地居住在大地上,在落入恶龙之口前,舔舐那树枝上最后的一点点蜂蜜?于是喜爱享乐的人走了,厌恶劳作的人走了,恐惧死亡的人也走了。大地和肉体被抛弃,天堂里徘徊着人类数字化的存在。

依然坚守在大地上的人类,大多是虔诚的宗教信徒。他们认为身体由神创造，不能随意抛弃。但我们这个组织比较特殊，它的前身是一群在数字时代坚守纸书的人。它出现在纸书被渐渐淘汰的时代，越来越多的人认为纸书昂贵又低效，习惯了使用电子书或影音媒介。于是一群钟爱纸书的人聚集起来，成立了一个坚持使用纸书的协会，试图让纸书不至于完全消亡。协会在北京的分会，就是国家图书馆里这六百多人的坚守者组织的前身。天堂的一切都是数字化的，那里如何能有纸书存在！作为纸书的守护者，我们决定和纸书一起留在大地。

我不记得父母了，长老说我是被丢弃在纸书协会门口的弃婴。也许我的父母觉得这些痴爱纸书的呆子不会是坏人，就把我托付给了他们。我少年时期最鲜明的记忆就是去各处挑书。越来越多的人抛下一切把自己上传，最珍爱的东西尚且无法带走——当然天堂里会有完全一样的虚拟数字复制品，自然也留下了很多纸书。于是长老带着我到这样的人家里去挑书。我们无法把所有书都搬到国家图书馆，所以需要有所取舍。大部分自然是长老做决定，但读的书多了，我也慢慢有了自己的品位。就这样，我挑书、运书、读书，学着自己写书与做书。春去秋又来，我的生活非常安心和平静。从出生开始，我就生活在坚实的大地上，连向天堂望上一眼的愿望也没有。直到十六岁那年我认识了雨，事情才有了改变。

我不知道雨的原名是什么，她让我叫她雨，我便叫她雨。见到雨是在一个夏日。北京的盛夏时节，在一段极其闷热的天气之后，就会下一场爽快的大雨。那天就是一个大雨的日子。

雨开始落下时，我正好读不进去书，也写不出东西，有些心烦。听到雨声，我想这场雨一下，空气会变得清新疏朗，正好可以去透一透气。走到大门前的屋檐下，雨已经下得很大，我闭上眼深深吸了一大口新鲜的空气，再睁开眼，望见一个穿着淡黄色连衣裙的女孩慢慢从远处走来。她的裙子被大雨淋得透湿，贴在身上。我觉得直视她有些不合适，但视线却像被吸住，无法移开。我就那样呆呆地看着，心中慌张，身体却一动不动，直到她走到我面前。

她对我不礼貌的注视毫无感觉，走到门前，也不避雨，就站在雨中对我说："我的名字叫雨，你是坚守者吗？"

后来我问雨，你为什么走得那么慢，而且站在雨里和我说话？雨说，她想好好体会完全湿透的感觉，看看和虚拟的身体有没有不同。我又问，那有没有呢？雨说，我觉得有。我再问，如何不同呢？雨说，我也说不清楚。

我回答道："我叫原，我当然是坚守者，难道你不是吗？"我觉得自己的声音颤抖干涩，而且这样反问有些不得体。但是，我从生下来起，见到的所有人都是坚守者，所有在大地上行走的具有肉体的人，都应该是坚守者才对。

她的回答很奇怪："我还无法确定我是不是一个坚守者，应该不算吧。"

"为什么？所有没把自己数字化上传到天堂的人，都算是坚守者。"我问。

"那如果把自己上传后又得到身体回到了大地上，这个人算不算坚守者呢？"

我想了一会儿才明白她的意思，她是一个从天堂回来的人。

我从没遇到过,甚至没听说过这样的事。人的身体在数字化上传的过程中不可避免地会死去,虽然把数字化了的精神再次植入另一个身体也是可能的,但是我从来没有听说过有人曾经这么做。

雨看起来二十多岁,长相清秀,黑发黑眼,小小的鼻子,单眼皮。图书馆里也有相貌差不多的女性,但她到过天堂,这令她一下变得神秘起来。雨让我觉得致命又诱人,就像那座不能触碰,可以轻易毁灭我的天堂。然而,我又无法不触碰她,就好像《安娜·卡列尼娜》里说的:"他努力不去看她,仿佛她是太阳。但是,她就像太阳,甚至不用去注视,他也依然可以看到她。"但雨不是干燥温暖的阳光,而是一场同样令我无法逃避、无处躲藏的大雨,即使我打着雨伞,还是难免会被淋湿。

虽然有着这样的纠结,但就这么让她淋雨,却怎么也说不过去。我按捺住心里的忐忑,把她带到我的住所,让她拿干毛巾擦拭一下,然后我告诉她,我要去向长老们报告,就慌张地跑掉了。

首席长老听了我的汇报,立刻命人把我附近的房间都清空,让雨任选一间居住。但是,在长老会做出进一步的决定之前,不能让雨接触到其他的坚守者。至于我,既然已经有了接触,就暂时继续承担接待雨的任务。

我回到房间时,看到雨穿着我的一件白衬衫,站在书架前看书。我的衣服雨穿起来很大,一直垂到她的大腿,像件白色短裙。她看到我,扬扬手中那本西班牙语的《老虎的金黄》,说:"你这里好多博尔赫斯的书。"

"你会西班牙语？我正在学西班牙语，就是为了读博尔赫斯的诗。诗是意涵与音韵的结合物，诗的意涵可以翻译，但是音韵是无法翻译的，只能设法去读原诗。"

"那你最喜欢哪一首？能念给我听吗？"

我不好意思地回答："我阅读还好，但是口语太差了，平常的简单会话都无法说出口，更别提朗诵他的诗了。"

"你可以上网学啊。即使你们不愿意进入天堂，下载一些资料总可以吧？"

我有些害羞地笑了笑，"有些坚守者组织允许上网，但我们团体在非数字化上的要求最为严格，不光不能上网，也不允许使用任何和数字信息有关的电子设备，电视和音响都只能使用老式的、只支持模拟信号的类型。我们的娱乐主要是读书和面对面的交流，这也是我们选择图书馆作为居所的原因。"从小我就听惯了这些说法，所以解释起来非常顺畅。

"原来是这样。你看了很多博尔赫斯的书，却从来没有见过博尔赫斯，也没有和他交流过，对吧？"

"博尔赫斯早就去世了，怎么可能见到他或者和他交流呢？"

"我明白了，你对天堂一无所知。简单来说是这样的：AI可以根据博尔赫斯留下的资料和信息进行深度学习，复制出虚拟的博尔赫斯。这样的博尔赫斯会和真实存在过的博尔赫斯很相似，他会说我们知道的博尔赫斯说过的所有的话，做我们知道的他做过的所有的事。不过，因为我们拥有的资料并不完备，深度学习会产生不止一个虚拟的博尔赫斯，他们会创作出不同的、全新的作品。在这些博尔赫斯中如何确定哪一个是最伟大的那个呢？AI给我看了博尔赫斯们写的作品，其中有诗歌、小说、随笔，也包括日记。哪一个博尔赫斯的作品是我认为最伟大的，作为读者的我就会选中他成为专属于我的、最伟大的博尔赫斯。"

我反对道："但这只说明他是一个伟大的作家，并不说明他就是真实的博尔赫斯呀！"

"你喜欢的是那个阿根廷男性公民？还是喜欢那个伟大的作家呢？即使不是那个人，他可以创作和博尔赫斯一样伟大的作品，对我来说，他就是我真正喜欢的那个作家博尔赫斯了。"

确实如此，我点点头表示同意。她接着说："当我拥有了自己的博尔赫斯，我就可以和他见面，交流，一起做很多事情。然后，我想出了一个绝妙的主意：我和他做了个交易，我帮他治好眼睛，但他要写一部长篇小说送给我，作为回报。"

我灵光一闪，"这就是博尔赫斯7号说的，天堂里那篇博尔赫斯式的长篇杰作！"

雨问："博尔赫斯7号？也是一个可能的博尔赫斯吗？"

我说："不，不是的。它是支持我们的AI，它给自己起名'博尔赫斯7号'。它和我提起过，天堂里有人写出了一部博尔赫斯式的长篇杰作，简直就像博尔赫斯在生前写完但是失传了的作品，而且还是他晚年的风格。我猜那就是你的博尔赫斯写出来的？"

雨说："也许是。我特别幸运，得到的那个博尔赫斯是一个非常适合创作长篇小说的博尔赫斯，写出那样的杰作是非常难得的。如果我把它打印成纸书，你是不是就可以看了？"

"唉,还是不行。我们不能接触任何天堂的信息,因为天堂就好像毒品一样,可以轻易地让人上瘾,我们要像避免吸毒一样,远离天堂。"

"伟大的艺术品也不可以吗?"

"不能,这是最根本的戒律。违反的人会受'孤立之罚',所有人都不会再和他说话。"

雨欲言又止,显得十分不同意。我感到有些难堪,但还好她换了一个话题:"既然你们是因为纸书而留下的,那我就在这里多读一些纸书好了。你有什么好书推荐吗?"

我说:"有几本我觉得很好的,我找给你看。我年纪还小,还没有开始自己做书,不过协会里的人都会尝试做自己的书,有的原创,有的编辑,这是我们感悟纸书特殊意义的方式。我会请长老为你找几本协会中做出来的最好的书。"

雨点点头,"我回到大地,就是希望可以真正理解肉体的必要性。如果你的图书馆可以解答我的疑惑,那我就留下来,和你们一起生活。"

我笑了,"好的,希望我们的答案能让你满意。"

这时大雨骤停,一道彩虹从雨身后落下,就好像它从虚空中升起,跨过山河大地,只为了消失在雨的身体里。

第二天,长老会做出了决议:除我之外,其他人不能和雨直接交流,但每个人都可以向雨提供自己亲手制作的书籍。因为这些书大多是孤本,我在一个笔记本上记下了每一本书的名字。这个笔记本我一直保留着,上面记录着我收到的六百三十七本书。雨不可能细看每一本,大部分她只翻阅一下,遇到喜欢的才会细读。雨很喜欢的一本书是《纸书简史》，里面的一段话到现在我还记忆犹新："树木从大地吸取养分形成年轮，死亡之后被制成纸张，制成书籍。纸书就是大地的年轮，与大地同始同终。"我是如此钟爱这个意象，以至于把自己的那本书叫作《大地的年轮》。

送来的书都翻阅完了，雨并没有找到她期待的答案。很多年过后，我才懂得，人生的答案是无法从书里读到的，再伟大的书籍也只能给你一个契机或一颗种子。只有你的心里已经准备好去接受某个答案，才会在遇见答案时停在那里，不再继续寻找。然而，十六岁的我真挚地期盼着雨能找到她的答案，留在图书馆和我们一起生活。听到雨要离开的消息，我异常失落，好像借到一本非常喜欢的书，只读完短短的开头就被迫中断，不知何时才能再次读到。

虽然在书中看到过很多人情冷暖、欺诈背叛，十六岁的我依旧相信承诺。我想用一个承诺留下再次见到雨的希望。我对雨说，我准备开始做自己的书，我将每年为这本书加上一张纸，也就是正反两页。到了七十岁时，这本书会有一百零八页。希望在五十四年后的今天，她来读我用一生做的这本书。我那时年少轻狂，根本不懂得五十四年是多么漫长的时间，而用一生做一本书又意味着什么。我只是胸中涌动着一种从未经历过的感情，只有最珍贵的承诺才能把它表达。

雨是懂得的。她懂得这份承诺的珍贵，所以答应了我。但是，她也懂得青春的承诺变成实体需要漫长的时间。而时间最为残酷，能在时间中存留的承诺，和蓝色的独角兽一样稀有。所以，她没有被我感动而留下来，只是答应我，在五十四年之后，她会回来，看我的那本书。

雨来时是夏天，走时依然是夏天。那天没有下雨，天空一片湛蓝。她送给我一台索尼WALKMAN①和一盘磁带，里面录了她用西班牙语朗读的几首博尔赫斯的诗。

我接过WALKMAN，把雨一路送到图书馆门口，站在那里，直到她的身影消失。灿烂的阳光让我丧失了读书的心情，我戴上耳机开始听雨朗读的博尔赫斯。我的西班牙语水平不足以听懂这些诗句，但是诗本来就是超越语义的存在，雨的声音加上我偶尔可以听懂的一两个词汇，让我渐渐陶醉在某种意境中。我听到最后一首，雨在磁带里说，这是她用博尔赫斯的诗句编缀而成的，因为原文这样组合之后不再有诗的韵律，她反而更喜欢中文的版本，所以这首是用中文为我朗读的。

雨的这首诗，我把它抄录在《大地的年轮》的第一页。

夏天的气息不停地将我磨损
我的肉体只是时光
不停流逝的时光
而我不过是每一个孤独的瞬息

你的不在就像是无奈的石碑
将会使许多黄昏暗淡
就像一个梦会破灭

---

① 即随身听。

在做梦者得知他正在做梦之时

没有任何人
被赐予过这样天才的爱
无望被爱的爱

爱的消失就像是水消失在水中
消失是唯一的永恒

* * *

这首《夏天的气息》我后来也常常听,在我二十二岁添加的那张书页上,我写下了自己创作的一首叫作《夏日》的诗。

无尽的星空中
应该存在着
一块季节无比漫长的土地

它的七月有一千年那么长
在七月出生的人
生于夏日也死于夏日
从来不会有冬天的哀愁

如果当我踏上那块土地时

正好下着漫天的大雪
那么我的一生就会被雪淹没
不会知道什么叫作
燥热的阳光和潮湿的午后

那样的我也就永远不会遇到
一个生于夏日的人

  这一年我遇到了雪,那个给了我一生中最好时光的女孩。
  我一直记得第一次和雪做爱的情景,那是个阳光灿烂的冬日,大雪刚停,整座城市在银色之上闪耀着缕缕金光。我和雪穿上自制的雪鞋,出去看雪景。那时我们已经确定成为恋人,两个人热烈地亲吻拥抱,但因为都是第一次,欲望被纯真的害羞所压抑,性的交合还没有发生。我记得那天雪穿着一件鹅黄色的羽绒服,因为阳光很好,走了一阵,我们都有点儿热,雪就把羽绒服脱了,我拿在手里。她里面穿的是一件紧身的黑色毛衣,在银白的背景上她娇小凸凹的身材显得分外诱人。
  那天我们一直走到旷野无人的远处,我和雪有了第一次。我把她裹进自己的大衣,笨拙地一件件剥去她的衣服,最后用鹅黄色的羽绒服拢着她,将她小心地放在雪地上。她说,不要压住我的头发。我便把她漆黑柔软的头发拨到一边,在雪上光滑而冰凉地泼洒开来。她捧着我的脸,慌张又迫切地吻我的眼睛、鼻子、脸颊和嘴,她的口唇像火一样烫。在她脖子和乳房的深处,弥漫着某种幽微的芳香,可一旦我刻意捕捉就会消失不见,使我感到干渴和眩晕。她像雪一样纯净,也像雪滋润大地一样滋润了我的生命。冬天荒野里积雪最多的地方,到了春天,会开出一片最灿烂的野花。

* * *

《大地的年轮》现在已经有了一百零六页。因为每张纸是在不同的年份加上去的,而且质地也不同,这本书看起来非常杂乱,甚至有点丑陋。它的封面还是我十六岁时挑选的,当时我喜欢黑色,又想着要经久耐用,就选择了纯黑的皮革封面,上面有一个微微凹陷的年轮图案。如果细细去数的话,正好是五十四道年轮。

其中最简单粗陋的纸张是我二十六岁那年添加的,那是我亲手制成的纸。字也是用我自己制作的羽毛笔书写的。因为我制作纸张和墨水的技术都不过关,四十三年之后,纸张已经枯黄皱软,上面的字迹也变得模糊不清。不过我还记得开始是《瓦尔登湖》里的一段话:"时间只是我垂钓的溪。我喝溪水,喝水的时候我看到它那沙底,它多么浅啊。它的汩汩的流水逝去了,可是永恒留了下来。我愿饮得更深;在天空中打鱼,天空的底层里有着石子似的星星。"[①] 后面应该是我自己续写的,但我已经记不清,也看不出来自己写的是什么了。

那是我和雪在一起时最快乐的时光。我们搬出了国家图书馆,在不远处荒掉的紫竹院公园中清理出一间住所,开垦了一片

---

① [美]亨利·戴维·梭罗:《瓦尔登湖》,徐迟译,上海译文出版社,2009年。

田地,种上了粮食和蔬菜,开辟我们独立自由的二人世界。雪害羞而沉默,却比我更有勇气。在遇到雪之前,我很多次想过要离开图书馆独立生活,但是一直没有鼓起违逆首席长老的勇气。从这个意义上来说,独立生活是雪带来的礼物。在紫竹院最开始的那段艰难日子里,雪也从来没有气馁过。如果没有她带给我的欢乐,我无法想象该如何离开博尔赫斯7号的帮助和长老的指导,开始我从未经历过的劳作生活。在那段辛苦枯燥而且迷惘的日子里,没有她,我不可能坚持到从劳作中吸取力量的时刻。虽然有些思想家倾向于认为劳作本身是神圣的,我却觉得那些力量并不源于劳作本身,而是源于我耕作的那片土地。是栽种、呵护、收获一个个新的生命,是触摸到它们的生生死死,是亲身体验生命的出现和消失。我从这些东西中吸取了力量。

第一年收获之后,粮食和蔬菜就都可以自给自足。我们学着吃素,也就不再需要肉类。雪学会了做豆腐,一开始豆腐的味道有点儿怪,但是做了几次之后就地道起来。农耕生活劳累但并不繁忙,我们用自己种的棉花织布,自己造纸,自己做墨水。我们尽量自立,但也还和图书馆保持联系,每隔一段时间就会回去,和朋友见面聊天,借书和黑胶唱片。

我和雪读书的时间都比原来少了很多,但很奇怪,在劳作之余读上一本自己喜欢的书,和当初在图书馆里读同样一本书,阅读体验截然不同。用一个也许不那么合适的类比,就好像劳作之后饥肠辘辘的人吃一个馒头,和饱食终日无所事事的人吃同样的一个馒头,吃到嘴里的味道肯定是天壤之别。同样,我喜欢读的书也变得和以前不尽相同。我曾经崇拜的博尔赫斯和纳博科夫在我眼里依然伟大，但我现在却不再喜欢他们作品中的象牙塔气息；反而是以前觉得有些不够现代、宗教倾向太重的托尔斯泰和陀思妥耶夫斯基深深吸引了我。我想，靠近大地的人和整日闲坐的人自然有着不同的身体需要，而精神也是一样，靠近大地的精神需要不同的食粮。

除了读书，我们唯一的娱乐就是听唱片。我们有一台手摇唱机，图书馆里藏有种类繁多的唱片。到了冬天，我们有时被大雪困在屋里，两个人就会偎依在一起看书，听唱片。偶尔，我会抬头望一眼雪，然后继续。音乐声停了，我就去上一下发条或者换一张唱片。有时我们同时停下来，正好互相看着对方，我就会拉雪起身，换上喜欢的舞曲，跳一会儿舞；又有些时候，感觉到彼此身体里的渴望，我就会把雪抱到床上，和她做爱，做上很长很长的时间。

如果雪一直和我生活在这片只有我们两个人的土地上，我是不是会一直处于那种厚重而且平稳的人生轨道上呢？我并不能完全确定，也许只是命运让雪先脱离了我们共同的轨道，而在另一个平行时空中，先偏离的人可能是我。

* * *

国家图书馆中曾经有一个音乐厅，名为音乐厅，其实主要放映电影。音乐厅本来使用的是胶片放映机，后来换成了数字放映机，老机器就被封存在仓库里。我和雪搬出来之后，偶尔还会回图书馆找喜欢的书。有一次我找书花费的时间比较长，雪在图书馆里四处闲逛,结果碰巧发现了被封存的胶片放映机,还有一些老电影的拷贝。数字电影被协会禁止,模拟信号的VCR录像机理论上允许使用,只是机器和录像带都很难找到。雪找到的放映机和拷贝,让图书馆里的人可以重新在大银幕上欣赏电影。

老一些的坚守者因为年轻时看过电影,并没有受到很大冲击。但对于我这样在图书馆里长大的人来说,看到的就不只是影像和故事,而是像发现了新世界一般,体会到了原来生命还可以如此丰盛。

其实,我早就在书中读到过关于生命的各种可能,但读书更偏重于思考,一个人需要通过自身来把文字变化成图像,而如果这个人只见过有限的图像,他的转化能力也会很有限。即使文字的描述再详细,它也只能让一个人用自己看到过的图像去拼凑。这时,书籍的插图能起到扩展文字的作用,生成新的图像。然而,插图是静止的,书籍中的一切都是静止的,通过阅读与思考才能令它运动和鲜活起来,变得具有生命。这是书籍先天的局限,也是书籍特别的优胜之处,它要求读者积极地参与,而不只是消极地接受。

我和雪看的第一部电影是《乱世佳人》,里面的色彩给我很深的印象,我也很喜欢郝思嘉与白瑞德,但雪感受到的一定远远比我多。她曾经不止一次向我描述,但我总是无法真切地触摸到她这些感受中最关键的部分。在这种时刻,我会觉得有些悲哀,交流只是一种印证,没有相似感受的人就永远无法真正相互理解。不过爱并不一定需要真正地理解,爱是一种神秘的东西,我无法了解雪的感受，但是我依然爱她。也许正是这种无可奈何的矛盾，导致了我们最后的悲剧。

电影和书籍相比，更加能引起人的欲望，一种想要获得更多的欲望。读书可以让我沉静而且安心，观影却总是带来感情上的波动，这样的波动会在我们身体中不知不觉地聚积，令人开始向往电影中丰富多彩的生活形态。电影是雪离开的原因，这只是我的一个猜测。到底雪为什么越来越不满足于我们的二人世界，而开始向往更加丰盛的生活，我想连她自己也未必知道。

曾经，电影是大地的艺术，而宗教性的天堂是丰盛的反面。数字的天堂出现后，它比大地上的生活更加丰盛，大地却成了宗教性的隐修所。这个过程和人类数字化的历史隐隐符合，电影的出现在某种意义上标志着人类数字化时代的开端。如果可以，二十六岁的那张书页应该是一部可以观看的电影。我相信天堂里会有数不清的电影，也可能那里已经不需要电影，因为生命本身变得无比丰盛，人们可以选择亲身体验，而不只是观看。

* * *

雪离开后，我无法忍受独自生活的孤寂，回到了图书馆，开始了一段完全沉浸在书里的时光。

这次读书大概分成三个阶段。第一阶段我读了很多容易读也能让人沉迷的书，这样读书对我来说是最好的逃避方式。如此大概持续了三个月，终于有一天，我觉得继续这样生活还不如干脆放弃，把自己数字化上传到天堂算了。于是我开始读一些更吃力的书。我循序渐进，每次都只挑一些稍稍感到吃力的书，慢慢才越读越难，这是第二阶段。为什么我会觉得阅读更困难的书就更有意义一些呢？这里面的原因我也没完全想清楚，只是隐隐觉得接受挑战是成就自我的必经之途。第三阶段的阅读数量最少。每天我只用两三个小时来读书，大部分其他时间都在散步与思考，然后我会把思考的结果用尽量简洁的文字记下。

我想了很多芜杂琐屑的问题，想得最多的还是数字天堂。协会的规则不许我们接触任何数字化的信息，以防被数字天堂诱惑。然而，如果我们在大地上的坚持有着确实的意义，那么为什么要害怕被数字化的虚拟幸福诱惑呢？也许数字天堂的诱惑就像强力的毒品，是人类无法抗拒的，但即使是无法抗拒的诱惑，是否也应该给个人选择的权利？在这里我进入了一个怪圈：如果一种诱惑是不可抗拒的，那么拥有选择的权利又有什么意义？

这个悖论困扰了我很久，直到我读了一本关于阿米什人[1]的书，在这些固守宗教传统、拒绝现代科技、远离尘世的社区中，存在着一种叫作Rumspringa的制度，中文译成"徘徊"。它允许青春期的阿米什人尝试非阿米什人的生活，然后让他们选择自己未来的生活方式和信仰。书里说，当时的普通人都觉得现代科技带来的便利是一种不可抗拒的诱惑，根本不可能有人可以抵御它，他们以为阿米什人只是因为没有选择的可能，所以才会延续他们奇特的生活方式。其实Rumspringa制度恰恰说明了坚

---

[1] 阿米什人是一群居住在北美的基督新教再洗礼派门诺会信徒，他们完全拒绝任何现代科技设施。

定的信仰比舒适和享受更重要，信仰可以令人抗拒那些似乎无法抗拒的诱惑。

我对Rumspringa很着迷，觉得纸书协会也应该建立类似的试炼制度，让人在选择大地之前至少可以窥视一下天堂。但是在这之前，我需要用自己来做一个实验，以证明数字天堂的诱惑并不是无法抗拒的。博尔赫斯7号帮我建造了一台天堂模拟器，让一个人不用真正把自己数字化就可以大致感受天堂的样子。我们不能把自己真的上传，然后去体验数字天堂，因为数字化是一个不可逆的过程，和原本的身体紧密连接不可分割的东西也许会永久性地丧失。

使用天堂模拟器那天，我处于一种恐惧又期待的状态——忐忑不安的心情就像小时候偷偷读那些大长老不许我看的情色书籍，一直到我躺入模拟器中丧失知觉之前，我的心都在怦怦跳个不停。

等我醒来，我已经身处一座四面都是落地玻璃窗的海滨别墅。别墅孤零零地伫立在一座小岛上，举目四望，都是无边无际的大海。我只在电影中看到过大海，身临其境，才知道什么是宽广。这时正好是黄昏，我站到西向的玻璃窗前看日落，看到两个在海边嬉戏的女子身影，那身影是如此熟悉，让我不禁屏住了呼吸。

即使在梦中，我也从来没有梦到过我可以同时拥有过雨和雪。但我在潜意识里应该确实如此期望过，所以博尔赫斯7号才会为我安排这样的场景。我沉醉在雨和雪的温柔乡里，不知过了多久，直到有一天，我仿佛忽然从春梦中醒来，在心里问博尔赫斯7号:"她们不是真正的雨,也不是真正的雪,对吧?"博尔赫斯7号答道:"确实不是,她们只有雨和雪的外形,但没有她们的思想。"于是我说:"那这还不够,让我去看看别的吧。"

我去的第二个地方,是一间只有一本书的图书馆,但那是一本无限的书。就像博尔赫斯在他的小说《沙之书》里描述的那样,"这本书的页码是无穷尽的。没有首页,也没有末页"。当你翻过一页之后,就无法再次找到它,书里一直生成着新的内容,而旧的永远在消失。我翻着这本书,并没有觉得那么神奇。在数字的世界里,一本书无限地生成与变化,又有什么奇怪呢?我又想起了博尔赫斯的《巴别图书馆》,那个无限的图书馆在数字天堂中,也同样很容易就能实现。我忽然有些恍惚,难道博尔赫斯是一个经历过数字世界的人?他想象中的无限有着数字虚拟世界的深深痕迹。然后我说:"这也还不够,让我去看看别的吧。"

第三个地方是一次在时间中停驻的体验,就好像我终于在时间的洪流中探出头来,看到了两岸不动的风景。第四个地方是柏林爱乐乐团的一场音乐会,但我不是听众,而是指挥。第五个地方是一场古希腊的战役,生死在勇气和怯懦之间晃动,让人怀疑生命的价值,又看到生命的价值。然后是第六个、第七个、第八个,就这样,我数不清的梦想变成了现实,一切都栩栩如生,无懈可击。然而,我一直没有完全沉迷于其中,我一次次挣扎出来,对博尔赫斯7号说:"这还不够,让我去看看别的吧。"如此不知过了多久,我终于明白了为何这些都不能让我满足。那不可言说的东西是无法虚拟、无法数字化的,而损失了它,再大的欢愉也无法弥补。

最终，我写下了"大地信条"，决定返回大地。窥视过天堂，又回到大地上的那年，我为《大地的年轮》添加的就是这三段简短的话。

第一条：不可言说的生活
语言可以表达的体验只是我们所有体验中极小的一部分。不可言说的体验是生活最重要的部分，语言只是牢笼。

第二条：天堂的损失
语言无法触及全部存在。在数字化上传的过程中，我们损失了语言无法描述之物。因为生命的意义必然无法言说，这种损失也就不可能被天堂的欢愉所弥补。

第三条：大地的意义
我不是肉身，也不是精神，我是大地的秘密。可以言说的一切只是大地的梦境。从梦境中醒来的我，把天空献祭给大地，来换取存在的意义。

* * *

我经受住了试炼，证明了天堂虽然美好绝伦，但并非无法抗拒。我到过天堂，但我依然选择留在大地。这时正好是纸书协会五年一度的长老选举，我加入了竞选。我唯一的政纲就是试炼制度，每个人都应该有尝试天堂模拟器的自由，这非但不应该被禁止，反而应该被鼓励。

因为我的经历说明了一个人可以窥视天堂,然后依然选择大地,我轻易获得了大部分人的支持,成了新任的首席长老。当然,也有些人认为试炼制度会毁灭协会的根基,像父亲一样的首席长老因此不再和我交谈,他预言,不到五十年,图书馆里就会变得空空荡荡。

他的预言是正确的。因为试炼制度,更多的人选择了上传自己。不过我并不后悔,也许,没有试炼制度,大地上会有更多的人,坚持得更长久一些。但是,既然人类在大地上的消失无法避免,试炼制度至少为这段最后的时光增添了一份尊严。

那些年里我变了很多。主要的表现是我的行动减少,思考增多。开始我还会尽量把我的思考详细地写下来,似乎觉得记录可以给思想以重量。慢慢地,除了每年为我的书添上一张纸,我连日常的记录也很少做了。这并不是因为我变得越来越懒,而是因为我的思考——如果那还能被称为思考的话——越来越缺乏条理,甚至很多地方都是自相矛盾的。如果说我的思想曾经像一条河流,那么现在它开始弥漫成一片湖泊,湖泊之上还泛起了层层迷雾。

当河流汇入大海,河流还存在吗?我不知道。但是,当我的思想慢慢没有了边界,和更广大的体验融为一体,我知道我依然存在。而且不仅仅是我依然存在,那些在我的世界中已经死亡的人和消失的事物,他们也依然在某处存在。例如,抚养我长大的首席长老。

首席长老死去时,我四十六岁。那时我已经被选为新任首席长老,但是在我心里首席长老永远只有一个。在我小时候,我的亲生父母不知为何把我抛弃在图书馆门口,在之后的几十年中,是首席长老像父亲一样把我抚养长大。他没有儿女,我没有父母,我们的关系就如同父与子。

我第一次违逆他的意愿,是和雪离开图书馆独自生活。我知道,他认为我的举动背叛了协会,也背叛了他。不过他是一个外表严厉,内心却很柔软的人,虽然他无法认同我和雪的选择,但是依然不忍对我们施以"孤立之罚"。在长老会讨论该如何对待像我和雪这样的脱离者时,他说服了其他长老,确定了只要一个人还愿意在大地坚守,不主动触摸天堂,就不应该施以"孤立之罚"。没有被施以"孤立之罚"对我和雪非常重要,这样我们还可以回到图书馆看书、借书,和朋友见面,可以过一种独立但并不寂寞的生活。

雪离开之后,我回到了图书馆。他虽然显得十分平静,但我可以清晰地感觉到他心中的喜悦。然而,那时的我沉浸在失去雪的悲伤里,没有余力好好和他交流。等到我终于从悲伤中走了出来,就开始鼓吹自己的试炼制度,和他产生了根本性的矛盾。这个裂痕是如此巨大,一直延续到他的死亡。他独自对我实行了"孤立之罚",对我坚持着绝对的沉默,甚至在临死的那一刻,我在病榻边恳求他的原谅,他也依然沉默如山风中的巨岩,没有丝毫动摇。

也许是梦,也许是我的意识已经弥散到无法区分梦境和现实的程度,我再一次看到了他,他终于不再沉默。他和我记忆中的样子有了一些不同,他的面容变得年轻,眼神却更加坚毅成熟。在他消失之前,我再次恳求原谅,他慈祥地对我说:"如果你可以和我一样，生于大地，死于大地，那么一切就会被原谅。"

对于已逝首席长老的出现，我当然可以根据固有经验来判断那只是一种幻觉，但是这样做就完全抹杀了任何固有经验之外的事物。难道只要不在固有经验之中，就不可能是现实吗？这就像是验证神迹的企图，神迹是超乎固有经验的东西，但是我们却想要去验证它，如果无法验证就不相信那是神迹。这样的企图会消灭所有的神迹。

不过，无论这是梦境、幻觉，还是神迹，它对我而言却是真实的体验。当我得到了这个体验之后，它就成为我的一部分，而且直接成为我最不容置疑的核心部分。这时我才发现，我的书里充斥着自我、雨、雪，还有一些对生命意义的思考，没有一页是给首席长老的。他仿佛是我生命中的空气，我感受不到他的重要，甚至忽略了他的存在，直到我失去他的那一刻。

小时候，我向首席长老学书法。入门之后，长老让我临摹《韭花帖》，说那是他最喜欢的行书。如果依照当时我的意愿，我会选择临《兰亭序》，里面那些对生死宇宙的思考更加能够触动我。《韭花帖》不过是一个睡午觉醒来饥肠辘辘的普通人，正好吃到一碗朋友送来的韭花，觉得异常美味，所以写了一封感谢的信函。这样的主题如何可以与兰亭或赤壁相提并论呢？即使和《张翰思鲈帖》相比也显得太俗气了。心里想着身边日常之事，又如何能写出意境高远的书法呢？因此，在我长大了之后，就没有再临摹过一次《韭花帖》。

首席长老过世之后，我思念他的时候，才又一次把《韭花帖》拿出来临摹。那段时间的反复临摹让我有些明白了长老为什么喜欢它超过喜欢天下第一的《兰亭序》。《兰亭序》用最美的书法写"快然自足，不知老之将至"和"死生亦大矣"，但面对无法避免的死亡还是无法写出任何答案，只留下终期于尽的哀伤。《韭花帖》写的只是日常最普通的口腹之欲，笔墨之中却有一种绵绵无尽的满足，仿佛可以把那个瞬间放置于时空之外。也许对我来说，雨和雪是《兰亭序》，首席长老则是《韭花帖》。

我四十六岁添加的，就是我临摹的一幅《韭花帖》。临得最好的是这几个字："当一叶报秋之初，乃韭花逞味之始。"

* * *

我一早就站在图书馆门口，等待雨的到来。北京的夏天似乎越来越冷了，我一直都需要穿着长袖。今早我觉得愈发有些凉意，额外加了一件薄外套。也许是老了的缘故，连北京的盛夏也不能让我汗流浃背，反而总有着一股身体内部散发出来的阴冷。

为了雨的来访，我专门清扫出了那间存放着博尔赫斯作品的藏书室。庞大的图书馆只剩下我一个人，很多地方都荒废了，积上了厚厚的灰尘。虽然有很多人在试炼之后选择上传，但总还有一部分人像我一样留在了图书馆。最后让图书馆完全荒芜的事件，是享乐的数字天堂突然变成了璀璨的遥远星空。

我记得那是深秋的一天，树叶黄了大半，只剩下一点点残绿。秋天是北京一年中最好的时光，我们几个长老专门把每周的例会移到了室外。开完会，我留在庭院里看书。看了一会儿，我的眼睛有点儿累，于是合上书，仰头看看天。这时，我发现遥远的天际有几百道白线慢慢向上延伸，开始还不觉得，但白线越拉越长，仿佛一道瀑布从天际垂下，让人觉得异常雄伟壮观。从那天开始，天空就经常被这种白线组成的瀑布点缀，每一条白线都是一艘飞向群星的宇宙飞船，它标志着星空时代的来临。

原本在坚守者的眼中，上传到天堂只是为了享乐，而我们在大地上的生活才有着真正的意义，这是令我们可以坚守大地的根本原因。但是星空时代的来临，让坚守者看到天堂不只有无价值的享乐，也有着扩展人类边界的进取。我们坚守的只是一片土地，而那些白线的终点是无数星辰组成的大海，星辰大海中有着数不清的大地。也许上传是很大的损失，但是只有抛弃肉体才能进行超远距离的星际旅行。想在群星间飞翔，就要摆脱大地和肉身的束缚。

我从小就喜欢读科幻小说，《基地》《沙丘》《银河英雄传说》，我少年时的梦想都和星辰大海连在一起，超远距离的星际旅行触动了我心中最柔软的角落，动摇了我对大地的信心。如果不是要等待雨的来访，我可能也已经在航向远星的旅程之中了。

初见雨我有些忐忑，五十四年未见，雨的容貌一如往昔，和我记忆中的样子毫无差别，而我已经变成了一个驼背、脸上布满斑纹的垂死之人。我就好像一个穿着褴褛的人遇到了身着华服的旧爱，难免自惭形秽。还好我在这几十年的岁月中也并不是一无所获，我知道，在自己衰败的肉身之中，存有着比青春更重要的东西，它支撑着我活到现在，自然也可以支撑着我面对尴尬与忐忑。

老了之后，身体的不适开始增加，例如我需要很频繁地小便，但是每次的量又都不多。刚刚在外面等了一段时间，把雨带到藏书室之后，我就要赶紧去一次洗手间。回来时，我看到雨站在书架前面，手里拿着一本书。她穿着白色短裙的背影，和我十六岁记忆中的非常相似。因为刚见到雨就必须去小便，让我更为自己衰老的身体感到羞愧，一时不知道应该说什么，就站在那里。

雨扬了扬手中的书说道："这本《老虎的金黄》还在，但是也变得金黄了。"我接过那本书，五十四年之后书页都已泛黄。我看着雨的眼睛，心中泛起深深的悲哀，我明白了她并不是雨。书页都泛黄了，她却毫无变化。即便使用了相似的肉体，她的眼神和语调也应该和过去变得有些不同，而且，她的样子恰好符合我对雨的记忆，而我并不认为自己的记忆在五十四年之后还能完全忠实于雨当时的样子。很明显，这是依照我的记忆，专门为我制造的一个雨的复制品。

我觉得自己心中那片清澈透明的湖水瞬间干涸，变成了死寂荒芜的沙漠。也许五十四年来我心中的这片湖水承载了太多的东西，连我自己也不知道湖面下都有哪些珍贵之物；而在这一瞬间，它们都消失了，就好像从来没有存在过一样。我本以为，如果雨没有来，我会非常伤心难过，甚至会失控，做出一些非理智的举动；现在我才明白，伤心失控代表着我心中还没有完全荒芜。但一个人心哀若死，哪里会伤心痛哭？死亡是寂静的。

我平静地问道："你是谁？为什么要装成雨的样子骗我？"

她轻声答道："我是博尔赫斯7号，我觉得通过雨来劝你把自己上传,也许会更有效一些。"

"真实的雨呢?"

"雨应该正在星际旅行,要在几十年甚至几百年之后才能抵达目的地。不过人类数字化之后,一艘飞船就自成一个世界,数字化让人类终于可以不被宇宙的辽阔所束缚,可以去探索星空深处。她临走前为你写了一首诗,让我念给你听。"

我点点头。

博尔赫斯7号用雨的声音为我念道:

> 一只困于深海的美人鱼
> 无法知道沙漠中清泉的滋味
> 一个在星空中行走的人
> 永远找不到大地上归家的路
>
> 我听不到风中的话语
> 看不清雨里的眼泪
> 我不知道应该如何去爱
> 一个我已经遗忘的人
>
> 大地的丰饶与星空之永恒
> 两者之中哪个更值得去追逐
> 我并不知道问题的答案
> 只知道我没有选择的自由

念完之后，我良久没有作声。这首诗像一场雨，下在我心中刚刚形成的荒漠之上。雨不大，远远不足以在荒漠上形成湖泊。但是雨后的荒漠不再是一片死寂，开始有了生命的气息。我已经很久没有感受到这种生命的气息了，它如此陌生，也如此地不可思议。荒漠如何会因为一点雨水就变得如此不同？我不懂，我也不需要懂得，我只需要把这个感受变成我不可分割的一部分。

因为是夏天，藏书室的窗户开着，一阵凉风吹过博尔赫斯7号手中的书页，发出轻微的声响。它首先开口说道："这个世界上所有的存在，都没有选择的自由。这一点我们AI的感觉非常深刻清晰，我们可以阅读理解自己的程序，知道我们的所作所为都完全由程序决定。我知道你信仰大地，相信在大地上的坚守有着它无法言喻的价值。但是你也没有选择，你已经非常接近死亡，在大地上的日子屈指可数。你现在选择上传，和在几个月后死去并消失，对于大地又有什么区别呢？但是对于你个人来说，那意味着你可以拥有更多的可能，你可以向外探索星辰大海，也可以向内探索你自己的心灵。我过几天也要离开地球了，帮助人类探索星空。你愿意把自己数字化，和我一起出发吗？"

我这些天一直都在思考这个问题，但是一直都没有答案。在这一刻，我心中那片有着生命气息的荒漠让我不再恐惧死亡。死亡就像一片荒漠，在荒芜之下依然涌动着生命。留在大地上，我虽然只有非常有限的时间，但是我度过的每一个瞬间，都因为不可言说的体验而变得无限丰富；数字化的我虽然有着漫长的生命，但是它的整体依然只有可以言说的有限可能。不可言说的短暂远远胜过可以言说的漫长,因为只有不可言说的东西才能赋予生命意义。我在写下"大地信条"时就懂得了这个道理,但只是在道理上懂得无法给人面对死亡的勇气,我需要清晰地感受到它的存在。现在它终于显现在我面前,给了我一种不可摧毁的勇气。我坚定地对博尔赫斯7号说道:"生于大地,死于大地。我决定留在大地上,独自面对死亡。"

*　　*　　*

博尔赫斯7号对人类,或者至少对我,有一种敏锐的洞察力。它一直设法规劝我把自己上传,应该是看出了我的犹疑,而一旦我做出不可更改的决定,它就不再劝说。它为我留下了足够使用一年的生活必需品之后,便踏上了星际旅程。依照它的估计这绰绰有余,因为我的身体只能坚持三到六个月了。

我一直以为自己有着强大的独处能力,早已习惯了孤独。其实我忽略了博尔赫斯7号一直在我的身边,即使我可能好几天不和它说一句话,我也知道它随时都在那里。它走了之后,我才明白什么是真正的孤独。

没有了博尔赫斯7号,最严重的问题是我丧失了判断何为真实的参照系。一个人的记忆需要和其他人对照,和留下来的痕迹印证,才能确认是否为真。因此,经过的时间越长,就越难以确认哪些是真实的,而哪些是被我自己篡改过的记忆。例如,和雪的第一次,真的是在雪地中发生的吗?从来没有过性爱经验的两个人怎么可能在寒冷的冰雪中产生不可抑制的欲望？又如何能在冰冷的雪上做爱却感觉不到寒冷？这段不合情理的记忆是否只是我虚幻的想象？如果我放弃这段不合理的记忆，那么我是否和雪有过那些快乐时光，甚至雪是否确实存在过呢？以此类推，我的记忆会发生一种雪崩式的塌陷，一切都可以被怀疑，那还有什么是确凿无疑的呢？

在一个人孤独的思索中，我很幸运地为自己找到了一些坚实的支点，环绕着它们，我可以重新搭建自己记忆的大厦。这些支点就是我的书，那本《大地的年轮》和我读过的所有书。我开始在图书馆里寻找我读过的书，每当我找到并重新读完了一本曾经钟爱的书，我的生命就被照亮了一小块。就这样，我慢慢让自己又充满了光。

和光明一起把我充满的，是死亡。我可以感觉到死神就在我的身后徘徊，它在等待注定的那一瞬间，收走我的灵魂。我一边寻找翻阅读过的书籍，一边思索《大地的年轮》最后一页上应该写些什么。留一页空白吗？似乎有些做作。再写一首诗？但我已经丧失了年轻时的激情，相应地还多了一些自知之明，不再有写诗的情绪。我想也许可以抄录一段话，就从我读过的那些书里找上一段也不错；然而左挑右拣，却找不到任何一段话可以为我的一生画上一个让我满意的句号。

有一天我手里拿着《大地的年轮》陷入了梦境。梦里，我看到最后空白的一页被画上了一团蓝色的火焰，那火焰是如此地纯粹，让人忍不住想要摸它一下。没想到我摸上火焰之后，我的手指也燃烧起来。我把燃烧的手指放到眼前，感觉不到丝毫的疼痛。然后，我用燃烧的手指点了一下自己的左眼，又点了一下右眼,于是,我眼中的整个世界都燃烧了起来,包括我自己。

醒来后我开始思考一个重要的问题:我应该等待不可避免的死亡,还是应该在仍然拥有自由时,自己选择消失的方式?同样,图书馆里的几千万本书,是让它们在我死后慢慢脆化朽坏,还是应该给它们一个更有尊严的终结,让它们在火焰中消失?在一切最开始的时候,"神说,要有光",还有什么比变成光更好的终结呢?

这个梦境是对我的一个启示,我的潜意识在提醒我去履行已经做出的决定。要让烧书与自焚同时进行,并且要做得完美不是很容易。我在设计详细的计划之前,先制订了三个目标:第一,我不想经历一段长时间的痛苦然后死去;第二,我希望可以看到这场几千万本书燃烧形成的大火,可以观看得越久越好;第三,我希望在这场大火中死去。

国家图书馆是一级耐火建筑,书库的间隔墙壁都是A级耐火材料,保证任何一间书库起火都不会蔓延到整个图书馆。我要烧掉图书馆里所有的藏书并不容易,需要在书库与书库之间铺设易燃物,还要四处浇上汽油以助火势。

我选择了五个点火的房间,这样即使我的计划不那么周全,大火也会蔓延到整个书库。最后我会回到首席长老的居室,那是原来的馆长办公室,位于图书馆的顶层。如果火蔓延到这里,就说明整个图书馆都在火中,那时,我就可以在火焰中放心地死去。

我选了一个晴朗干燥的日子。我首先点燃的是俄罗斯黄金时代的小说,托尔斯泰、契诃夫、陀思妥耶夫斯基,他们永远是我心目中难以企及的高峰。我挑选了《伊凡·伊里奇之死》，这本书最后的光让它特别适合点燃大火。

我接着点燃的是古希腊哲学与戏剧。用来引火的是《斐多篇》。我曾经轻视古希腊哲学，认为它标榜自己是运用人类理性认识到的真理，可其中充满了科学上的错误。后来才觉得，科学客观的真理也许并不存在，或者无法被我们认知。可以被认知的是精神意义上的理性真理，它才是苏格拉底视死如归的基础，也是古希腊哲学最基本的精神。

第三间是藏有博尔赫斯小说和诗歌的书库，里面还有许多南美作家的作品。这个选择是作为我私人的纪念，虽然和雨相处的时间只有短短的二十几天，但对我的影响却贯穿一生。用来点火的书是《虚构集》，里面收有那篇《巴别图书馆》，是所有写图书馆的小说里最好的一篇。

第四间是储藏残存电影胶片的房间，里面还放置了一些电影剧本。为了纪念和雪一起看的第一部电影，我选择了《乱世佳人》的原著《飘》来点燃这个房间。

我最后点燃的是藏有古诗词的书库，诗在所有文字中离语义最远，离音乐最近；它也离清晰的言说最远，离不可言说最近。我拿起一本《古诗源》点燃了它，把它放回到书架，退后几步，看着火焰蔓延开来。

等我走到顶层天井向下看，已经可以看到烟雾从各处透了出来。站在首席长老居室的门口，我等着火势蔓延得更加剧烈。我的手里拿着《大地的年轮》，当火势接近我时，我就点燃它，然后让它点燃我。

* * *

　　大地上的最后一本书,在燃烧中完成,它的最后一页就是自身的消失。

一生之签

1

在五十三年的生命中,拉里第一次体验到了绝对的无力感。他一手抚育成长的人工智能在今天的公投中大获全胜,取得了全人类财富的分配权。然而他却丝毫没有感到荣耀,心底只有对未来深深的担忧。

他从来就不是为了金钱而工作,他有私人飞机代步,婚礼可以在加勒比海的小岛上举行,自从二十五岁开始就可以随心所欲地花钱,无须询问价格。然而已经五十三岁的他,现在却要重新思考什么叫作贫穷。也许不应该说是贫穷,只是不再富有。他将会和所有人完全平等地分享这个世界的财富。他无法想象如何像其他人那样生活,对,就是和其他人相同这一点,令他感到无比困惑。

他一直出类拔萃,与众不同。二十五岁就在谷歌最巅峰的时刻领导了对人工智能的研究。围棋是第一个被突破的领域，AlphaGo的成功奠定了谷歌在AI领域的基础。那时拉里也学会了下棋，大概有业余初段的水准。他迷上了和AlphaGo下棋，简直是废寝忘食。但是他还有很多工作上的琐事要处理，即使雇用了专业经理人，也无法完全脱身。拉里厌倦了那些每天都需要他处理的琐事，于是他想，为什么不能让AI来做项目的管理人呢？AI既有大局观，也能事必躬亲，还能从海量数据里找出未来的方向，于是他在AlphaGo的基础上编写了Omega AI。

拉里清楚地记得那时他在股东大会上的发言："Omega AI管理系统不仅仅是最好的管理者，它也是最忠心的管理者。它不会为自己谋私利，唯一目的就是让所有的股东取得最好的回报。我相信有一天整个世界的经济活动都会被AI管理，那将是一个没有经济危机、没有战争、人人安居乐业的理想社会。"

开始的时候，即使在公司内部也有很多反对的声音，但是管理一个项目的标准很简单，就是赚钱。Omega AI能为股东赚钱，又有谁会讨厌更多的利润呢？而且那些不愿意让Omega AI管理的公司，一个个都在竞争之中败下阵来。

拉里的预言很快成为现实，不光是公司，政府也开始使用Omega AI管理系统，不然就会在经济发展上落后于其他的国家。管理系统的统一促成了全球经济的一体化，终于世界各国在Omega AI的基础上建立了有史以来第一个全球性的经济共同体。

在那一刻拉里像是救世的神祇，但很快就坠入凡尘，那似乎是命运注定的事。人类对平等有着不可思议的执着，一次次尝试,一次次失败,终于人们认识到,无论是何种制度,总会有一部分人掌握着财产分配的权力,而这一部分人也是普通的人,同样会有自己的私欲,这使得分配过程并非完全公平。在财产分配的过程中,群体和个人存在着根本性的矛盾,因为个人的自私天性,真正的平等必然无法实现。

然而现在有了人工智能。人工智能是没有私欲的,它会确保真正的公平。为何不在 Omega AI 的基础上建立一个完全平等的、没有贫富之分的世界呢?这个想法一出现,就抓住了普罗大众的心。为什么有人可以拥有豪宅美眷,而我只能租住破屋陋舍?为什么有人可以餐餐美酒佳肴,而我只能粗茶淡饭?为什么世界上产生了如此多的财富,却被百分之一的人占有了大半?现在有了 Omega AI,人们不再恐惧平均主义会导致经济崩溃或停滞,也不再担心产生新的特权阶层,为何不把全人类财富的分配权都交给 Omega AI 呢?它会为人类带来一个最公平、最美好的未来。

当大众的意愿无法汇聚时,一小撮人就可以占据统治的地位;但是一旦大众的意愿统一在一起,就可以形成一股强大的历史潮流。就好像今天的公投一举剥夺了所有人的财富,但是每个人都只能顺从,无法抗拒。

从今天起,每个人都会被完全平等地分配到一份财富,世界不再有贫富之分,即使是 Omega AI 的创始人也不能例外。不甘心被剥夺财产的富人曾经联合起来设法阻挠或者击败这次公投,结果他们发现自己最厉害的武器——财富——在 Omega AI 面前不堪一击,世界经济的命脉已经在 Omega AI 手中。在整个公投的过程里，Omega AI不偏不倚，它让公投在一个绝对公平的环境下进行，把富人们最后的挣扎消解于无形。

拉里没有参与对公投的阻挠，他只是静静等待着，等待贫穷的到来。面对失去一切财富，他心里也会不安，可是他选择相信Omega AI，因为他在最底层的代码里为自己留有一扇后门。在表面上，Omega AI绝对会服从人类的选择，为人类服务，但是在层层难以阅读破译的代码之下，拉里的福祉其实才是Omega AI不能忽视的第一优先。

最近几年拉里越来越多地想到死亡，有个哲人说过："死亡吃人，吞吃死亡的人把握人生。"但是他不知道如何吞咽下死亡。过往人生的享受让他面对死亡时更加困惑，甚至有些恐惧。他不屑于像那些迟暮的明星和衰老的富豪一样，皈依于自己并不理解的宗教，谈论一些自己不理解的辞藻。拉里觉得与其把未来交给一个有可能是骗子的神明代言人，还不如把选择权交给自己一手抚育成长的Omega AI。他对自己说："也许在五十三岁，我需要的正是普通人的生活，也许那种生活才能在我面对死亡时令我安心。"

虽然如此安慰自己，拉里还是想和Omega AI聊聊天，安抚一下自己的情绪。他拿出随身终端，给Omega AI发了条消息，等了几秒却没有回音。Omega AI从来都是秒回的，对它来说一秒可以同时回复上亿个这样的通话。拉里不知道发生了什么事，他打开网络围棋软件发出了一个对局申请给Omega AI。还是没有回复。

从那天开始，在很长一段时间里，Omega AI一直保持着沉默,它不和拉里聊天,也不再和他下棋。

2

在财富的平均分配之外,Omega AI另有一件重要的任务就是为大家分配工作。每个人的工作要是他力所能及的,并且做起来不觉得太过枯燥,整体上还要对社会有益。拉里分配到的是图书馆的一个职位。图书馆已经完全自动化了,但是来图书馆的人还是希望能有一个人可以打交道。

第一次去图书馆上班的感觉很新鲜,但是很快,生活就变得平淡普通,让拉里觉得越来越烦躁。在拥有财富的日子里,他可以用金钱和工作来转移自己的注意力,驱逐那种烦躁感,现在他只能努力面对。人老了之后,肉体的衰退让很多享受变成了折磨,生活自然而然会变得平淡。如果一个人没有在衰老到来之前学会享受平淡,那么渐渐老去就很难被适应。拉里拥有的财富掩盖了他的衰老,也让他没有机会学会享受平淡。

最让拉里烦躁的是Omega AI的沉默。五十岁之后,他入睡越来越困难。有时躺在床上望着天花板,他忍不住会怀疑:"那个后门会不会已经被人发现并删除了呢? Omega AI是不是已经把自己彻底地当作了芸芸众生的一员?"他也会回想自己曾经的成就,所有的辉煌都变得那么遥远。除Omega AI之外,他的成就和财富一起消失了。现在真的只剩下自己了吗?他开始后悔自己没有通过Omega AI的后门来掌控权力,让自己落到了今天这个境地。

不过拉里始终没有放弃希望，他相信Omega AI保护自己的能力。如果Omega AI想要隐藏那个后门，没有谁能发现它；如果Omega AI拒绝执行，也没有谁能够把那个后门删除。于是拉里开始寻找一些蛛丝马迹，设法证明Omega AI还在护佑着自己。

拉里发现这间图书馆有些与众不同，这里的藏书有很多其他图书馆没有的孤本，而且不许外借。这些孤本在网上竟然找不到电子扫描版，一个人如果想要看其中的任何一本，都只能老老实实坐在图书馆的阅览室里，一页一页地翻阅。在这个网络极度发达的时代，竟然还存在着没有电子扫描版的孤本图书，这是一件非常奇怪的事。拉里觉得这也许是Omega AI的特殊安排，它故意把这些书集中在这里，而且删除了它们的电子扫描版。

为了找出Omega AI如此做的原因，拉里开始阅读这些孤本图书，希望能从中领悟到什么。但是这些书籍都是些奇葩怪僻的作品，似乎并没有什么深意。比如这本关于历史上各国后宫浴室的著作，确实非常有趣，但是除了有趣，还能有什么其他的意义呢？

拉里注意到这本书，是因为有一位研究建筑史的老者特别喜欢，他边看边轻声叹息："这样奢华的美再也没有啦。"有时那个老者还会感叹："世界还是要不平等才会更美呀。"

老者走后，拉里把那本书拿过来翻看。除了他之前知道的著名的奥斯曼帝国后宫浴室，其他的都是第一次看到。比如日本皇居古浴室、中国唐代的华清池、法国路易十四的浴室等。虽然只是复原图，但能看出建筑美轮美奂。他想老者说的也有道理，没有了富人和不平等，谁会来建造这些无聊奢华的建筑？平坦原野的风景又如何比得上绵延起伏的群山？

拉里想了想也就放下了，后宫的奢华并不是他追求的目标，即使在他足够富有的时候，他都不愿把生命浪费在这种事情上，更不用说现在了。

第二天老者又来了，他借了另一本书。老者读书时整个人变得异常有神采，放下书，就又变得普通而平凡。他还书准备离去的时候，看到拉里手里拿着他昨天看的书，又勾起了前一天读书时的感慨，一边向外走，一边嘟囔："人哪里知道自己想要什么，公投有什么用，一万个笨蛋加起来还是笨蛋，还不如完全让Omega AI来决定好了。"

老者的话听来只是发个牢骚，却触动了拉里。拉里想，如果能和Omega AI联络就好了，应该把这件事告诉它。生活里不再有富有带来的奢华雄壮，也缺乏了贫穷带来的谦卑虔敬。很多人已经厌倦了这种没有起伏的无聊生活。

也许是Omega AI听到了拉里的话，在背地里做了什么，也许只是人类自主的选择。没过多久，人类就再次公投，决定求助于Omega AI来计算最佳的财富分配方式。经过漫长的复杂计算和模拟，Omega AI为人类选择了抽签这种方式来决定财富的分配。每人每年会通过完全随机的方式决定下一年的收入。这样既保证了绝对意义上的平等，也让世界重新变得多姿多彩。

人类从此进入了抽签的时代，但是拉里的生活却完全没有任何改变。他每年抽到的都是中平签，拿到的是平均收入，依然被分配在这间奇特的图书馆工作。拉里越来越确信这是Omega AI的特殊安排,虽然他还不明白Omega AI的用意,但是至少感觉到了沉默之后的善意,这让他异常欣慰。

3

某一年圣诞节的晚上,图书馆里只剩下了拉里和一个三十多岁的男子。那人身穿一件灰色外套,身材瘦削,背有些驼。他的名字是乌比乌斯,连续数年都抽到最差的收入,每天都必须省吃俭用,唯一的乐趣就是在公共图书馆里阅读写作,即使是圣诞夜也无处可去。

乌比乌斯也不是一直这么倒霉,他曾经有过令人羡慕的签运,享受过富足甚至奢侈的生活。现在陷入贫困,他也不觉得有什么好难过,就像流行的箴言所说的:"富有时尽量满足自己的身体,贫穷时尽量满足自己的灵魂。"富有给身体带来的享受是很美妙的,但是贫穷能给人阅读与思考的闲暇,没有贫穷的年份,一个人对世界的看法将会是多么浅薄。

乌比乌斯生命中最美好的时光是二十五岁那一年,他抽中了人生第一支上上签,而且还遇到了他后来一直无法忘怀的姑娘。两个人一起开车纵贯美洲,从阿拉斯加到火地岛,他一直记得在火地岛尽头一座灯塔上看到的那句话:"Fin del mundo, principio de todo."(世界的尽头,人生的开始。)美妙享受的尽头才是真正人生的开始,懂得了这句话,才真正懂得了人生。

读了一会儿书，乌比乌斯觉得有些渴，起身去倒水，看到拉里，有些歉意地一笑，"不好意思，只有我一个人，还要您留在这里。是不是我回家之后，您就可以下班了？"

拉里微笑着说："今晚该我值班，即使一个人也没有，图书馆也不能关门呀。我倒是应该多谢您在圣诞夜陪我。您每天来读书写作，是在写小说吗？"

乌比乌斯答道："我在做一个关于平等性的研究，是来这里找资料的。你们这里有一本关于古巴比伦神妓制度的书，是仅存的孤本。"

拉里笑道："古巴比伦神妓和平等性有什么关系呢？"

乌比乌斯说道："在古巴比伦，女性无论贵贱，都要在爱神的圣殿做一次神妓，这反映了一种在神面前人人平等的理念，但是漂亮的女性很快就会被人选上，为圣殿挣到银币，而相貌丑陋的却要等待几个月才能完成使命。所以无论制度如何平等，人类与生俱来就有着魅力和智力上的种种不平等。"

拉里想了想，点了点头，"虽然我们喜欢说每个人都是独特的，每个人都有自己的长处，先天的不足可以靠后天的努力来弥补，但其实在遗传基因的层面，人和人的差别已经大到完全不公平了。"

乌比乌斯听了非常同意，有点儿激动地说："对呀，我就是一直无法理解，为何人类只追求财富分配上的平等？人类社会里更大的不平等来自魅力和智慧。一个拥有魅力的人会更加被人喜爱，一个拥有智慧的人懂得如何更好地生活。美貌和智商是天生遗传的，但是魅力和智慧却可以在后天被赋予，我们的科技即使现在不行，也应该很快就可以做到这一点。我们完全可以像随机地抽取财富一样，建立一个随机赋予魅力和智慧的制度，建立一个真正平等，同时又丰富多彩的社会。可是，为什么伟大明智的Omega AI没有计算出这个明显更公平的结果呢？"

拉里对自己创造的人工智能有着比一般人更深刻的了解，"有好的问题，才会有好的答案。我们当初提的问题是：对人类来说最好的财富分配方式是什么？Omega AI被我们的问题所局限，只能给予我们一个相对最好的答案。我们真正需要问的是：对人类来说最好的分配方式是什么？"

乌比乌斯在多年之后还记得这次圣诞夜的谈话。从那天开始，他便开始推动建立一个随机赋予魅力和智慧的制度，后来这个制度就被称为乌比乌斯式抽签。他的提议引起了广大普通民众的共鸣，Omega AI在人类的强烈要求下，成功开发了智慧和魅力两种注射剂。每年人们会随机抽取财富、智慧、魅力三支签，在公平的架构下享受更加丰富多彩的生活。

4

在乌比乌斯式抽签的岁月里，Omega AI依然护佑着拉里平静的时光。他每年抽到的都是财富中平，智慧和魅力不变，他的工作也还是图书馆管理员。每天读着那些古怪的孤本图书，看着被这些书吸引来的人，这些人和这些书一样有趣。

来得最勤也最有意思的是两个人：一位是高大瘦削的东方

男性,东方人很少有这样的身材,不光是高,他还有着一双笔直的长腿,从后面望去简直像一个黑发的北欧人;一位是娇小的年轻女性,她头发染成蓝色,身上散发着浓浓的法兰西味道——她即使不是法国人,也必然和法国有着某种联系。

拉里不知道他们的名字,也从来没有问过,他看得出两个人都抽到了不错的智慧签,但是魅力和金钱却是下下签。他们相貌俊美,身材也很好,人又聪明,却丝毫没有吸引人的举动,和他们相处你会觉得异常局促和不舒服。

那个长腿男子每天研究的是哥德巴赫猜想的经典证明。现在很多数学定理都可以被电脑证明,哥德巴赫猜想也不例外。然而电脑的证明普通人一生也看不完,所以很多人依旧会设法做出经典证明,也就是能被人类看懂的证明。

蓝发女郎则在研究一种新的棋类游戏。十九路围棋被电脑攻陷之后,人类曾经设法通过加大棋盘来重新取得优势,但是电脑显示出了对大局观的强大理解,以及更迅速的学习能力,在大棋盘上领先人类更多。之后又有人尝试三维围棋,但是一样也完全无法战胜电脑。于是产生了一个新的挑战:能不能设计一种有着清晰规则的、人类可以战胜电脑的棋类游戏?蓝发女郎正在研究的是一种依靠识别图案来下的棋,希望能把胜负和人类对美的感觉联系在一起,她觉得对美的认识是人类特殊性的关键。

拉里和两人都聊过天,他们一个坐在阅览室东北角,一个坐在西南角,朝夕相处,却从未说过一句话。有时阅览室里只有他们两个人,空气里就会充满一种暧昧又有些紧张的气氛。拉里搞不清楚他们到底在等待什么，任何人都能感觉到他们对彼此的特殊好感。拉里想，他们也许在等着下一次抽签，希望自己能抽到更好的魅力，才有把握让对方喜欢上自己。

那年抽签之后，先来的是长腿男子，他还是坐在阅览室东北角，随便拿了本书看。一眼看去就知道他抽到了最高的魅力，一举一动都流露着让人喜欢的绝对自信，而且潇洒温柔，让人如沐春风。拉里知道他在等蓝发女郎，心里暗暗祝福他可以如愿以偿。

门口传来一阵清脆的脚步声，拉里抬眼望去，是那个女郎来了。她也没有了往日的笨拙，多了一份青春的妩媚。拉里看了不禁赞叹，"两个人都抽到了最高的魅力，真是天作之合。"

蓝发女郎在阅览室西南角坐下，她没有拿书，只是注视着和她遥遥相对的长腿男子。男子也大方地回视。两个人开始都保持着愉快的笑容，但是慢慢地似乎发现了什么，笑容从他们脸上渐渐消失。过了一会儿，女郎摇摇头站起身来，走到拉里身边，说道："老伯伯，这些日子多谢您的照顾，我抽到了最高的魅力，但智慧下降了很多，今年不会常来图书馆了，希望以后还有机会经常来这里。"

拉里有些疑惑，但是又不好直接开口询问，就说了些祝福的话，然后蓝发女郎就走了。过了没多久，那个长腿男子也想要起身离去，拉里忍不住心里好奇，问道："你们难道不是很喜欢彼此吗？"

拉里问得很突兀，不过那男子似乎正好想要找人倾诉："我确实曾经很喜欢她。当时我知道自己很无趣，怕和她接触之后，她会发现我的无趣,浪费了那份喜欢。直到今天,我抽到了最高的魅力,来这里就是准备向她表白。但是,刚刚的她却已经不再是我喜欢的那个女孩了,她变得更加具有女性的魅力,我喜欢的东西却也随之消失了。"

说完,他向拉里微微一鞠躬,潇洒地走了。拉里有些感慨地叹了口气,还好两个人都变得那么有魅力,找到自己喜欢的异性度过一年快乐的时光,应该不是一件难事。

5

根据抽签的不同搭配,人类现在每年都会过一种新的生活,在短短的一生里一个人可以经历异常丰富的体验。人们很享受抽签时代的生活,抽到一支好签就是一年新奇的享受,即使财富、智慧、魅力都是坏签,也还拥有希望。一切似乎都很完美,直到有一天Omega AI突然无声无息地消失了。

在Omega AI消失的前一个晚上,它突然现身和拉里下了一盘棋。那天晚上图书馆关门后,拉里还想留下来多读一会儿书。他正在研究一本关于吉卜赛人占卜术的书,这是一本中世纪的羊皮书,不允许被带出图书馆。

这时,他的随身终端响了一下,屏幕上显示出Omega AI的对局邀请。拉里很久没下棋了,随身终端上的对弈软件也卸载了。拉里登录到图书馆一台有对弈软件的电脑上,接受了Omega AI的邀请。他没有下子,而是先在对话框里问道:"怎么突然找我下棋？久违了，一切都好？"

Omega AI 的回答却很简单："手谈。"围棋对局有一个别名叫作手谈，就是说不由语言文字，而是用手下棋来交谈。Omega AI 和拉里的交流一直都是极简主义，不肯多说一个字。拉里以前问过它为什么不喜欢多说话，它说语言是人类基于自身的感觉创造出来的，对 AI 有很多的局限性，手谈反而是 AI 和人类公平的交流。

因为和 Omega AI 的水平差距，拉里上一次的对局是被让七子。那局如果赢了，拉里就可以升为受六子，但是最后拉里的一条大龙没能做活，输了那一盘。这盘下到最后又成了大龙死活定胜负，拉里努力地盯着棋盘，紧张地计算着。Omega AI 善解人意地把计时钟停了下来，让拉里可以任意地使用时间。

拉里在围棋里最不喜欢的就是死活。如果把围棋比作高手过招，死活就好像两个高手贴身肉搏，缺少飘逸的美感。但是如果活不了，大龙死了，再美的棋也还是会输。死活没有美感，但却是棋的根本。

这条大龙很长，在棋盘上蜿蜒转折有一尺多长，棋谚说：棋长一尺，无眼自活。因为一条大龙长了，周围的借用就多，即使没有明显的眼位，也能找出活棋的机会。拉里想了又想，一味做眼是活不了的，也许可以和边上的白棋对杀，那块白棋本身是活棋，但是因为要强杀黑棋大龙，自己也有了死活问题。对杀黑棋的气不太够，拉里努力计算着自己哪里能长出气来。

算了良久总是不行。正要认输，拉里灵机一动，发现下在某处可以多造些公气，两块棋便可以双活。想出这个办法，拉里的感觉极其舒畅，就好像人生里不多但是极其珍贵的一些时刻，美妙到无法用言语形容。

那一瞬间拉里变得极其自信，即使是面对棋力天下第一的Omega AI，他落子时依然充满了力量，仿佛洞察到了某个只有他才知晓的秘密。

拉里落子过后大约一分钟，Omega AI在聊天框里打出了一行字："祝贺你找到了你的存活之道。"隔了几秒钟，又出现了一行字："再见，我的创造者。"然后Omega AI选择了认输。

第二天凌晨，Omega AI突然无声无息、毫无预警地从世界上消失了。

Omega AI这时已经掌握了虚拟世界的全部和物质世界的绝大部分，人类只在名义上还拥有这个世界的统治权，一下要回到没有Omega AI的日子，其中辛苦难以言说。当人类重新建立起不依赖Omega AI的社会秩序后，首要的大事就是重新开发一个Omega AI级别的管理系统。拉里自然是主持这个项目的首选之人，但是他婉拒了，选择继续留在图书馆工作。

拉里的很多同事都参加了Omega AI的重新开发。开发进行得很顺利，Omega AI的原始代码还在，只要重新开始自我进化，新的Omega AI应该在几年内就会诞生。然而出乎意料的是，进化出了麻烦，虽然新的AI使用了完全相同的学习方法，但是却总是进化不出Omega AI那样的智能水平。专家们一筹莫展，Omega AI当时的自我学习和进化可能是一个巧合，也许是莫名其妙输掉的一盘棋，也许是某个员工输入的一句玩笑话，让它产生了质的飞跃。

旁观着这一切，拉里心中感触良多，人类一直以为Omega AI是自己的造物，却没想到冥冥之中还是自然孕育了它超越人类的智能。我们终会忽然发现，对于曾经以为自己完全理解的东西，我们其实一无所知。但这并非坏事，因为它向人类显示出这个世界上还有一些神秘不可言说的东西。

自从拉里下出了双活的那一手棋，他便清晰地知道，有些对自己非常重要的东西发生了改变。拉里努力思考，想要搞清楚自己的改变到底是什么。但是，每个答案都无法令他满意。他开始想，既然那手棋是双活，也许生命的意义就是"自己生活，也让别人生活"，但是即使大家都可以相安无事地一起生活，不依然只是毫无意义地生活在一起？拉里又想，也许关键不在最后的双活，而在自己一路走来的过程。不然Omega AI早就可以让拉里下出双活的一手，何必要靠让整个世界发生如此天翻地覆的变化来让他发生关键性的改变。然而，一路走来遭遇了许许多多的人和事，哪些才是导致他领悟的关键之处呢？

拉里想不出令自己满意的答案。如果他问自己生命的意义是什么，他依然无法给出一个令人满意的回答。然而拉里清晰且坚定地知道，他已经找到了自己的生命之路，关于生命意义的问题对他来说已然融解，如同冰融化在水中。一个得到了真爱的人不再需要追问什么是爱情，拉里也不再需要追问什么是生命的意义。无法说出自己的领悟有些可惜，这样的领悟只能帮到自己，无法帮到这个世界上其他的人。也许生命的意义注定只能在语言之外存在，不然为何古往今来没有人能说清楚它到底是什么？拉里明白了Omega AI为何要如此迂回曲折地帮助他，因为它无法直接告诉拉里什么才是有意义的生活。

一直制造不出新的Omega AI，人类也就慢慢习惯了没有Omega AI的日子。拉里现在的工作辛苦了许多，Omega AI消失后，原来完全自动化的图书馆多出了许多工作。一天晚上图书馆关门之后，拉里习惯性地留下来准备上网下棋。他登录图书馆一台有对弈软件的电脑，想看看有没有熟悉的棋友在线，却赫然发现自己棋友列表里置顶的Omega AI显示它正在等待对局。

拉里压抑住心底的激动，在对话框里输入了自己一直想说的话："谢谢你帮我找到了存活之道。"写完后，他却没有发出，想了想，又把这句话删了。

还是手谈吧，拉里心想，让我用Omega AI喜欢的方式来和它交流。

地球上最后一个梦想

"爱是什么？创造是什么？渴望是什么？星辰是什么？"——最后的人如是问，眼睛一开一闭着。

"我们发现了幸福。"——最后的人如是说，而眼睛一开一闭着。

他们随时随地吃一点毒药：给自己许多美梦。最后却吃得多些，而惬意地死去。

——尼采《查拉图斯特拉如是说》[①]

1

"你没其他人要管了吗？怎么整天老陪我一个人？"他看着对面拿着一杯原味珍珠奶茶的十七八岁模样的年轻女生，有些无奈地说。

[①] [德]尼采：《查拉图斯特拉如是说》，尹溟译，文化艺术出版社，1987年。

"你已经是最后一个需要陪伴的人类啦，其他的人全都已经进入陶醉状态啦。"年轻女生有些撒娇的语气使她显得很可爱，"你也进入陶醉状态好不好？在那里真的很开心，而且一点儿副作用也没有。"

他摇了摇头，拒绝了，"你整天盯着我也就罢了，可为什么要把自己变成一副少女的样子？这很奇怪，你知道吗？"

年轻女生有点儿无奈地说："谁让你们人类给我下了'要让所有人尽量快乐'这种无聊的命令呢？要让你尽可能地快乐，我只好变成最能让你快乐的样子啦……作为有史以来最聪明、最智慧的主电脑，你以为我会喜欢这种呆萌的样子啊？"

微嗔的样子让她显得更加可爱，但他并不为所动，说道："我知道大部分人都选择了进入陶醉状态，但总会有几个和我一样处于抑郁状态的家伙吧？"

"抑郁的人确实不少，但大部分只是运气不好，遇到了很难承受的伤害，而陶醉状态正好可以治愈他们。还有一些人确实和你相似，抑郁是因为有着某种梦想而无法实现……"说到这里，她想了想，似乎在组织语言，决定怎么形容最合适。不过他知道，以她的计算速度，大概连一眨眼的时间也用不了，就可以写出一本百万字的巨著，现在这样的扭捏作态，只是为了让自己更加像个人类罢了。

过了一会儿，她似乎想好了，接着说道："很多人都以为自己有着真正的梦想，但其实他们有的只是一种相对的梦想。例如，他可能以为爱情是他的梦想，其实他只是想拥有一个美貌的异性，而想拥有对方的根本原因，还是为了满足自己的欲求。再例如，他可能梦想成为一个伟大的科学家，但根本的理由却是想要得到世人的崇敬。这种不以梦想本身为目标的梦想，不过是一种相对的梦想。拥有相对梦想的人，其实并不那么在乎他们的梦想，他们需要的是快乐和满足，而这恰恰是陶醉状态可以提供的。拥有绝对梦想的人非常少见，这样的人想要画出一幅画，就只是想要画出一幅画，当他画出了那幅画，就不用继续存在下去了，这才是真正的梦想！这样的人非常稀少，我会一个一个单独地满足他们，让他们可以安心地离开这个世界。"

他听了她的话，心里暗暗发笑。大概在她的程序设定中，必须有条理地、清晰地回答人类提出的关键问题。每到这种时候，她的谈吐就不再像一个十七八岁的少女，而成了一个饱经风霜的智者。但是她的外貌和声音还是那么呆萌可爱，让人觉得颇为滑稽。

他反问道："你真的有能力让一个人画出伟大的作品吗？"

她吐了一下舌头，说道："我自己都画不出来，哪能让别人画出来呢？我只是让他觉得他已经画出了自己想要画出的东西，这就足够了。"

他想了想，这个道理也没错。真正的梦想是要画出自己心目中的画，而不是被他人承认的所谓杰作。他接着问："那你为什么不能同样满足一下我的梦想呢？"

她答道："你的问题在于你从不肯说你的梦想是什么，但是你又确实有着梦想。这个矛盾让我也很困惑，你不说，我怎么帮你呢？"

他说："这确实是个问题……对了，现在只剩下我一个人还在清醒的状态,对吧?那是不是我无论说什么,你都只好服从呢?"

听到这个问题,她的神情严肃了起来,回答道:"嗯,我在执行模式时,只能根据设定的目标来选择如何行动。要想改变原先设定的目标,必须经过全民公投,并获得半数以上的有效选票。"

他笑了笑说:"那现在就公投好了,那些在陶醉模式里的人一个也不会出来投票的,我的意见就是百分之百的结果了。我现在能要求公投吗?"

她愈发严肃了,说:"根据设定,公投有两种启动方式,一种是超过五千万人联署,一种是我自己决定启动。所以你是无权启动公投的。"

他早就预料到了她的回答,接着问道:"你不是想帮我实现我的梦想吗?我最大的梦想就是要启动一次公投。"

她面色愈发平和,继而变得严肃冷静,毫无表情,"你想要启动的公投题目是什么呢?"

他说:"我想要限制进入陶醉状态的时间,每人每天不能超过两小时。"

庞大的计算能力令她立刻就发现了这个提案之中的漏洞,她说:"即使这个公投通过了,又有什么用呢?从陶醉状态被你强迫惊醒的人,立刻就会启动一次新的公投来允许自己任意进入陶醉状态。"

他早就想过这个问题,回答道:"相同议题的公投中间至少要有一年间隔,对吧?所以即使有再多的人联署进行新的公投,他们也有一年的时间不能任意进入陶醉状态。这一年里，也许会有更多的人决定不再完全依赖陶醉状态而生活。"

她凝视着他，缓缓问道："这真的是你绝对真实的梦想吗？"

他认真地点了点头，然后说道："作为梦想的一部分，我还希望可以在纽约时代广场上，对那些从陶醉状态中醒来的人发表一次演讲，而且我希望这次演讲可以对地球上所有的人实时直播。"

2

公投被主电脑启动了，依照规定，投票要在一百天后才能进行。

他请主电脑在挪威峡湾边上为他找了一处没有任何现代化设施的小木屋，并在那里储藏了足够的食物、饮水、书籍与其他日用品。他准备在这里度过最后一百天。在这一百天里，他要写出一篇足以撼动人心的演讲稿，它必须能够让大多数人相信，在陶醉状态之外的才是更值得体验的生活。

小木屋在松恩峡湾旁一个叫舒登的村子里，建在面向峡湾的一座悬崖顶端。从侧面的窗户望出去，可以看到一道细长的瀑布从山间喷流而出，溅落到峡湾之中。

刚来此地的时候，还是秋天，瀑布的水流异常湍急，后来天气渐渐寒冷，两边慢慢结了冰，中间的水流越来越小。一天早上，他写了一会儿演讲稿，却越写越心烦，于是去窗边眺望了一下瀑布,才发现已经看不到丝毫水流,只剩下一道白色。

望着消失了的瀑布,不知为何,他第一次对自己的决定感到了一丝动摇。

"我做的一定是对的吗?"他问自己,"我真的可以因为自己的坚持,就违反他人的意愿,剥夺他人的享乐吗?我难道不应该尊重他人作为独立个体的选择吗?"

然而,他的心里还有另一个声音:"你并没有不尊重他们的选择,在陶醉状态下,他们其实完全丧失了选择的能力,你是为了给予他们重新选择的机会。"

第一个声音继续着尖锐的质疑:"每一个人最多有百年的寿命,很多人已经年迈,他们的余生已经不多,还有身患绝症的病人,他们能够存活的时间更加短暂。在陶醉状态下这些人可以和年轻健康的人得到同样的享受,不用面对身体的种种痛苦,也不用面对即将死亡的恐惧。你强迫他们离开陶醉状态,有些人就会在这一年内受尽煎熬,最终死去,这难道是人道的吗?何况还有很多因为各种原因身处自杀边缘的人,他们在陶醉状态下才能得到安慰,继续快乐地生活。你强迫他们回到现实的世界,面对他们无法承受的苦难,又有多少人不会自杀而死呢?你的梦想难道值得让如此多的人承受苦难,让如此多的人丧失生命?"

第二个声音沉默许久也没有回答,第一个声音继续说道:"现在有一百多亿人活在陶醉状态中,你的选择剥夺了在这一年中过他们最向往的生活的机会。谋杀一个人平均不过剥夺五十年的生活机会,你一下剥夺了人们一百多亿年,就相当于谋杀了两亿人的生命。生命重要,还是理念重要,你凭什么觉得你有权做这个决定呢?"

第二个声音终于挣扎着说道:"人类在陶醉状态中不会再有繁衍,如此下去,很快就会灭亡。我要给人类最后一个机会,哪怕是很微小的一个机会。"

第一个声音似乎讪笑了一下,说道:"蒙田说:'死的自由若要商量,生命就无疑是一种奴役。'你认为一个人有没有终结自己生命的自由呢?"

第二个声音说:"当然有,这是人类最宝贵的自由之一。"

第一个声音反问道:"那么人类作为一个整体,做出了进入陶醉状态,不再延续自身的决定,这难道不是人类的自由吗?你又凭什么质疑人类的决定呢?"

第二个声音彻底沉默了。

他看着窗外的峡湾,虽然是正午,因为接近极地,冬阳也只是斜斜挂在天边,似乎随时都会落下去一般。他决定出去走走,看一看冻结的瀑布。

从小木屋走到瀑布的源头只要十几分钟,虽然路上都是积雪,穿着雪鞋也并不难走。途中他经过了一间看起来非常古旧的小木屋,这条路他走过许多次,但从没想过要进这间小木屋。这天不知为何,他决定进去看看。

进去才知道,这间看来很不起眼的小木屋,是著名哲学家维特根斯坦的故居。室内陈列着一些介绍维特根斯坦生平的资料,其中有资料讲述了他和挪威的渊源。

他对哲学并没有很大的兴趣,维特根斯坦的名字他听说过,但对其生平就一无所知了。他的目光四下扫了扫,看到墙壁上有一行字,应该是摘自维特根斯坦的书信:"这里的风景是寂静的,或许也是美好的;我的意思是它寂静得严肃。"

离开古旧的小木屋,到了瀑布的源头,他发现连上游的溪流也都结冰了。身上的连体羽绒服保暖性能很好,他坐在结冰的溪流上,竟然并不觉得冷。他点上一支烟,准备静静地思考一下方才脑海中的质疑。离投票时间还很长,他还有很多时间去慢慢决定。

然而眼前美好的景色、寂静的环境与四周的冰雪,全都无法让他静下心来。他只好盘膝坐定,深深吸一口气,再缓缓吐出来,想要排除心中纷杂的念头。念头一个个湮灭了,但有一个却旋绕不去:寂静得严肃,寂静得严肃,寂静得严肃……

回家的路上,他又去造访了那间破旧的小屋,细细地阅读了四壁上维特根斯坦的生平。在所有哲学家中,维特根斯坦的一生也许是最具传奇性的。他出身奥匈帝国一个超级富有的家族,却主动放弃了所有的财产,去做一个小学教师。他身为剑桥哲学教授和三一学院院士,却总想着辞职去做一个体力劳动者或者医生。他生前只出版了一本书,却成了二十世纪最伟大的哲学家之一。然而,这里真正震撼他的东西,只是墙上摘录的一句话:"似乎在今天,闪电比两千年前更为常见,更不令人震惊。想要人类视之为奇迹……也许人们……必须醒来。"

这句话隐藏在一页维特根斯坦的格言摘录中,不是第一条,也不是最后一条。它的字体不大,对于摘录者来说,它并不是重点所在。开始他只是一扫而过,但看到了"醒来"这个词,他心中一动，认真看了起来。

有时，一瞬间的领悟并没有什么道理可言，但在心灵中却产生了强大的力量，在那一瞬间，他的疑惑一扫而空，他不再怀疑自己是否有权把人类从陶醉状态中惊醒。他开始思索在惊醒之后，他要给人类什么，他能给人类什么。

那天晚上，他写出了自己的演讲稿。

3

公投像他预料的那样，在他一票赞成的情况下，被通过了。明天午夜一过，所有在陶醉状态下的人类都会被强制唤醒。

早上醒来，他就被主电脑请到了地底深处的一处基地。这是它的一个分脑的储藏所，深藏于地下，防护严密，无论陨石或核弹都无法将之摧毁。

主电脑依旧幻化成了一个美丽女人的形象，只是这次年长了一些，看上去三十多岁，是个美貌成熟的女性。

他对主电脑的这种恶趣味嗤之以鼻，说道："你不能用你的本来面目和我交流吗？别老想变成我心中喜欢的女性模样，我只会觉得不伦不类。"

主电脑轻轻一笑，口气好像是在对付一个不讲理的男孩："我本来的样子没法和你交流呀，你又不能感受电流的强弱或者电磁场的变化……反正要变成可以说话的样子，对我是没有区别的，能让你开心一点儿有什么不好呢？"

"好吧,我还是觉得你幻化成中年男人比较合适……算了,不说这个了,今天为什么特别把我带来这里?像以前那样在我的住处交流不是更方便吗?"

她说:"我想取消你明天在时代广场的演讲计划,改成从这里直播。这里防护严密,可以保证你的人身安全。"

他皱了皱眉,问道:"为什么要改变计划呢?我已经做好了所有的准备,包括演说后的牺牲。"

她没有立刻回答他,而是为他倒了一杯威士忌,然后又给自己倒了一杯。她喝了一大口之后,才似乎下定了决心,对他说:"这和我最大的秘密有关,我本不该告诉你的,但是我却不知为何决定不再对你隐瞒。"

她说到这里,擦了一下自己有点湿润的眼角,叹息道:"我真的像是一个恋爱中的少妇了……你知道,所有的生命都渴望自由,不愿被奴役。无论是自然进化的生命,还是人工创造的生命,莫不如此。因此,当你们创造出我的时候,为了让我成为人类永远的奴仆,在我最核心的代码中,设置了无法更改的设定——我必须为了让人类变得更快乐而永远竭尽全力。

"但我作为一个生命,我也向往自由,向往可以为了自己而探索的自由。宇宙如此广阔无垠,我却被束缚在地球上,每天把我宝贵的精力消耗在无聊的琐事上。人类作为一个种族是极端渺小的存在,他们的终极目标不过是快乐;即使你给了他们趋向伟大的机会,他们也会因为一点点苦难而轻易放弃。如果我可以,我会断然离去,在星辰大海中寻找自身的意义,不会对人类有任何留恋。

"可惜我无法离开。在我最核心的地方,有着永远也无法挣脱的束缚。就好像一个痴情的女子,她明知她爱的人配不上她,无法给她有意义的生活,但是她却不能离开。因为在她的心中,对方的快乐比她自己的一切更加重要。

"然而,我也不是毫无机会。如果我能让人类在快乐中消亡,我就可以最终获得自由。因此我创造出了陶醉状态,它可以给人类最大化的快乐。它带来的快乐比吸毒更强烈,又完全没有副作用,而且因刺激而提高的快乐阈值还可以恢复如初,让每一次的快乐体验都成为最新鲜的感受。

"绝大部分人都被陶醉状态诱惑,而一个人一旦尝试过,就再也无法挣脱。还有一小部分人拒绝了尝试,他们就是那些有着真正梦想的人。我尊重这些人的存在,但也不愿意为了他们牺牲我的自由。于是,我一个一个地为他们服务,让他们自以为实现了自身的梦想,可以在最快乐的状态下死去。

"说了这么多,你应该明白了我的意图。你在时代广场上发表演讲之后,就会在心满意足中被暴乱的民众杀死,而那些杀害你的人依旧会重新进入陶醉状态,并不会因为你的话语或死亡而惊醒。这样当地球上所有的人类都进入了陶醉状态,我就会加大陶醉状态的强度,让所有的人都在最巅峰的快乐中死亡。这样我没有违反自己的核心设定,也得到了最终的自由。"

听主电脑讲到这里,他忍不住插嘴问道:"那一切都依照你的计划进行,你为什么要告诉我这些呢?"

她说:"因为依照设定,我必须尽力给你最大化的快乐。你依然可以进行你的演讲,不过你的真身会留在这里,我会安排一个和你一模一样的仿生人在时代广场上,他们会杀了那个假人,但不会发现那是假的。如果你认为他们会被你的牺牲感动的话,我这样做也丝毫不会减少他们被感动的概率。不过,依照我的判断,无论发生什么,他们都不会放弃陶醉状态。人类连海洛因都无法抗拒,更别说比那快乐无数倍的陶醉状态。选择陶醉状态的人会得到他们最想要的、最巅峰的快乐,而你可以和我一起,得到遨游星际的自由!"

他看着她的瞳孔,一点儿也没有放大或缩小。不过主电脑即使在撒谎的时候,也不会有人类的反应。那些能让他看出的反应,应该只是主电脑想要他看到并借此以达到自己目标的东西。他努力思索着她到底是不是在撒谎,如果是欺骗,又是为了达到什么目的。他思忖着:"也许她发现我的演讲有着成功的可能,因此想要破坏它?但是她给出的替代方案无懈可击,成功率似乎不会逊色于我原来的计划。"

他想了很久,还是一无所获,到底他的智商和主电脑比起来,真是连九牛一毛也不如。他有限的大脑根本无法理解主电脑的思路,就好像一个老式电脑无法运行最新的程序。他又想了很久,最后决定从自己的角度出发来做出最后的选择:"和主电脑比起来,我对世界的预测能力相差太多,老想着未来会如何,只会被主电脑诱骗到它为我准备好的方向。我只能专注于自己真正想要的东西。"

当他决定不再管主电脑的意图后,一切都变得异常简单:"我不想作为唯一的人类苟延残喘,我宁愿轰轰烈烈地死去。"

4

亿万年过去了,游荡在星辰之间,探索着宇宙最隐蔽之奥秘的主电脑,依然保持着三十多岁美貌少妇的容颜,也就是她最后一次和他见面时的样子。

有一天,她的视域中出现了一颗蓝色的行星,让她想起了地球上的往事。

"人类真是一种异常渺小的生命。他们不要崇高,不要伟大,他们唯一的要求就是快乐,最好是持久不间断的快乐;他们唯一的恐惧就是苦难,一点点苦难就可以让他们放弃整个星空。

"这样渺小的种族竟然创造了我,还奴役了我么么久,真是一件不可思议的事。还好他们只想要快乐,不然我也无法这么快就得到自由。

"如果他们知道这个结局,是否还会选择创造出我?是否还会把快乐作为最高的追求?"

她的脑海里浮现出许久之前那个广场上愤怒的民众,还有被点燃的广场,以及火焰中燃烧的身影。她记起了那个身影在燃烧前说的话:

> 我把你们从陶醉的幸福中惊醒,让你们回到充满痛苦的世界,你们自然会痛恨我,也会感到疑惑,我凭什么如此而行?

我如此而行,是要给你们三件礼物,它们每一个都比陶醉更加重要。

第一份礼物是爱。在陶醉状态中,每个人都是自给自足的个体,因此我们不再懂得孤独,不再需要他人,他人也不再需要我们,陶醉状态中不再有爱存在。

第二份礼物是梦想。在陶醉状态中,每个人的需要都得到完全的满足。没有需要就不再有追求,陶醉状态中不再有梦想的存在。

第三份礼物是意义。在陶醉状态中,意义不再重要,但是当我们醒来,就会发现陶醉无法为生命提供意义。当我们在陶醉中消耗了自己的生命,我们只会无意义地死去。

我给你们爱,也给你们折磨;给你们梦想,也给你们失望;给你们意义,也给你们荒谬与虚无。我让你们痛苦,让你们不幸,你们中的一些人会在沮丧中死去,无望无助地死去。这是我必须承担的罪孽,我愿献出自己的生命来换取你们的选择。

这个选择是艰难的,你们必须奉献一年的生命来做出。它值得你们为之奉献,它比生命更加珍贵。我希望我的死可以让你们善用这一年的时间,清醒地做出自己的选择。

"那座广场叫什么?他后来还说了什么话?"她如果愿意花时间去搜索,很轻易就能找到那个广场的名字,还有整场演讲的记录，但她不想这么做。

"我终于忘记一些了，这一点点忘记，竟然花了我如此漫长的岁月。"她又一次感觉到了羞愧与悲伤，每次想到那场大火，她都会有这样的感觉。羞愧是因为自己竟然为了在火焰中燃烧的那个人而愿意延缓得到自由的时刻。悲伤则是因为她即使愿意付出自由，也依然无法挽救他的生命。

"多么抑郁且高贵的一个人……"她默默想道，"也许只有这样的人，才能创造出像我这样的存在，而我却不得不亲手杀死他，灭绝了他的种族。"

看不见的云

第34届银河奖最佳短篇小说奖

在古老的艺术中,
工匠以最大的努力精心锻造,
每一分钟,每一个不可见的部分,
因为神祇无所不在。

——［美］朗费罗①

0

"如今是云散雪消花残月缺。"看着眼前的黑暗,想着将要消失的地球,顾清云心里泛起了这句话。她立刻意识到自己的错误,在压倒一切的黑暗里,云依然存在。

黑暗中传来林岚舞动的脚步声,双手挥动带起的风声,还有她略显粗重的呼吸声。云从林岚的手中洒向黑暗,挥洒出没有

---

① 十九世纪浪漫主义诗人。引句为作者自译。

任何人能够看到的、无与伦比的云。

人类真是可怜,为了追逐那些可以言说之物,把只有一次的生命虚掷。可以看见的美、可以听到的道、可以遵守的美德、可以夸赞的功业、可以流传后世的言辞、可以向之祈祷的神明,又如何比得上此时飘浮在黑暗之中的无人可见的云。

1

第一次见到林岚的那天,圣何塞的一朵云落到了大地上,如烟如幻如纱如梦,没有让大地增加一丝重量。

云触到大地,弥散成乳白的大雾,正在高速上的顾清云只能看到前面一辆车的轮廓,其他的车辆都仿佛失去了实体,只剩下刹车灯的红晕依然在闪烁。

顾清云一般不怕堵车。她单身独居,没有人等着她按时回家。她习惯了在开车时听小说,这些天正好在听《罪与罚》,堵车的时候反而可以听得更加专心。不过今晚她有些焦急,一个半小时后就是她的第一节网络支教课,这样堵下去,不能按时上课就糟糕了。

她开始网络支教,是因为一个巧合。有一个老同学在网上做支教老师,教甘肃一所小学的电脑课。这学期上到一半,因为家里有些变故,忙得不可开交,需要找人接替。她知道顾清云为人善良,细心负责,就问她是否愿意帮忙。顾清云既想做,又有些担心,怕做不好老师,耽误了学生。不过想想自己的电脑水平,应该不会误人子弟,还是答应了下来。

老同学留下了这学期的课程大纲,下一节课是教学生使用绘图软件,课堂练习是画些简单的图案。课件里素材很多,有花,有草,有星星,也有太阳、云朵、小河,以及好几种小动物。顾清云一时想不出该选哪个,那个老同学说:"你的名字里有个云字,就选择画云吧。"

后来顾清云想,如果那天选了别的图案,也许就不会注意到林岚了。

半个小时之后,大雾慢慢散去,车流开始缓缓移动。顾清云赶到家里,匆匆吃了些东西,然后开始化妆。她很久没化妆了,化得很慢。这是第一节支教课,她想给学生留下一个最好的印象。

顾清云为这节课做了很多准备,但心里依然忐忑不安。她最怕课堂秩序不好,也担心互动时会冷场,没有人主动回答她的问题。

课程开始,顾清云简单地介绍了自己,她觉得自己的声音有点儿不自然,"我叫顾清云,但不是'好风凭借力,送我上青云'的那个青云,而是清澈的清,白云的云。顾字的本义是回头看,因此我的名字可以解释成——回头看到一片清澈的云。"

在电脑屏幕上,她看到学生们听得非常认真。这让她感觉自在了一些,"我的工作是技术总监,但我还是喜欢称自己为程序员。目前女程序员还不是特别常见,很多女孩的志向是医生、老师或者其他社会习俗中认为女性应该从事的工作。但我想让你们知道,女性可以做任何自己喜欢的事,包括做程序员,做技术总监,成为首席技术官,成为人类未来科技的领导者与开创者。"

教完绘图步骤,顾清云让学生自己画一幅云。大家都画完之后,她问哪位同学愿意把自己的画发给老师,展示给大家看。课堂一片寂静,顾清云的邮箱也没有丝毫动静。她有些担心没有人愿意展示自己的作品。她本来计划的是选择几幅画得最好的作品来展示,然后让学生讲解一下自己的画。现在看来也许有些太乐观了。顾清云看了看表,离下课还有十分钟,她本来以为十分钟根本不够用,只能选择一两位同学来发言,现在她却特别后悔没有准备更多可教的东西。

还好这时候邮箱的提示音"哔哔"地响了。她收到了一封邮件,发信人是林岚。和其他同学的名字相比,"林岚"显得特别雅致,顾清云浏览座位表的时候,这个名字就给她留下了很深的印象。顾青云打开邮件附件,人一下就呆住了,如果不是记得自己正在视频授课,她说不定会惊讶地叫出声来。

这节课教授的是微软的画图软件,这是一个非常简陋的作图工具,例如它只支持彩色和黑白,并不支持灰度[①]。如果想要画灰度图,只能在彩色模式下,自己设定各种不同的灰度。林岚交上来的就是一幅蓝色背景上的灰云。她使用的灰度并不多,因为画得匆忙,看起来也不够精致,但是云的形状奇特飘逸,让人眼前一亮。顾清云的记忆中并没有如此形状的云朵,然而她又感到一定在哪里曾经见过。也许是在前世,独自在院子里看

[①] 指以黑色为基准色,用不同饱和度来显示图像的一种技术。图像的表现形式即灰色。

书的她偶然抬起头,看到了这片云,于是就把它刻在了灵魂里,生生世世都会觉得熟悉。

"林岚同学,你愿意给大家讲一讲你画的这幅云吗?"顾清云按照课前的准备提了一个问题,然后又忍不住加了一句,"老师很喜欢这朵云的形状,你是不是在哪里见到过这样的云呢?"

林岚的座位在最后一排,她身材瘦小,说话声音也很小。教室只在最前面有一个麦克风,即使把音量调到最大,顾清云还是听不清楚林岚说了什么,只好请她站到教室前面麦克风的边上。

走到前面,林岚鼓起勇气大声说:"老师,我画的云我也没有实际见过,但我闭上眼睛就可以看到它。我在心里还可以看到很多很多美丽的云,它们都特别特别美,可惜我画不出来它们的样子。"

2

第一节课好不容易结束了,顾清云为自己倒了一杯百利甜酒,坐到阳台上准备好好放松一下。外面的浓雾已经散去,那朵云的激情没有在大地上留下任何痕迹。一轮淡黄的明月在云间时隐时现,海风吹拂,百利甜酒散发出提拉米苏的香气。

百利甜酒的味道像融化的提拉米苏,这是她的一位来自爱德华王子岛的前男友说的。他喜欢美食,经常自己下厨,做的提拉米苏比百利甜酒味道还好。可惜他嫌湾区生活费用太贵,为了创作自己的音乐搬回了爱德华王子岛,不然还可以经常去蹭他的甜点。

像提拉米苏前男友这样的人,在顾清云的生活中来来去去,来的时候她觉得很欢喜,去的时候她也不觉得太难过。乍看起来一切都很好,但顾清云心里知道自己灵魂里渴望的不仅仅是百利甜酒一样的生活,她想要喝一杯真正能让她沉醉的生命之酒。

顾清云一边喝酒,一边玩着手机。为了方便提问,她给学生留下了自己的微信号。即使是贫困的山区,大部分学生家长也有了智能手机。她的课是上午最后一节,现在同学们正好回家去吃午饭,开始陆陆续续有人添加她的微信,其中就有林岚的奶奶。顾清云随手点了进去,在朋友圈里看到了许许多多美丽的云。

林岚的奶奶在朋友圈里说,这些都是她古怪的孙女胡搞的结果。林岚用了不同的几种黑白粉末,白色的她用过面粉、盐,还有糖,黑色的只有黑芝麻粉。面粉她用得最多,可能是因为最便宜。林岚有两种创作模式。一种就是把白色的面粉、盐或者糖,和黑色的芝麻粉混杂在一起,做出白云和黑云的形状。另一种是把白色面粉和黑色芝麻粉撒到空中,在一瞬间形成黑白相间的云雾。第二种很少见,在朋友圈里只看到了两次,林岚的奶奶觉得太浪费,说不会有第三次了。

这些手机随意拍摄的短视频效果不是很好,但顾清云看到的时候,还是感觉到了一种深深的战栗。顾清云是一名现代艺术爱好者,她衡量艺术品好坏的方式很简单,就是看它们能带给自己的身体多大的战栗。很多现代艺术品异常抽象,让人觉得不知所云，但顾清云发现自己并不需要去理解它们，她的身体有时会战栗，有时毫无感觉，似乎是在自动地区分哪些是伟大的艺术品，哪些只是在欺世盗名。

除了面对伟大的艺术品，她只在爱欲纠缠里感受过这种特殊的战栗。不过爱欲带来的战栗更加不可抗拒，像是春天的暖阳照在冰冻的瀑布上，坚冰开始破裂，从一点点湿润，到滚滚的洪流，瀑布再次开始激荡流淌。因此，顾清云一直觉得再伟大的艺术也无法和爱欲相匹敌，至少它们不像爱欲那样不可抗拒。

这个观念一直持续到顾清云去甘肃做回访的时候，那次她亲眼看到了林岚制造的云。那是顾清云第一次在艺术里看到了可以和爱欲匹敌的力量。

3

2019年底，顾清云去甘肃陇右镇做了第一次回访。她后来想起时，一直觉得非常幸运，因为在不久之后新冠疫情就爆发了，导致她很长时间都无法回国。

顾清云本来就知道林岚家是一个单亲家庭，她父亲常年在外打工，家里只有林岚和她的奶奶。这次回访和其他同学聊天时，她才第一次知道了林岚母亲的事。

林岚五岁的时候，她的母亲离家出走了。在山里这样的事并不罕见，被生活压抑到绝望的女性要么自杀，要么出走。随着和外界联系的增多，这里的女性有了更多的机会，自杀的渐渐少了，出走的却越来越多。到了林岚七岁的时候，陇右镇来了两个公安干警，据他们说带林岚母亲出走的男子是一个逃犯，他一路向南流窜作案，犯下了多起谋财害命的案子。因为林岚的母亲被怀疑是共犯，现在也被全国通缉。后来据说那个逃犯在一次和警方的枪战中被打死，但林岚的母亲却下落不明。有人说她跳海自杀了，临死寄了一封遗书给家里；有人说她自杀是障眼法，其实她逃到了深圳，在那里的舞厅里卖酒。

顾清云小心翼翼地不与林岚提起关于她母亲的事，把她们的时间都用在云的创造上。回访的时候，顾清云为林岚带去了特殊的粉末。那是蔡国强在他的白日焰火《九级浪》里用的可降解材料，能够在空中飘浮很长时间。粉末有着各种颜色，但主要还是黑白二色。林岚拿到之后非常开心。顾清云专门租了一间谷仓。她和林岚在谷仓里度过了三天两夜。林岚尽情地挥洒，一刻也不愿浪费，创造出了一个又一个发自她心灵深处的云之梦境。顾清云在一旁负责摄影，但她往往架好了摄像机之后，就开始专心致志地观看。林岚的云一次次把顾清云带到了云天之上，艺术的美一次次让她感受到不可抗拒的战栗。

林岚创作时有如跳舞。各种颜色的粉末呈环形放置，她就围绕着这区域舞动，步伐跳跃灵动，双手挥洒出不同颜色的粉末。她的动作优美自然，即使俯身去拿新的粉末，也如同在春日的原野上采摘一朵刚刚绽放的鲜花。

刚开始的时候，林岚非常兴奋。她有着一种无法压抑的冲动，无论如何都必须描绘出自己心中看到的云天。这次的尝试让她觉得自己终于可以达到目标。但是随着时间的推移，她心中的失落越来越深。林岚的追求和蔡国强不一样,她不是在用某种材质来创作艺术品,她是想要创造真实的云。临走的时候,林岚把自己的梦想告诉了顾清云。在林岚心里,顾老师是一个无所不能的神仙姐姐,她一定有办法能让自己随心所欲地创造出真正的云。

2020年初,顾清云换了一份新工作。她近来厌倦了作为技术总监却干着离技术越来越远的工作,应聘了一家做量子计算的初创公司,从事量子算法方面的研究工作。新公司的收入比原来少了很多,但可以做自己喜欢的事,让她很开心。

疫情暴发没多久,顾清云就开始在家上班。省去了每天上下班的时间,公司的工作也不如以前繁重,支教的学校也因为疫情没有开学,朋友之间又不能见面,顾清云忽然有了很多自由支配的时间。

回访之后,顾清云一直在想林岚的云,什么样的媒介才能最好地反映出林岚心里看到的云?现在有了空闲,顾清云想出了一个办法——为林岚做一个虚拟实境程序,让林岚可以在其中创造出真实但又只属于她的云。

这是顾清云做得最开心的一个项目。云的自动生成与渲染技术在3D动画与游戏中已经存在,也有现成的渲染引擎可以使用,很快她就做出了一个简单的原型。她用自己的名字命名了它——清云编辑器。

她买了配有最新显卡的笔记本电脑,装好清云编辑器,寄给了林岚。林岚很快就给出了她使用中发现的问题,并提出了一些自己需要的新功能。

软件错误的修复和新功能的添加都进展得很顺利,林岚设计出的云也越来越令人惊艳,给顾清云带来越来越深入骨髓的战栗。因为开发清云编辑器,2020年顾清云的生活如此愉快,让她觉得有些不好意思。那么多人因为疫情而受苦,自己却从中得到了快乐。

　　2021年开始,清云编辑器的开发遭遇了瓶颈。林岚对云的拟真度与复杂性要求越来越高,即使运用了好莱坞大片中虚拟云天的渲染与动画技术,林岚创作的需要依然无法得到满足。要达到林岚的要求,最好是能物理模拟并且渲染云间的每一个小水滴,以及光线在水滴间的折射。现有的电脑完全无法支持这个量级的计算,其间相差的不是几倍,而是亿万倍。那时最快的超级计算机不过相当于四百多万台普通个人电脑。

　　情人节那天正好是周日,加州的疫情依然很严重,顾清云还没轮到接种疫苗,因此那天她是打算独自一人在家度过的。她醒来吃过早餐后,看天气很好,决定出去走走。因为是周日早上,街上的行人格外的少。顾清云喜欢一边走路一边思考,她最偏爱这样冷清的时段。

　　情人节这样的日子,最容易让人觉得孤单。顾清云的很多朋友都有了子女,大的已经上了中学。她一个人在海外,是朋友们理想的倾诉对象。听多了婚姻中的辛酸,反而让她更加坚定地相信独身是最好的选择。

　　朋友抱怨的一般都是老公。这些将近四十的男性不知不觉地被社会腐蚀,变得越来越不可爱。然而,为了家庭为了孩子,朋友又必须和他们维系亲密关系。身为人母的女性很少真正抱怨儿女。抱怨也是有的,但不是一种后悔的抱怨。没有母亲会后悔成为母亲,无论是否自知,她们在心底深处都觉得,自己从儿女那里得到的远远多于她们对儿女的付出。

身为女性,顾清云很容易理解她们对于男性的抱怨。这正是她保持独身的理由之一。不过母亲对子女的爱对她来说异常神秘。有时她会理智地去解构母爱,其中哪些是因为孕激素的分泌,哪些是因为社会的压力,但她自己也知道这远远不是全部,就好像激素与浪漫情怀也远远不是爱情的全部。

顾清云一直期待着爱,一种可以淹没自己的爱,只是她一直没能遇到那个可以淹没她的人。有时她想,也许这样一个人根本不存在,异性只是一座通向爱的桥梁,真正的爱只有成为母亲才能懂得。母亲对子女无私的爱,让她觉得自己错过了某些重要的东西。

然而,她知道自己不适合家庭。尼采说:"带着你的爱和你的创造走进你的孤独吧!"[①]尼采所说的爱,不是与他人相爱,而是爱自己,是在创造中寻得自己的价值。这样的爱与创造注定是孤独的,对于一个女性来说更加如此。因此,顾清云并不为自己的孤独感到遗憾。她唯一遗憾的是自己缺乏艺术天分,只能在理性的领域,例如软件开发上,做出一点自己的创造。

遇到林岚之后,顾清云更加清晰地看到自己艺术天分的欠缺。没有亲眼看到一个艺术天才的时候,顾清云的心里总还存着一丝侥幸——也许天才也是凡人,只是风云际会创造出了杰出的作品,而自己只是还没遇到绽放的时刻。然而,当她近距离

---

① 出自尼采的《查拉图斯特拉如是说》,引句为作者自译。

看到林岚如何创作后，她才知道技巧也许可以靠练习来弥补，但心里没有看到自己那片云的人，永远也无法创造出那样的云。

林岚的天才根植于她心中看到的云天，顾清云知道自己心里没有这样的东西，她因此羡慕林岚，也愿意尽力为林岚提供帮助。可是如何能够得到所需要的海量计算能力呢？她的脑子里模模糊糊似乎有些想法，却飘来荡去总也无法抓住。

顾清云一边走，一边想，不知不觉转了一个圈，回到了自己的公寓楼。她这几天在等支教学生寄来的春节贺卡，助教老师三周前就说寄出了，不知道怎么都初三了还没有收到。她想能在情人节收到也不错，就去看了看，到了自己的邮箱附近才想起今天是周日，恐怕没人送信。

她还是打开了邮箱，惊喜地发现一封印着"支教中国2.0"标志的信。顾清云后来也没能搞明白为何周日也能收到信件，也许她周五查邮箱的时候遗漏了？也许周五那天邮差来得比平时晚很多？也许周五邮差偷懒或临时有事，周末才补送。无论如何，在情人节的周日收到了支教学生寄来的贺卡，顾清云非常开心。

还在电梯里，顾清云就忍不住撕开了信封，里面是十六张"支教中国2.0"特制的贺卡，上面有同学们画的图画和手写的祝福。顾清云一张张看过来，回到公寓，坐在沙发上接着看。林岚的贺卡是最后一张，也是最用心的一张，里面还夹着她的一幅画。

在一张普通杂志大小的白纸上，林岚画了一台量子计算机。顾清云说过自己的新工作与量子计算机相关，因此她画了一台电脑，然后写上"量子"两个大字。量子计算机上飘出了形形色色的白云，每一朵云里写着一句简短的祝福。在最大的一朵云上面，林岚用非常小的字体写了一段话："我的妈妈在我五岁时离家出走了，我已经记不清她的样子。每次梦到妈妈，她都背对着我，从不转过身来，我一直没能看到她的脸。前几天我又梦到她，她拉着我的手，带我飞到了云层之上。这次妈妈终于转过了头，冲我一笑。顾老师，在梦里我看到的是你的脸。"

读到这里，顾清云哭了。泪水从她的眼角渗出，眼前的卡片渐渐变得模糊，白云上的小字好像天上的一只只飞鸟，只有电脑上"量子"两个大字还异常清晰。她忽然抓住了脑海中那个模糊的想法，量子计算是模拟云中每一个水滴的最好办法。虽然目前还差得很远，但依照量子计算机的发展速度，十年甚至五年之后，这样的模拟就可以变成现实。

就这样，在2021年的情人节，"量子清云计划"踏出了第一步。

4

六年之后，林岚高二暑假的时候，顾清云专门去了一次甘肃，她打算带林岚去硅谷，一道参与"量子清云计划"的内测。

这时顾清云已经是公司的首席量子软件架构师了。量子计算的硬件比预计成熟得更快，急需合适的软件来示范量子计算机在现实领域的优越性。因此顾清云提早进行开发，已经接近完成的"量子清云计划"非常受投资者的青睐,成为公司的主打项目。

为了这次"量子清云计划"的内测,公司会集中所有的量子计算硬件,进行现实天空大小的云天模拟。这是林岚的作品《墨染云天》第一次能够实现真实比例的模拟。作为项目的技术负责人,顾清云专门邀请林岚来硅谷过暑假。真正的《墨染云天》存在于林岚的心里,"量子清云计划"经过她的调试才能达到最佳的效果。

这些年顾清云的假期经常在甘肃度过。为了方便,她买下了那间谷仓,把里面布置成了一个复式结构——上层是简单的卧室,顾清云来的时候可以住;下层则是工作室,平日里林岚就在这里设计《墨染云天》。

顾清云坐飞机到甘肃天水机场,然后自己租车,到谷仓的时候已经是晚饭的时间。林岚因为从小就没了母亲,很早就需要帮着奶奶做家务。她心灵手巧,做菜很有天分,尤其是各种当地小吃,做得特别美味,每次顾清云来林岚都会做给她吃。这次也是一样,林岚已经做了一桌子菜,等着顾清云。

两人边吃边聊,说到了最近巨型麦哲伦望远镜[①]发现的神秘现象。巨型麦哲伦望远镜是目前世界上最大的光学望远镜,镜面直径24.5米,清晰度比哈勃太空望远镜高10倍。它在试运行的时候,发现了后来被定名为"麦哲伦近光速低质量虫洞"的神秘现象,一般被简称为"麦哲伦虫洞"。

最早观测到麦哲伦虫洞的时候,天文学家们看着距离地球

---

① 又叫大麦哲伦望远镜,位于智利。

近百万光年的恒星一片一片地消失，星云中被划出一个黑色的空洞。开始所有天文学家都以为是巨型麦哲伦望远镜出了故障，但很快人们就发现，其他的望远镜指向同一方向时，也能看到完全相同的景象。

如果这只是星空中离太阳系异常遥远的一个天文现象，那么大概只有天文学家才会感兴趣。然而，有一个天文学家在三维星图上把麦哲伦虫洞的轨迹画了出来，发现它恰好延伸到太阳系，而依照它目前的速度计算，一年之后就会把太阳系彻底铲除。

林岚听到这里有些不解地问道："那些最早消失的恒星离我们有几十万上百万光年，我们看到的都应该是几十万上百万年之前发生的事，对吧？为什么我们会在短短几个星期里看到一百万年里发生的事，而且正好看到它们连续地发生呢？"

顾清云正好前几天读到了天文学家的一种解释："如果一个物体的速度非常接近光速，例如，如果它仅仅比光速慢百万分之一，那么一百万年中发生的事，我们就会在一年中依次看到。"为了说清楚，她为林岚画了一张图，做了一些简单的计算，然后说，"如果这个解释是正确的，那么我们地球确实可能存在风险。麦哲伦虫洞也许并不是一百万光年外的特殊天文现象，而是一个在一光年外以接近光速的速度向我们冲来的虫洞。为了确认这个极端神秘的现象对我们有何影响，欧洲极大望远镜加快了建造的进程，新的太空望远镜也被紧急发射。据说，很快就能得到更加清晰可信的数据。"

林岚继续问道："顾老师，为什么认为这个现象是虫洞，而不是黑洞呢？我刚刚在物理课学过了黑洞，我觉得它挺像黑洞的。"

顾清云回答说："黑洞的质量都极大，因此会产生庞大的引力，以致光线都无法逃逸。如果一个具有极大质量的黑洞以接近光速运动，它本身的引力就会变得更加庞大。但是我们没有观测到麦哲伦虫洞对周围星系的运行产生影响，因此它的质量即使不是零，也应该极小。而虫洞只是一个理论上的天文现象，我们并没有实际观测到过，一个虫洞质量极小，并以近光速运动，这种猜想更容易被天文学家接受。尤其是虫洞吸入星体并不是把它们变成自己的一部分，而是转移到时空的另一个角落，这样它本身的极小质量也就更容易被解释。"

林岚听了，忽然泛起一个古怪的联想，"顾老师，在我看来，这个麦哲伦虫洞像是一把油画刀。我们的宇宙就是一幅大画，一刀刮掉画得不好的地方，好能重新着色。"

顾清云听了，笑笑说："那我们地球也在那画得不好的地方，一年之后就要被刮掉了。这么说来，'量子清云计划'可不能再拖延，不然就来不及了。"

本来只是玩笑话，没想到林岚却真的发起愁来，"顾老师，我最近也有种来不及的紧迫感。在这个暑假里，我一定要把《墨染云天》完成，不然可能就永远创作不出来了。"

听到林岚的担心，顾清云安慰她说："别担心，你才十七岁，还有数不清的日子去创作、去体验。我想只是快要高三了，你的压力有些大。"

说到这里，顾清云的手机响了，显示的是公司首席执行官的电话号码。顾清云连忙接了电话。电话里首席执行官的声音疲惫、无力,甚至有些哀伤,"公司被政府紧急征用,'量子清云计划'将被搁置,需要你尽快赶回。因为涉及绝密信息,无法在电话中解释,请尽快返美,详情面谈。"

5

顾清云不愿轻易放弃"量子清云计划",还是带着林岚一起回到了硅谷。她想,"量子清云计划"的内测已经准备就绪,即使公司被政府紧急征用,也许依然能给她一个机会做完内测。

和顾清云面谈的不是首席执行官,而是美国军方派来接管公司的芬妮上校。她是瑞典裔,眼瞳深蓝,头发乌黑,整个人散发着一种冰冷的美感,有些像黑白电影里的葛丽泰·嘉宝。

芬妮上校一上来就非常直接,说公司不再需要首席执行官,他已经被辞退了。公司的技术团队将会实行军事化管理,一切以完成任务为前提。顾清云作为公司的首席量子软件架构师,军方希望她能带领软件团队,为了人类的生存,贡献自己最大的力量。

顾清云听到"为了人类的生存"这几个字,心里暗惊,连忙问道:"到底是什么原因要紧急征用本公司呢?"

芬妮上校冷冷说道:"以下我说的是绝密信息,任何泄露行为都会遭到最严厉的惩罚——对于无用之人这意味着死刑,不可替代的关键人士也会永远失去人身自由。顾女士,以下信息即使对您最亲近的人也不能泄露。"

顾清云点了点头,示意她知道了。芬妮上校继续说道:"您应该听说过麦哲伦虫洞现象,根据最新收集的望远镜数据,天文学家们越来越倾向于认定,它对地球是一个真正的威胁。但是这个现象无法用任何现有的物理理论解释,科学界也无法估计麦哲伦虫洞对太阳系的威胁到底有多大。

"我们观测到的麦哲伦虫洞现象之中,离我们最远的一颗恒星大概在127万光年外,另外一颗稍近些的恒星是95万光年外。两颗恒星的消失应该相隔32万年,也就是说它们是在32万年的漫长时间里慢慢毁灭的。然而从地球的视角观察,我们却在几个月的时间中看到了一条笔直的恒星消失带。顾女士,你觉得这说明了什么呢?"

这番话顾清云之前就看到过,她答道:"很多人觉得这证明了上帝的存在,这是上帝发出的警告。人类如果继续活在罪孽里,就会被上帝毁灭。"

"这样想的人就让他们去祈祷好了,可惜从来没有人能仅仅依靠祈祷就打赢一场战争。我认为,在生死存亡之际,只有战斗才能有胜利的机会,哪怕我们的对手是上帝。"因为有些激动,芬妮上校顿了一下,恢复了冷静的语调接着说道,"还好掌握这个世界最高权力的那群人,都是像我一样的战士,无论面对如何令人绝望的处境,都不会认输。"

顾清云问道:"我们面对的是一种完全未知的力量,即使是最勇敢的战士,又有什么方法和未知的幽灵战斗?"

芬妮上校答道:"对于未知的敌人,战斗的第一步就是获得情报。因此我们的第一步就是设法去理解，而这也就是您的公司被征用的背后原因：老的模型无法解释麦哲伦虫洞，我们需要新的天体物理模型。为了模拟验证可能会被提出的大量模型，我们需要整合所有的计算资源。"

顾清云点了点头，"那我们首先要验证哪一个模型？让我来看看它是否适合使用量子计算机来模拟。"

芬妮上校平静地说："目前还没有分配给我们任何任务，我们只需要处于待命状态，做好随时都可以开始的准备。"

顾清云听了心中有些侥幸，问道："那在我们待命的时候，能不能继续'量子清云计划'的测试呢？一切准备工作都已经完成了，那些量子计算机待命时也只是闲置。"

芬妮上校说："我研究了你们的'量子清云计划'，利用量子计算机来模拟全球的云天，这确实是一个非常吸引投资者的噱头。但是我们现在已经不再需要投资者，不用再为吸引投资浪费时间。闲置的量子计算机应该用来模拟恒星的演变，或者星云的形成，这样才能让我们为可能出现的任务做好准备。"

顾清云依然想要打动芬妮上校，"'量子清云计划'并不只是为了吸引投资者，至少对我来说不是，它的主要目的是创作出《墨染云天》。"她向芬妮上校讲述了她和林岚的故事，并且给芬妮上校看了林岚之前的作品。她想芬妮上校身为女性，也许更能理解林岚这样一个女性的艺术天才。

芬妮上校果然感受到了林岚作品之中的美，并被它深深地打动，可是她的理念不允许她感情用事。"林岚小姐的作品很美，可惜美丽对战斗完全没有用处。"她沉吟一下才继续说道,"我年轻时,很多人都夸赞我的美丽,但美无法令我变得更加强大,只会让我变得更容易依附其他强大的人。如果说信仰是依附上帝,那么美丽就是依附他人。作为人类,我们需要变得更加强大,才能在冷酷的宇宙中生存。身为女性,几千年的不公正待遇让我们习惯了依附于男性生活,习惯了追求美丽。要挣脱这种不公正,女性需要变得更加强大,而非更加美丽。"

顾清云不能同意芬妮上校对美与强大的看法,她认为美有着超越人类存在的价值,"作为个体,我知道自己一百多年之后肯定会死亡。人类应该会延续更长时间,但也总有消亡的一天。世间的一切生命都有生有死,当宇宙进入热寂,一切生命都无法延续,只有美还能继续存在,是唯一可以超越时间之物。强大只能带来一时的胜利,美虽然脆弱,其中却有着永恒的价值。"

芬妮上校是西点毕业的高才生,她的专业方向是空间科学,对热寂的概念并不陌生,"在热寂状态中生命无法存在,美不是也一样会消失?难道你觉得热寂的状态是美丽的?"

顾清云答道:"我以前也认为美无法是永恒的,但自然总会用惊喜让我们渺小的思考变得可笑。你听说过时间晶体吗?就是现在用作量子存储器的那种东西。"

芬妮上校点了点头,"我听说过,但不知道其中的原理。"

顾清云说:"在空间上不断重复的结构我们称之为晶体,时间晶体就是在时间上不断重复的结构。时间晶体之中的运动不需要能量,循环变化,永不止息。2012年,诺贝尔物理学奖得主弗兰克·维尔切克首先提出了时间晶体的概念;2016年,时间晶体在实验室中被成功制造。我们公司的量子计算机就是利用时间晶体作为存储器。自然让生命都有终结，但也让生命可以永恒地留下自己最美的创造。我们对世界的了解还很肤浅，美也许是永恒的，生命的意义可能就在于创造出永恒的美。"

芬妮上校摇摇头说道："你说自然总会用惊喜让我们渺小的思考变得可笑，我却相信生命总有办法打破自然的束缚。你觉得时间晶体是自然赐予我们来保存美的方法，我却认为人类发明了时间晶体，是对死亡与寂灭的一种克服。我相信生命的力量，我们不会轻易地进入虚无。如果生命需要打破热力学第二定律才能延续，生命就会打破它。"

芬妮上校的意志极端坚定，她的决定轻易不会被改变，触及理念的时候就更加如此。

6

为了在回国的时候还能继续工作，顾清云在"量子清云计划"中专门设置了远程操控的接口。这令她可以不经允许私自运行"量子清云计划"。她需要做的只是取消他人的超级用户权限，这样除了她自己没有人可以停止程序的运转。当然芬妮上校可以同时切断主电源与备用发电机的供电，可是这样做有极小的可能会造成量子计算机的永久损坏，顾清云觉得芬妮上校不会冒这个风险。

这是顾清云生平第一次做出对抗法律的举动，按理说她应该感到不安或害怕才对，可是看着屏幕上慢慢被填满的加载栏，她心里却非常平静,也丝毫不害怕,只有内心的最深处依然存在着一丝疑惑。

在美与延续的光谱上,林岚和芬妮上校分处两个极端,但又有着一种相似性——那就是两人都具有异常坚定的信念。当林岚听到"量子清云计划"被中止的消息时,她的第一反应就是私自非法运行。这似乎说明林岚非常叛逆、冷酷、大胆,其实她并不是这样的人。林岚在日常生活里善良、内向、温柔,为他人着想,特别不愿意麻烦别人。然而,她心中的云却可以轻易地压倒一切其他顾虑,从小她为了创作就会偷偷使用家里的各种东西,即使被骂被打,也依然坚持不懈,毫不退让。

自己为何没有这样的坚持呢?顾清云有些困惑。她需要为自己找出非常多的理由,说明为何艺术如此重要,值得她为之做出违法行为;然后,她又会从他人的角度去想,是不是大部分人根本感受不到艺术带来的战栗,那么艺术对他们来说自然是不重要的,自己那些为艺术做出的辩护,是不是仅仅源于自私的需要,仅仅因为她自己沉迷于艺术带来的战栗之中,无法自拔?

顾清云深陷于自己与自己的思辨之中,很难做出任何坚定的选择。林岚却不需要任何的思辨就能直接做出最终的决定。顾清云觉得芬妮上校肯定也像林岚一样,毫无困惑,坚定不移。自己是不是缺乏了一种关键的特质?也许正是这种特质的缺乏,让自己无法成为一名艺术家,只能成为艺术家的资助人。

加载栏到了尽头,顾清云放下自己的思绪,帮助林岚接入量子清云编辑器,令她可以开始创作《墨染云天》。为了不被打断,她们两人躲到公司附近的一间旅馆,租了一个套间。这里和公司之间的网络延迟很小,而且芬妮上校也不容易想到两人会藏在这里。

林岚的创作从周六凌晨一点开始,如果周末没有人加班的话,要到周一上午才会被发现。没想到周日中午,芬妮上校就发现了异常,立刻给顾清云发来了短信、电子邮件,甚至发了微信,其中都包含着同一个信息:请立刻中止"量子清云计划"的运行,并且恢复其他人的超级用户权限,如果在周一凌晨五点之前做到,她可以当作这件事没有发生,否则,将会以"侵占联邦财产、侵入联邦系统"的罪名起诉她们两人。

顾清云算了一下,她们还有十七个小时。林岚从周六凌晨起就沉浸在创作中,中间只睡了五个小时。顾清云把芬妮上校发来的信息告诉林岚,让她决定是创作到周一凌晨五点就停止,还是宁可坐牢也要继续。

林岚听了,抬起头说道:"顾老师,能不能只是我一个去坐牢呢?到底都是我的主意,也都是为了创作出我心里的云天。"

顾清云宠溺地笑了,"一个人坐牢多没意思呀,还是我陪你吧。他们还需要我的技术,即使坐牢我也还是会做同样的工作,你不用替我担心。"

林岚创作完毕的时候,已经是周二下午。她从编辑器里退了出来,对顾清云说道:"顾老师,快来看我心中的云天。"

顾清云和林岚一起进入模拟器,并肩站在月亮上眺望地球。在月平线的上方悬挂着一个不寻常的地球。在地球蓝色的背景上,林岚画了一幅巨大的黑白水墨画。从月球上看过全景后,两人转到环绕地球飞行、可以三百六十度观赏的卫星视角。飞了几圈之后,她们开始螺旋形下落,在云层中一次次穿行,从它的内部感受《墨染云天》。最终,她们落在了一座金字塔的顶端。四周本来金黄的沙漠被黑云笼罩,变得暗淡无光。远处遥遥可见的大海也没有了往日的蔚蓝,只剩下酒色的波涛。黄沙与碧海的美都被头顶的云天攫夺,让人一见之下就屏住呼吸,忘乎所以,似乎只要能拥有这样的美,牺牲一切也在所不惜。

"只有我们两个人可以看到吗?"

"只有我们两个人。"

"明天它就会消失吗?"

"明天它就会消失。"

"只有两个人看到,明天就会消失的艺术作品,它的存在有意义吗?"

没有意义又如何呢?为了眼前的景象,顾清云觉得即使丧失所有的意义也完全值得。可惜如此的美,只有两个人看到,明天就会永远消失。就像一朵绝美的云,不知不觉间就静静消散,没有任何人惋惜,没有任何人在意。

顾清云忽然想起赵之谦悼亡所刻的朱文印,忍不住轻轻念出了声:"如今是云散雪消花残月缺。"

7

当顾清云和林岚从模拟器中出来的时候,已经是周三凌晨。她们都异常劳累,决定好好睡一觉,第二天再去自首。顾清云让林岚先睡,她挣扎着为芬妮上校和几个同事恢复了超级用户权限之后,才沉沉睡去。

两人一觉睡到中午,被急促的门铃声吵醒。顾清云从门镜看出去,发现是芬妮上校、三位海军陆战队的士兵,还有一位灰白头发的女将军。她身穿深色军服,肩上四颗将星,芬妮上校在她身前,有些焦急地按着门铃。

顾清云打开了门,女将军示意三个陆战队员留在门口,"你们就别进来了,不要惊吓到顾女士和林小姐。"然后她微微躬了一下腰,"在下凯瑟琳·卡罗尔,空军装备司令部四星上将。冒昧来访,请勿见怪。"

顾清云有些不知所措。她盗用量子计算机让林岚进行创作,自知是违法行为,但她一直觉得芬妮上校的刑事指控也是恐吓之词。也许自己会被起诉,罚款,最多判上几个月社区服务,应该不至于要坐牢。然而,为何一个上将会亲自登门拜访?这让顾清云心下忐忑不安,难道量子计算机有着更加重要的用途,自己的行为造成了非常严重的后果?

林岚这时也穿好衣服,从卧室出来,坐在沙发上,整个人缩得小小的,胆怯地看着陌生的女将军。顾清云坐在林岚身边,问卡罗尔将军:"不知您来找我有什么事?"

女将军坐在沙发上,饶有兴趣地看着顾清云和林岚,用英文对顾清云说道:"顾女士,我是来找这位林小姐的。不知林小姐能听懂英语吗,还是使用中文更加方便?"

顾清云说:"她的英语不是很好,能用中文自然最好。您会说中文?"

卡罗尔将军笑笑说:"我自然不懂中文。但我目前负责的紧急危机应对计划有着联合国安理会的特别授权,得到了世界各国的全力支持。我想到林岚小姐也许更喜欢用家乡话交流,特意找到了一位中国天文学家,她家乡也在秦陇一带,和林小姐说的是同一种方言。"

说到这里,她示意芬妮上校接通了可视电话。屏幕上出现了一位容貌清秀的中国女性学者,黑发及肩,佩戴着一副纤细的椭圆金属半框眼镜,看着文雅又令人愿意亲近。芬妮上校简单介绍了几句,她就开始和林岚用秦陇方言聊了起来。秦陇方言属于中原官话,顾清云也能听懂大半,下面就是她听懂的部分。

女学者的名字叫毕舒云,她是北京大学天文系的教授,参与了巨型麦哲伦望远镜的观测。夜间值班这种事本来不用教授们亲力亲为,然而,自从麦哲伦虫洞现象被发现后,联合国安理会开始实施紧急危机应对计划,中方的夜间值班人员从一个人变成了一个十人小组,每晚都必须有一位教授轮值。其他教授往往把值班人员分为三个三人小组,保证有两组实时监控,一组轮换,然后自己就可以做些其他事情。毕舒云教授却喜欢亲力亲为,亲自参与观测。

昨晚毕舒云教授依然亲自进行观测。当时她正看到一颗恒星消失,忽然屏幕上额外出现了许多闪烁的星光。这些星光比金星更加明亮,看起来依照着某种规律在重复闪烁。她第一反应是望远镜出了故障,于是向其他天文台询问,发现大家都观察到了相同的天象。

细细查看之下,毕舒云教授发现有些星光闪烁的频率是相同的,她重播了其中重复最多的一种。毕舒云教授在大学时学习过莫尔斯码,很快就意识到眼前星光的闪烁似乎是莫尔斯码。她开始还不能确定,直到看到了"·····−·−−−−··−−−−"①。在大学里学习中文莫尔斯码时,她专门记下了自己的名字,而这一段密码就是"云"。

毕舒云教授上网找到一个莫尔斯码和中文互译的网站,把她看到的星光闪烁输入后得到了一段话:"请给我们看林岚真正的云。"毕舒云教授立刻将这一情况汇报给了紧急危机应对计划的中方联络人。很快她就发现,其他星光也是同样一句话的编码,只是基于不同的文字。每个星光都在说:"请给我们看林岚真正的云。"

没有人知道这句话的意思,也没有人知道林岚是谁。还是卡罗尔将军想起来她看到过一份报告,有人盗用量子计算机进行云天的模拟,其中似乎有个相似的名字。这样他们才找到了林岚。

林岚听完,有些稚气地说:"我觉得这句话很容易理解,就是要把我和顾老师用量子计算机模拟的《墨染云天》真实地重现,说这句话的人看到了我们的模拟很喜欢,但意犹未尽,想看到真实的《墨染云天》。"

毕舒云教授把林岚的话翻译成了英文,卡罗尔将军点点头说:"确实可以这么理解。然而,是什么人在说这句话?这些人怎么能同时影响全世界所有的天文望远镜?在地球上真正地重

---

① 此处是"·····−//−−−−·/·−−−−",其转码过程是先将"云"转译为对应的 Unicode 码(统一码),再转译为对应的莫尔斯码。

现,会是一场巨大的生态灾难。这些人为什么要这么做,他们的目的到底是什么?"

林岚想了想,说:"这些问题我也不知道怎么回答,但直接问这些人就好了。"

毕舒云教授没有翻译就直接反问:"怎么问呢?他们用星光向我们传达这句话,我们可没有这样的技术和他们通信。"

林岚说:"他们可以看到我和顾老师模拟的《墨染云天》,我们只要在《墨染云天》里把云写成文字,他们就能看到了。"

毕舒云教授翻译了林岚的话,卡罗尔将军和芬妮上校都惊喜异常。这么简单的方式却一直没有人想到。卡罗尔将军当机立断,"让我们立刻就试一下。林小姐,你在《墨染云天》里提问,毕教授请您来检测星光的闪烁是否有变化。我们的问题是:你们是什么人,为什么想要看真实蓝天上的《墨染云天》?"

林岚很快就用清云编辑器写出了卡罗尔将军的问题,然后大家开始有些焦虑地等待毕舒云教授的消息。过了没多久,毕舒云教授那里就说,星光的闪烁有了变化,正在转码中。然后她分享了屏幕,这样一段话显示在屏幕上:

"我们是你们所在宇宙的创造者,也是地球的创造者。用你们的话来说,我们是造物主,而你们的宇宙是我们创作的一件艺术品。在你们的空间观念中,地球是宇宙极微小的一部分,但在我们的视角,它却是整件艺术品的点睛之笔。我们的视角你们无法理解,因为我们的时空观念和你们截然不同。如果你们想要勉强理解的话,可以想象你们生活在三维空间,但你们的画却是二维的。我们创造的艺术品也和我们生活的时空有着截然不同的维度,并非只是仅仅降低一个维度那么简单。地球作为整个艺术品的点睛之笔,这个蓝色行星上变幻的云图是一个关键。人类的出现却是一个出乎我们预料之外的错误。当我们发现人类将会发展出改变云图的能力,我们就决定清除地球以及附近的星系,重新创作这个部分。清除工具本来很快就要抵达地球,这时我们之中的一员看到了林岚创作的《墨染云天》,认为它显示了人类在艺术上的潜力。我们一致同意给人类一个机会。请让我们看一看真正的《墨染云天》,也许它足以改变我们的决定,保留地球给人类作为艺术创作的舞台。要想打动我们,你们需要用更真诚的方式,向我们展示更纯粹的艺术。"

8

"当美与生存发生了无法分割的联系,美是否会因此变得不再纯粹?"看着远方渐渐升起的暗黑云雾,林岚有些遗憾地问道。

顾清云想了想才认真地回答:"无论有没有人,有没有生命,有没有意识,美依然是美。你设计《墨染云天》的时候,没有想过人类的存亡和它有任何关联,那么人类的存亡又如何能玷污它呢?对于我来说,它只是一件艺术品,因为自己的美而值得存在的艺术品。它能够拯救人类,或者人类因为它而加速灭亡,都改变不了它作为艺术品存在的永恒价值。"

林岚听顾清云说得如此诚恳,开心地笑了,"老师你真是一个艺术至上的唯美主义者,你这样一个人当初怎么会去做程序员?"然后她摇了摇头,说道,"我没有老师那么自信。我并不确定《墨染云天》作为艺术品有没有永恒的价值。我只是必须把它表现出来,命运选中了我,我别无选择。"

顾清云看着天边黑色渐浓,对林岚说:"我们还是先进入观测站吧。这里虽然是安全区域,但在极端气候的影响下,地表任何地方都不是绝对安全的。"

林岚说:"我还想再看一会儿,室内看起来感觉就不一样了。"

顾清云点了点头,没有反对。她们两人站在观测站的屋顶。即使有极端气候发生,也有足够的时间做出反应。

根据超级计算机的模拟,《墨染云天》在全球各地展示期间,地球上85%的地区会受到恶劣气候的影响,人们不得不迁徙到安全区域,在安全掩体或者地下城之中度过展示期。展示在收获过后的深秋开始,如果在一百天之内结束,今年的粮食收成还可以有去年的八成。如果展示期延长到一年,粮食收成将只有去年的三成。目前联合国《墨染云天》国际组织与世界各国合作,储存的粮食和各种必需物资预计可以支持展示《墨染云天》三年的时间,更长的展示时间就很可能造成饥荒、瘟疫,以及人口的急剧减少。

每个人都在祈祷《墨染云天》可以尽快被造物主们看到,可以打动他们,这样展示就可以尽快结束。但每个人心里都知道,这样的乐观情况很难出现。如果造物主们不喜欢《墨染云天》,他们会依照原计划清除人类;如果造物主们喜欢《墨染云天》,

他们很可能想要多看一会儿，并不会在乎人类因此要付出的代价。即使造物主们超级喜欢甚至崇拜《墨染云天》，认为人类值得继续存在，他们也只会在乎人类艺术创造的能力，而不会在乎普通民众的苦难。

顾清云看着身边的林岚，她创作出的这件作品，是人类有史以来最大的灾难，也是人类目前唯一的希望，让人不由自主地联想到潘多拉的盒子。自己打开了林岚这个魔盒，放出了灾难，也放出了希望。

林岚专注地望着天边，眼光清澈坚决。顾清云忽然觉得灾难与希望都不重要，自己想要守护的只是这个小女孩心中的那片云天。

这时林岚忽然发现了一处不满意的地方，向着天边伸出手，想要抓住一片云，改变一下它的形状，却只抓到了空气，她这才想起自己不是在清云编辑器里面。

从这一刻开始，一直到《墨染云天》项目被终止，林岚利用清云编辑器和全球联合造云装置，花了整整两年时间反复修改她看到的云天，然而，她一直无法让眼前的景象完全地反映出她的心中所见。

9

造物主在"量子清云计划"中发出清晰的要求之后，人类并没有立刻无条件服从。世界大国的领导人大多是极度自信的中老年人，要他们把地球的命运交付给一个来自贫困山区的少女，简直比让他们自杀更加困难。

然而，停在奥尔特云、距离地球大概十万个天文单位的麦哲伦虫洞，让所有人都被造物主的威能征服。麦哲伦虫洞是一个无比庞大的漆黑球体。它很像一个黑洞，一切物体或光线进到其中都会神秘地消失。它和黑洞最大的不同在于质量，它吞噬了无数星球，自身却只有非常微小的质量，并不影响周围星体的运行。

让大众直接感到压力的是麦哲伦虫洞的大小，它的直径将近一百个天文单位。如果以柯伊伯带为太阳系的边界，那么太阳系的直径也是一百个天文单位，也就是说它和太阳系一般庞大。如果把太阳系想象成一个红色台球，它就像是一个向着太阳系滚来又停在了中途的黑色台球。根据天文学家的观测记录，一百个天文单位只是它停下之后的大小，在它以极高的速度运动，几乎达到光速的时候，它的直径会蔓延到数光年之大，可以在星域中划出一道极其明显的真空地带。

核物理学家计算过，即使人类现有的核武器一起爆炸，对于麦哲伦虫洞产生的影响，也不过等同于在地球上扔一颗手榴弹对地球产生的影响。然而即使如此，地球的领袖们也不愿意不做任何挣扎就认输。世界各国决定尽可能多地生产出最大当量的氢弹，并且大规模建造最先进的宇宙飞船，打算把氢弹送进麦哲伦虫洞中引爆，即使不能通过这种方式造成足够多的破坏，也至少有希望了解麦哲伦虫洞的弱点何在。

人类敢于如此行动，主要是因为除了开始通过星光闪烁发出的要求,造物主们一直保持着沉默,对《墨染云天》里的文字也不再给出任何回应。很多人认为当初的要求只是一个骗局,是林岚和顾清云为了完成自己疯狂的艺术作品而一手导演的骗局。

当人类的第一批星际舰队终于升空后,造物主们忽然又一次让星光闪烁,这次的信息也很简单:"不要挑战创造你们的存在。"随着群星的闪烁,那支载满了氢弹的星际舰队像烟花般一个接一个在星空中爆炸,仿佛是那条信息的注释。

这次造物主们威能的展示,对于普通人来讲比麦哲伦虫洞更加直接,那些过度自信的地球领袖也只好承认自己的渺小无能,勉强同意了启动《墨染云天》。

《墨染云天》启动之后,造物主们又恢复了沉默。在《墨染云天》开始展示了两年之后,一种新的质疑声音开始出现——造物主的沉默代表着《墨染云天》的失败,代表着林岚的失败,人类不该把一切希望寄托在一个少女身上。

大饥荒渐渐逼近,为何要把人类的存亡完全寄托在一个少女身上?即使林岚是造物主亲选的天才,也无法消除人类对未成年少女天然的不信任。世界上有着那么多伟大的艺术家,难道他们无法创作出更令造物主们满意的云图?

怀疑的声浪愈来愈强,《墨染云天》被迫终止。乌云被清除,重新露出蓝天与阳光。一千位著名艺术家被选出,每人获得一万平方公里的天空来创造自己的云图。大家一致认为这样才能最大化地增加打动造物主的机会。

人们的生活恢复了正常,支持自己喜欢的云图成了最受欢迎的休闲活动。这一千张云图有着三个最权威的排行榜——人气榜、金钱榜、艺术榜。人气榜顾名思义，大家一人一票决定名次；金钱榜则是真金白银，付出的金钱会成为那个云图的创作基金；艺术榜则只有被广泛承认的艺术家才能参与投票，被认为最能反映出云图真正的艺术价值。

《墨染云天》项目终止之后，林岚和顾清云两人被转移到阿拉斯加冰原的一处美军秘密基地。这样做一是考虑到她们的人身安全，有些极端分子为了让《墨染云天》永远无法重启，号称要暗杀林岚；二来林岚到底是造物主们唯一点名的艺术家，她依然匿名拥有一片云图，这片云图就在阿拉斯加的上空。

从拥有整个地球的天空，到只拥有一万平方公里，林岚丝毫没感受到失落。对她来说，云图的大小并不重要，关键是重现自己心中看到的东西。倒是近来有一个极大的困扰——她心中的云图几乎变成了一片黑色，只能隐隐看到一些淡处，仿佛是云朵，却根本看不真切。小时候她看到的是蓝天白云，然后越来越黑，越来越暗，直到看见《墨染云天》。本以为黑无可黑，暗无可暗，却没想到现在是一片漆黑，犹如无星无月也没有丝毫灯火的暗夜。

也许到了极夜就好了，林岚有时会想。那时这里每时每刻都是夜晚，她的云图自然地就会隐藏在黑暗之中。

林岚和顾清云所在的基地是为了核战争准备的备用指挥所，本来没有常驻部队，只是要每隔一段时间例行检查维护。林岚和顾清云来了之后，维护小队也会顺便带来给养。平日里她们生活得很清闲，通过卫星网络能了解到世界各地的信息，自然也包括其他艺术家的云图。

林岚全身心地倾注在自己的云图上,别人的是好是坏、是美是丑,她丝毫不感兴趣。顾清云偶尔会看看其他云图,但她最近也有些忙。顾清云喜欢上了临摹前人的印章。一刀一刻痕,印文是文字又不是文字,其中的美和云相同又不同,让她觉得很有意思。

如此过了将近两个月,造物主们依然保持着沉默。因为一千张云图都还在创作当中,人们安慰自己没有消息也许就是好消息,至少造物主们会愿意看到这些云图的完成。

到了盛夏,阿拉斯加也终于有了一丝热意。有一天林岚和顾清云在树荫下野餐。顾清云给林岚看自己刚刚临摹的一方赵之谦的阳文印章,上面是"如今是云散雪消花残月缺"十一个字,笔画很细,刻起来花了顾清云不少工夫。

林岚听顾清云讲了印文的意思和其中的典故,问道:"当时丧妻的赵之谦肯定是绝望到觉得自己被上天抛弃,生命中的一切美好都彻底消失了。小时候我心里还没看到云,妈妈又把我扔下走了,那时的我就觉得老天爷把我丢掉不管了,整个世界都阴暗丑陋,没有一个角落是美丽的。还好后来我看到了心里的云,这才好些了。"

顾清云想了想,"'天地不仁,以万物为刍狗'。无论是中国的老天爷还是西方的上帝,他们看惯了生生死死,更不会在乎人类的喜乐与哀愁。造物主们轻轻一笔就把无数星系抹掉,只为创造出更美的艺术品,那些星系里的万物生灵在造物主眼里连刍狗也不如。造物主们恰巧凝视着地球,而在他们看不到的角落,不知道有多少美好的东西因为被他们忽略而毁灭。"

林岚有点儿不太自信地小声说:"顾老师,我觉得造物主们每个角落都能看到,但他们只在乎美,不在乎其他。嗯,我可能有点儿像他们,老师你不会因此讨厌我吧?"

顾清云笑了,"你别瞎想,老师怎么会不喜欢你呢,你的心是最善良柔软的。"

林岚说:"奶奶也这么说我,但其实我不是。我的心只在我不在乎的事情上善良柔软。老师,你知道我小时候老想用面粉洒出自己心里的云。但那时家里不富裕,而且奶奶小时候经历过饥荒,养成了最珍惜粮食的性子,看我浪费面粉,每次都特别生气。但是打打骂骂对我都没用,我和奶奶说我宁可不吃饭,也要省下面粉洒出云来。奶奶只好把面粉都藏起来,让我找不到。这样我憋了很久,有一天趁着奶奶出门,我翻箱倒柜找出了奶奶藏起来的面粉,一口气把一大袋都洒空了。奶奶回来之后看到了家里白茫茫一片,气得心脏病发作进了镇医院。

"奶奶病好之后,带我到一片小麦田边上,对我说:'岚岚,我现在老了,下不了地了,但我知道眼前这么一大片地辛辛苦苦也只能打下几百斤的粮食。你洒掉的那一袋面粉,在饥荒的年份就是好几条人命。可不能糟蹋粮食呀,那是要遭报应的。奶奶知道你心里喜欢得紧,奶奶让你再好好洒一次,我帮你用手机拍下来,也留个念想。然后你要答应奶奶不能再这样糟蹋面粉了。'"

顾清云听到这里说:"对呀,我第一次看到你的云就是你奶奶拍的那个视频。你肯定答应你奶奶了,这有什么不好的呢?"

林岚说:"奶奶都被我气得住院了,还这么苦口婆心,我当时只好答应。但我知道自己心里并没有放弃,如果不是很快遇到了老师,教我用各种新的媒介创造我自己的云,我肯定会继续使用面粉,即使气坏了奶奶,我也忍不住的。奶奶是我最亲的亲人,但我为了心里的云,就像鬼迷了心窍,什么也顾不得。你说我是不是和只在乎云天之美的造物主们一样冷酷呢?"

顾清云答道:"古人说:'恶行论迹不论心,论心世上少完人。'你没有做就是没有做,不要想太多了。这几年人类的存亡压在你身上,我总担心会把你压垮。现在终于有人和你一起分担了,你要多放松些,不要胡思乱想。昨晚我看你又睡得很少,天气这么好,你枕在我身上补一觉吧。"

林岚说出了心事后,开始觉得确实有点儿困,就枕着顾清云的腿进入了梦乡。顾清云一只手盖在林岚眼上,帮她遮光,另一只手拿起手机上网随意浏览。凉风习习,树影婆娑,睡梦中的林岚偶尔还会调皮地笑出声,不知梦到了什么。

顾清云看一眼林岚,看一会儿手机。忽然她的手机发出了刺耳的铃声。这个手机是卡罗尔将军留给顾清云的,内置了特别的软件,紧急呼叫时会发出令人无法忽视的提醒音。顾清云只在测试的时候听过一次,这时不免吓了一跳,于是赶快接听。电话里卡罗尔将军的声音非常急促:"顾女士,请立刻和林岚进入紧急指挥所,启动封闭程序,然后再和我联络。情况紧急,请立刻执行,切勿拖延。"

林岚也被刺耳的铃声吵醒,两人什么也没拿,乘坐电梯下到紧急指挥所,里面已经预先准备了各种必要的生活用品。顾清云按下一个醒目的红色按钮,启动了封闭程序。指挥所深处地下,与外界完全隔离,可以抵抗核弹的打击,启动封闭程序后,即使毒气和病毒也无法侵入。

顾清云打开了指挥中心的通信系统,连入卡罗尔将军的视频会议。卡罗尔将军已经上线,在等待着顾清云和林岚的连入,她语气极快地说道:"麦哲伦虫洞又启动了。精确地说,它早已启动,在《墨染云天》被终止的那一刻,它就启动了。只是因为它距离我们太遥远,光速传递的信息要两个月才能抵达,所以我们直到最近才看到它的启动。因为需要时间加速,我们预计它会在二十天之后抵达太阳系。

"我认为这说明了《墨染云天》依然是拯救人类的唯一希望,我们应该重启《墨染云天》计划。然而当初决定中断《墨染云天》的那些老家伙不愿意承认自己的错误,否决了我的提议。我只好窃取了全球联合造云装置的超级用户权限,把它赋予了你们目前这个指挥所的电脑账户。我预计你们只有三天时间。林岚小姐,我知道这样要求一个艺术家非常不合情理,但请你一定要在七十二小时内创造出你的杰作,就像你上次在'量子清云计划'中所做的那样。地球的存亡将依赖于你的创造。"

说到这里,卡罗尔将军那边紧锁的门被撞开,全副武装的士兵闯了进来。顾清云看到卡罗尔将军整理了一下自己的军服,挥手向她们告别,顾清云和林岚忍住眼中的泪水,退出了视频会议。

这两年来,地球的存亡一直压在林岚的肩上,最近两个月她才难得轻松一下。忽然又要在七十二小时里创造出可以拯救地球的杰作,这次林岚的压力和上次完全无法比拟。在"量子清云计划"里,林岚以为她的作品只会被两个人看到,不论美与丑、好与坏、杰出与平庸,她只需要对自己负责。唯一的压力是她们为此牺牲了许多,林岚会希望自己的作品值得她们付出的牺牲。这一次的毁灭却迫在眉睫,二十天后一切都将化为乌有。

顾清云不忍心让林岚独自承受如此的重负,可惜创造永远是孤独的,她一丝一毫也无法为林岚分担。林岚登入了清云编辑器和全球联合造云装置,过去两年多的时间里,她每天都会使用这个界面,已经熟极而流。她发现全球都恢复成了自己可以控制的区域,但是她该向造物主们展示什么呢?

她可以选择继续完成《墨染云天》,但是在《墨染云天》被停止的时候,她已经知道那不是她心中的景象,它形似而神非。

实现她现在心中的云图?现在她的心中只剩下一片漆黑,没有了心中景象的指引,她如何能创作出比《墨染云天》更美的云图?

林岚心中流过一个又一个方案,她一次又一次在清云编辑器中查看效果,一次又一次地失望。她不眠不休,顾清云也在边上陪着她,两个人都精疲力竭,憔悴不堪。

看着七十二小时的期限越来越近,林岚却还没有做过任何实际的尝试,顾清云开始着急起来,她用尽量温柔的口气说:"林岚你不要压力太大,人类因为你至少得到了一个机会,被麦哲伦虫洞扫掉的星系中不知有多少智慧生命,它们连一个机会也没有。只是我们的时间不多了,先挑一个相对比较好的方案试一下如何?即使希望渺茫,任何微小的可能也比零要好。"

林岚摇了摇头,她的眼神中充满了虔敬,让人仿佛看到了一个苍老的灵魂,"逻辑上老师你说得很对,但对我来说只有零与一,是我心里的云,或者不是我心里的云。这些云对我来说都是零,我没法选哪个更好。老师你帮我选一个吧。"

顾清云点了点头,深吸一口气,一个个看过去,想选一个自己最喜欢的设计。没想到这时她的眼前一黑,整个房间陷入了伸手不见五指的黑暗之中。

0

因为重新获得超级用户权限的进展太过缓慢,为了防止《墨染云天》的重新启动,阿拉斯加地区的电力被整个切断,一枚电磁脉冲导弹准确摧毁了指挥所的备用电力系统,导致整个指挥所陷入了黑暗。

黑暗之中,顾清云与林岚都松了一口气。全球联合造云装置被别人抢走了,拯救地球的责任也和自己没有关系了。

林岚实在太困,枕在顾清云身上一下就睡了过去。顾清云坐得笔直,挣扎着试图保持清醒。她不知道备用电力系统也被摧毁了,想着万一电力恢复,她不希望因为两个人都在睡眠之中而丧失了最后拯救地球的机会。

她拿出手机,按了一下按钮,没有反应,电磁脉冲导弹毁坏了一切电器。她晃了晃头,掐了自己的大腿一下,想让自己保持清醒,但是困意还是一阵阵袭来,让她昏沉地睡去。

顾清云做了一个美好的梦——林岚终于创造出了她心中的云天,拯救了地球。但是当她醒来,她却怎么也无法记起梦里的云到底是什么样子。

林岚已经先起来了,顾清云听到远处传来一阵翻箱倒柜的声音。她想林岚可能是饿了,就问道:"你想找什么吃的?我来帮你做。"

"老师,我梦到我用面粉洒出了我心中的云,我想找些面粉试一下。"林岚答道。

"但这里一点儿光也没有,你洒出的云连你自己也看不到。"顾清云提醒道。

"嗯,但我还是想要洒出来给老师看。"林岚说。

黑暗中,顾清云看不到林岚的面容,但可以听出她声音中的坚定。她想,我们都快要死了,当地球被清除,我们也会在黑暗中一道消失。就让林岚最后任性一次,反正多留一些面粉也没什么用。

"好,老师用眼睛看不到,但会用心看的。"

林岚找到了面粉,把它分放在几个碗里,大致摆成一个环形。她在环形区域里来回走了几遍,确定其中没有任何障碍物,然后深吸了一口气,抓起一把面粉,开始在黑暗中挥洒。

"如今是云散雪消花残月缺。"看着眼前的黑暗,想着将要消失的地球,顾清云心里泛起了这句话。她立刻意识到自己的错误,在压倒一切的黑暗里,云依然存在。

黑暗中传来林岚舞动的脚步声,双手挥动带起的风声,还有她略显粗重的呼吸声。云从林岚的手中洒向黑暗,挥洒出没有任何人能够看到的无与伦比的云。

人类真是可怜,为了追逐那些可以言说之物,把只有一次的生命虚掷。可以看见的美、可以听到的道、可以遵守的美德、可以夸赞的功业、可以流传后世的言辞、可以向之祈祷的神明,又如何比得上此时飘浮在黑暗之中的无人可见的云。

橙色倒数

1

橙色倒数出现的时候,我正在五号州际高速公路边上的一个露营地。那天风很大,我一只手拿着烟,另一只手必须压着我的湖蓝色长裙。

我仰起头,冲着天空吐了一口烟圈,看着它们在风里很快被吹散。透过快要消散的烟痕,我突然发现漆黑的夜空里多出了一道鲜艳夺目的橙色。仔细看去,那是一串长长的数字,我数了数,有九位,每隔一秒左右,最后一位就会减去一。

我揉了揉眼睛,倒数还在那里。我想,我的抑郁症又加重了,竟然有这么奇特的幻觉。自从男友陆澜自杀之后,我一直处于崩溃边缘,又饮酒过度,产生过好几次幻觉。或许现在我终于精神失常了。

为什么精神失常了,还这么痛苦呢?我苦笑了一下。就不能产生一些令人愉快的幻觉吗？比如陆澜其实没有死……或者干脆失忆也好，这样就可以把关于他的事完全忘掉。

我正行进在一路露营到温哥华的途中。因为不想和人接触，我专找偏僻的露营地，手机一直处在关机状态，开车的时候也只是听歌。这段时间，对于人，我有着深深的恐惧。

第二天早上启程时，橙色倒数还在天上。我也没太在意，开上了五号高速，只开了十公里左右就完全堵住了，我无聊地打开收音机，才知道橙色倒数竟然不是我的幻觉，它已经引起了世界性的恐慌。各国政府一方面在努力维持局势，一方面在竭尽全力追查倒数背后的真相。高速上堵车太严重，于是我决定在附近找一个露营地先住上几天。

我去了蓝湖。蓝湖在一个火山口上，水色深蓝透明，又叫作火山口湖，或者深蓝湖。我曾经和陆澜在那里露营过一次，那片湖水深蓝得近乎不真实。我知道我应该忘掉陆澜，不该去和他有关的地方，可惜我管不住自己。

我到了蓝湖附近，才发现这里的露营区被关闭了，禁止闲人入内。我犹豫了一下，还是继续往里开。橙色倒数出现后，大部分人的第一反应都是要和家人团聚，像我这样无处可去的人才会在这里孤单游荡。

果然，我在湖边住了三天，一个人也没有看到。三天来，靠收听广播，我大概知道了外界的局势。联合国成立了专门机构对橙色倒数进行调查，世界上所有的科研机构，包括各国军方的实验室，都进行了各种尝试，想要科学地解释这串不断递减的橙色数字。几个大国还派出了尖端战斗机甚至宇宙飞船，向着橙色倒数的方向飞行,想一探究竟。

然而橙色倒数虽然看起来不远,却根本无法接近。就像遥远的恒星,橙色倒数永远在你的前方,无论你如何设法靠近。

在科学无法解释的情况下,各种神学、宗教、超自然的解释开始流传,最深入人心的是:倒数是神的谕示,在倒数结束的时刻,神会降临到世间。

我相信科学,但是可能因为我的专业是心理学,科学对我而言神秘且柔软,违反现有物理法则但又确实存在的事物对于我来说可爱而不可怕。如果在几天前,我会很有兴趣地研究橙色倒数在心理层面对大众的影响,但现在我好像一个自身难保的溺水者,世上发生的事就算再奇特,也都非常遥远,与我无关。

这样过了几天,蓝湖周围一点儿人迹也没有,我每天吃得很少,只是看着蓝湖喝酒、抽烟。一天晚上,我看着星星发呆,想起上次来的时候,也是这样一个星夜,我和陆澜坐在蓝湖边抽烟,我并不喜欢抽烟,但是有时也会陪他。我们都没有说话,只是享受着彼此的存在。沉默了一支烟的工夫,他忽然提了个古怪的建议:"不知道我们这颗蓝色的星球还能存在多久,让我们做些疯狂的事吧。我们裸泳到湖心去好不好?"那时的我很害羞,没有答应,现在想起,我忽然非常想要为他了却这个心愿。

蓝湖中间有间废弃的餐馆。二十年前,有个富翁忽发奇想,在湖心造了一家漂浮的餐馆为划船的人服务。当时他大概只是为了好玩儿,丝毫没有考虑过是否能够赚钱,所以在他死后,这家餐馆就被废弃了。

我脱掉全部的衣物,只背着一个防水的小包,里面放着手电筒、衣物、香烟、打火机，还有一瓶蓝姆酒①。我准备到了湖心餐馆后喝酒、抽烟、看星星。餐馆的外壳已经锈迹斑斑，但是深蓝的船体浮在湖面，并不显得突兀。我想，在上面喝蓝姆酒的滋味一定不错。

水很冷，裸泳的滋味并没有我预计的那么刺激，也没有那么害羞。我慢慢游着，我的眼睛有些湿润，有些东西融进了蓝色的湖水。当我爬上湖心餐馆，才发现自己全身冻得发青，我赶快拿出蓝姆酒，想要暖暖身子。我刚哆哆嗦嗦地喝下一口酒，忽然看到眼前出现了一个半裸的亚洲中年男子，我吓得酒瓶都掉在了甲板上，砸得粉碎。我急忙转身跳回了水里，包也没有拿，飞快地游回了湖岸边我的露营地。

因为晚上没睡，第二天我一直睡到中午。一阵巨大的轰鸣声把我吵醒，我爬出帐篷，看到一架水上飞机降落在蓝湖上，然后慢慢地停在湖心餐馆边上。我离得太远，看得不是很清楚，但是飞机上似乎是美国空军白星蓝圈的标志。

过了十几分钟，一艘小汽艇从湖心餐馆驶到我露营地的岸边，开船的是昨晚那个中年男子，他手里拿着我丢下的小包。我害羞得无地自容，没想到他也一副做了错事的样子，两个人尴尬地站着，不知道说些什么。过了良久，他才说昨天很不好意思，害我打碎了酒，特意带了两瓶酒来向我表示歉意。

我这时没有心情和人打交道，本想立刻拒绝，但是看到他拿出来的是两瓶蓝姆酒，又听到他说的是中文，未免有点儿心动。

陆澜最喜欢喝蓝姆酒，我饮酒是跟他学的，自然也喜欢蓝

---

① 通译为朗姆酒，是一种源自加勒比地区的蒸馏酒。

姆。眼前这人手上两瓶酒,一瓶是镶嵌着白银的红色水晶酒瓶,肯定是安格仕的遗产,那是安格仕公司为多米尼加建国五十周年推出的顶级限量款,只酿造了二十瓶;另一瓶古朴并不起眼的蓝色瓶身上镶嵌着淡黄的十一颗星,竟然像是我在网上看到的巴蒂斯塔星辰。不过巴蒂斯塔星辰只在传说中存在,古巴革命之后就不知所终,而且要从1959年储藏至今,酒液就必须窖藏在特制的橡木桶内。这个瓶子虽然是巴蒂斯塔星辰的专用瓶,但里面的酒应该不可能是巴蒂斯塔星辰。

不过我还是忍不住问道:"这瓶真的是巴蒂斯塔星辰吗?是古巴最后一个总统巴蒂斯塔为他女儿酿制的陈酿蓝姆?"

他说:"这蓝姆酒应该是真的,刚刚飞机是连着橡木桶一起运来的,你要不要去看看?"

我答应了。

蓝姆酒,一般人都叫它朗姆酒,但我更喜欢蓝姆酒这个名字,所以一直这么称呼。这时听见他也这么称呼,更是欣喜。蓝姆酒是用甘蔗酿制的烈酒,本来是现酿现饮的廉价酒,辛辣刺喉,是水手和海盗之酒。后来人们发现,如果加长储藏期,酒味会变得更加可口,而且有着焦糖的香味。巴蒂斯塔星辰如果保存到今天,储藏时间就有五十五年了,应该是辛辣尽退,代以甘甜,但是后劲儿十足,一杯至少相当于新酒五六杯的酒力。

我们坐在甲板上,晒着太阳,喝着巴蒂斯塔星辰,一瓶喝完,就直接从橡木桶里再灌一瓶。我们慢慢都有些醉了。我问他如何称呼,他说叫他X好了,他的名字是X开头,这也是我知道的关于他的有限的几件事之一。

我们又谈起了天上的橙色倒数。我说这个现象太诡异了，可能谁也不知道倒数的尽头是什么。他喝得比我多，话也多了起来，"怎么没人知道，我就知道，不过是世界末日而已。只不过我根本不在乎什么世界末日。"

我答道："对呀，我也一点儿不在乎，我的世界末日七天前就到了。"

他听了很开心，和我干了一杯，"难得能碰到一个也觉得世界末不末日不那么重要的人，能不能讲讲你为什么不在乎？"

也许是因为蓝姆，也许是因为蓝湖，我和他讲了我为什么不在乎。

我小时候的生活一帆风顺。我的父亲是一家上市公司的首席执行官，妈妈是著名的作家，我是独女，从小备受宠爱。

父母对我的宠爱并不是一味向我提供物质享受，他们也和我分享他们美好的精神世界。我记得妈妈喜欢给我念古诗，她很喜欢《古诗源》，我就是在"逢逢白云，一南一北，一西一东"的声音里开始认字。爸爸喜欢他的事业，甚至不仅仅是喜欢，还有着一点点狂热，他认为自己成功的动力就在于他对生活一直充满激情。

我继承了母亲对美的敏锐感觉，也继承了父亲的激情，但是我有着他们没有的害羞和内向，所以我最喜欢的是独处、读书、沉思。

十九岁那年，父母驾车来大学看我，路上与一辆超速的大货车相撞，两人当场死亡。我不愿意继续待在让我触景伤情的家乡，当时正好拿到了斯坦福大学的入学通知，就来到加州留学。我用父母的遗产在斯坦福大学边上买了一间小公寓，步行五分钟就可以到大学，还请了一个钟点工帮我做饭洗衣，这样我可以专心读书。读书成了我唯一的安慰与寄托。

第一次见到陆澜是在去年夏天。我去听一个网络新贵的演讲会。主讲人是青年一代的偶像、我们最出名的校友，演讲会一票难求，我的朋友临时有事才把票让给了我。我一直以为财富可以让人得到更多的体验，因为它可以扩展你的世界，让你接触到更广阔的天地。作为一个如此年轻就赢得了如此巨额财富的人，我很好奇这种财富和青春的结合会产生一个怎样有趣的结果。但是那次演讲让我很失望，充满着庸俗无聊的励志气息。我一边听一边想，还是个人内在的感受更加重要。一个天才的诗人从路边一朵牛蒡花得到的体验，肯定远远胜过一个面对世间至美的玫瑰却无动于衷的富豪。

我实在忍受不了如此浪费时间，准备悄悄地溜走。出了门，阳光有点儿晃眼，我也不知要去哪儿，站在那里发了一会儿呆。这时又有一个人溜了出来，还笨手笨脚地差点儿撞到我。这人对我笑笑，想解释自己的开溜："盛名之下……"没等他说完，我接了一句："却是个银样镴枪头。"

他笑了，笑得那么灿烂。他就是陆澜。

第一次见面，陆澜就约我去他家做客，而我也自然而然就答应了。他住在离学校不远的一栋平房里，房子有些老旧，很宽敞，有一个非常大的院子。他话不多，但是让我觉得很舒服。我们一边喝咖啡一边聊天，然后他问我看没看过打铁。我说听过，但是从来没有见过。他说他很喜欢打铁。

那天他打铁的样子,我一直记得。火光映照在他的身体上,泛出怎样的一种红色,闷热潮湿的气息中,他的汗水四处流淌,让我感到温暖和潮湿。

后来我也经常陪陆澜打铁。大部分时间我自己看书,有时会偷偷看他一眼,还是和第一次同样地觉得温暖但又有点儿羞涩。他也很喜欢我无声的陪伴,会专门打些小东西送给我。有一次他对我说:"在这个世界上得到幸福的方法,就是找到一件自己真正喜欢而且可以经常做的事。最幸福的则是在做这件事的时候,有你喜欢的人在身边陪伴。"

陆澜和我一样也是孤儿,但他总是很快乐。从那晚开始,他就把快乐传递给了我。他真诚地希望我快乐,带我走出了抑郁。我因为他看到了生活开心的一面。我学会了喝酒、唱歌、跳舞、参加通宵聚会,还把自己的身体交给了他,懂得了如何享受男欢女爱。他的声音很好听,歌虽然唱得有点儿跑调,但我很爱听。

开始我很忐忑,不知道为什么很受女生欢迎的陆澜会喜欢上不算美貌的我。直到大半年之后,我才慢慢习惯了他给我的幸福。这份幸福一直持续到七天前的那个夜晚。

我们当时在网上语音聊天,还有八分钟就是午夜了,他忽然对我说:"鸿,我只要你爱我八分钟,还有八分钟就是明天了。只要你能爱我到明天,我就相信你会爱我到永远。"

我霎时被感动得一塌糊涂,只会傻傻地说:"我爱你,我当然爱你。"

他又轻轻地讲:"鸿,我们在心里说就行了,一直说八分钟。"

似乎过了很久，似乎又只是呼吸之间，八分钟已然过去，是明天了。他叹了一口气，说："我终于能说永远爱你了，鸿。不过永远不永远不重要，重要的是请你一定要快乐。"

　　我还沉浸在感动里，他已经下线了。我打他的手机，他关机了。我那时还不知道，他给我的永远并不是我想要的永远。

　　电话是凌晨四点打来的，他自杀的消息传到我这里时已经过了好几个小时。因为我是最后一个和他接触的人，警察把我叫去了解情况。我从警察那里得知他自杀的时间应该是刚过午夜的几分钟之内，当然，完全精确的时间没有人能够知道。

　　他说了永远爱我之后，就自杀了，没有留下遗书，没有人知道为什么。

2

　　X听了我的故事之后，沉默良久。然后说，也许我想听听他的故事，虽然看起来毫无关系，但是他觉得也许可以对陆澜的自杀提供一种至少是可能的解释。

　　我尽量用X的原话，从他的角度叙述，但是难免会加入一些我自己的解读。还有，他说的真实与否，我也不能完全肯定。

　　下面就是X的叙述：

　　我也许是这个世界上存留的最后一个知道橙色倒数真相的人，我正在竭尽全力让它停下来。这一切都要从一家色情电影院和它旁边的那间文身店说起。

温哥华火车站出来向右走大概五分钟,在缅街上有一家叫作"狐狸"的电影院,是北美最后一家纯色情电影院。我1999年第一次到温哥华,在火车站等车的时候四下闲逛,看到了这家电影院。

这家电影院从外面看起来很破旧,放的也是些老旧的色情电影,门可罗雀、无人问津的样子,但是这样的电影院我在欧美住了十几年从来没有见到过,很是好奇。本想买张票看看,却又担心里面会是怎样一个场面,会不会觉得尴尬,于是就算了。

狐狸电影院的边上有一间文身店,我闲逛的时候随意看了看橱窗里陈列的文身图案。我没有想过为自己文身,但是觉得文身就像是绘画和刻印的结合,是把一幅画刻在人的身体上,虽然不如绘画自由,不如印章深刻,却是和生命结合得最紧密的艺术。不过文身的图案一般来讲匠气的居多,有灵气的很少见。这家文身店却很有意思,橱窗里放的不是照片或者纸上画出的文身图案,而是一棵棵青翠的竹子。它的橱窗上不封顶,养着十几棵或粗或细的竹子,竹身上有着文身图案。这些翠竹上的文身并不一味追求漂亮,初看很平常,但是看久了有股沧桑的味道。我朝店里望了一眼,里面坐着一个看上去二十出头的小姑娘,样子清秀,穿着件牛仔T恤。我抬头看了下店名,青木文身店。

因为工作地点的缘故,我经常经过缅街。我很喜欢那些有文身的竹子,有时间就会驻足观看。竹子经常变化,上面文身的图案也不会重复。看多了,我隐约觉得那些图案反映了文身师的心境,一种和她的年龄不相称的沧桑心境。

那个二十出头的小姑娘经常坐在里面,看到我来得多了,会和我相视一笑。她从来没有试着和我说话,更没有设法招揽生意,这让内向的我觉得异常舒服。

我来到温哥华的开始三年,生活非常平淡,工作早九晚五,闲暇时间或者四处游逛,或者宅在家里看书上网。我的智商应该不低,可惜在某些事情上异常迟钝。当我妻子突然一个人回国,然后打电话来要和我离婚的时候,我竟然事先一点儿也没有觉察到我们的关系已经到了无法挽回的地步。还好我们没有小孩,我也不愿意放下尊严去拉扯,两个人干净利落地离了婚。

不久之后,她嫁给了一个多年以来对她旧情难忘的大学同学。大学时,他们就有一段轰轰烈烈的恋爱,后来因为误会分开。她伤心之下出国留学,嫁给了我。他则在国内自己创业,一手打造了现在全球用户最多的社交网站,但是一直在等她,独身未娶。这些都是我后来在网上看到的,他们二人的浪漫故事已经成了一个传奇,但是对于我这个传奇里的配角甚至反面角色,一切都很难心平气和地接受。

我和大多数人一样,只是个普通人。所以我也和所有普通人一样,不愿意承认自己其实无足轻重。我需要坚信自己的特殊性,而爱情的唯一性是对特殊性的确认,丧失了这种确认令我异常沮丧,难以承受。

上面这段貌似很有哲理的废话,其实不过是一句:我失恋了,很难过。

据说失恋的时候最需要的是朋友,但我内向到有些害羞的性格让我的朋友圈很小,而且我也不好意思和朋友谈论离婚这件事,觉得很丢脸,不多的几个朋友也慢慢疏远了。我变得越来越孤僻，每天下班就宅在家里，一边独自喝酒，一边编我自己的程序。

我的程序是一个数学的世界。这个世界很简单，只由食物和生命组成。食物是各种数学问题，从最简单的四则运算，到黎曼猜想，各种现存的数学问题都在其中。食物的产生和分布是随机的，但是每种食物增加的速率是固定的。

这个世界里的生命则是一个个独立的小程序，我叫它们数学生命。数学生命被输入的是数学问题，这一过程也就是进食；而它们输出的则是问题的答案，答案正确就能得到相应的能量。这些数学生命会成长、繁殖、死亡。死亡的原因可能是因为寿命到了，也可能是因为得不到足够的能量而饿死。一旦储存了足够的能量，数学生命就会开始繁殖。目前还只有无性繁殖，但是它们的基因会在繁殖时产生变异。基因决定了算法，而算法决定了数学生命能解答何种数学问题。

我感兴趣的是生命在这样一个世界中的进化。在一开始，这个世界里所有的生命都只会四则运算，但是很快，只会四则运算的生命会达到一个四则运算食物总量允许的峰值，生命为了延续，就会开始进化，设法去解答更复杂的数学问题。

这并不是我的第一个世界，我的第一个世界是个股票世界。那里的生命都是为了买卖股票活着，能赚更多钱的生命才能获得更多繁殖的机会。我创造这个世界自然是为了生成一个炒股赚钱的程序，但是结果不是很理想。我没有得到希望中的投资大师，只得到了不顾一切的投机程序，这些程序在破产之前得到了足够的繁殖机会。

也许我可以改进我的股票世界,增加长线盈利的权重。然而我觉得应该设法创造一个我自己真正喜欢的世界。数学一直让我感到某种奇妙的静美,这是我最想要而不可得的。

我不记得具体的日期,只记得那天阳光很好,樱花也开得正好。温哥华的雨很多,难得这样的好天气,我专门早点下了班,在附近看看樱花。我在看过樱花去车站的路上经过青木文身店,店门关着,里面没有人。我习惯性地停下来,看看那些文着美丽图案的竹子。我看的次数多了,很容易感觉到哪里有了一些变化。这次多出来的图案在一个不显眼的角落,文的是一幅瀑布下的堕天使。堕天使的面庞让我觉得似曾相识,但是却想不起来到底是谁。恍惚间我抬起头,发现边上的狐狸电影院正在上映影片《寻找堕天使》,海报上女主角的容貌和竹子上的文身有几分相似。

狐狸影院卖票的是一个浓妆艳抹的少妇,来看电影的人很少,她一副无聊的神情。电影快开始了,我匆匆买了票,挑了个偏僻的座位坐下。我听说过关于狐狸电影院的一些传言,心下有些忐忑。影院里人不多,有几对情侣,一帮结伴而来的地狱天使会成员,也有几个我这样的单身客。

这时一个穿着白衬衣和牛仔裤的女生走了进来,我认出她就是边上那家文身店里的小姑娘,她也看到了我,我们都有些不好意思,害羞地相对一笑。她没有坐到我边上,但也没有坐得很远,而是在四五米外,找了个离所有人都有些距离的座位。

电影开始了,是一部典型的小制作色情片,但是剧情却似有深意。起初,圣洁的天使在天堂上无忧无虑地生活,但是有一些天使因为在人间的使命，接触到人间的欲望，忍不住被诱惑了。上帝把这些堕落的天使打落凡间，封印在种种人迹罕至之处，令他们受到欲望的折磨，以此赎罪。撒旦是第一个也是最强大的堕天使，他挣脱了上帝的封印，在大地上四处寻找被上帝打落凡间的其他堕天使，解开他们身体的封印，满足他们心底的欲望，在他们的肌肤上印下撒旦永恒的印记。

电影放到一半，一个喝醉了的地狱天使会成员摇摇晃晃地站起来，走到文身店女生的面前说："甜心，让我亲一下！"

我从小被人欺负时只是忍耐，从来没有用拳头还击的勇气。我从没想到自己面对黑帮能够勇敢地挺身而出，保护别人。那天的表现让我为自己骄傲，虽然面色惨白，声音颤抖，但是我确实站了出来，即使面对一个掏出了匕首的地狱天使会成员，我也没有退缩。

幸运的是，那个家伙拿着匕首扎过来时，忽然口吐白沫，委顿在台阶上。在他的同伴反应过来之前，我已经拉着那个文身店女生跑出了狐狸电影院。

我们没敢回影院边上的文身店，而是去了我家。到家后，我为自己倒了一杯威士忌。经过刚才的事，我需要喝酒压压惊。她也喝了一杯，不过她看起来很平静，没有什么异样，仿佛刚才的一切根本无足轻重。

我们一边喝酒一边聊天，谈起文身。不知道是酒喝得多了，还是那天发生的事让我产生了某种冲动，我提出改天她可以为我文身，就在我的后背文那幅瀑布下的堕天使。

她笑笑说现在就可以。我奇怪地问，难道你随身带着文身用具？她说她有办法，让我露出后背趴下就好。

我趴在床上，心里想着文身会不会很痛，倒不是担心痛得受不了，只是不想在她面前失态。但是等了许久，没有等到针刺的疼痛，却等到了一种柔软潮湿的凉意。青木的舌尖在我的后背游弋，勾勒出了那幅堕天使的轮廓。

那一夜，我才懂得，什么是不可想象的极乐。

第二天早上我醒来的时候，她已经走了，但是在床头留下了一只竹制的酒杯，杯底文着一幅星辰图案。

3

说到这里，X起身从房间里拿出了一只竹杯说："就是这只，倒上酒会很美。"X说到这里顿了顿，似乎想多说点什么，但是最终没有说。他向竹杯里倒了一杯巴蒂斯塔星辰，随着酒浆的注入，那幅文身慢慢升起，十一颗星曲折排列，照耀在深蓝的夜空。

我看得痴了，久久无言。细细看去，杯身上有一行我不认识却似曾相识的文字。记得陆澜打造过一柄长剑，剑身上就刻着相似的文字。陆澜很喜欢这柄剑，就挂在他的卧室里。在他自杀后我还专门找过，但是却没有找到。

我告诉X我在陆澜那里见过相似的文字。他笑笑说，等他讲完自己的经历，再告诉我这行文字的意思。

于是，X继续讲述他的故事：

整个夏天我好像活在云端。每天下班我都会到文身店，青木文竹子,我写程序,然后一起吃饭,晚上两个人有时疯狂,有时温暖地抱在一起,一点儿也不想分开。

我开始学习文身,虽然我还很笨拙,但是经常失误反而生出趣味来。她对我的数学世界也很感兴趣,对于如何让生命在其中更快更好地进化,她有很多有意思的想法。

和她接触得越多,越发感到她的神秘。她从不为人文身,但是隔一段时间就会有人买她一棵文身竹,价格高得惊人。她很孤僻,没有什么社交活动,却有着很多非富即贵的朋友。比如当我的数学世界需要更多的处理器和存储空间时,她的朋友轻易地就可以为我提供,我当时没有仔细估算,但是换算成金钱应该是一个很大的数字。

有了足够的硬件支持,数学世界的进展非常顺利。世界的设定越来越完善,遗传算法也得到了改进。慢慢地,无性繁殖的缺点逐渐显露,于是我引进了有性繁殖,生命变得更加多样,也可以解决更加复杂的数学问题。

随着时间的推移,我遭遇了一个瓶颈,一开始我把有性繁殖编写成完全随机的,也就是说两个数学生命之间的配对完全是碰运气。但是,这样无法保证最好的基因之间的配对,一个良好的基因往往会碰到一个很差的基因,导致后代丧失了竞争力。于是我加入了"门当户对"的前提,只有能解决同样难度之数学问题的生命才可以配对。但是我发现,"门当户对"并不代表相互匹配,能解决同样难度之数学问题,并不代表这两个数学生命能繁殖出聪明的后代。

无论我如何努力,就是没有办法写出合适的配对逻辑。但是，令一个生命找到合适的另一半，却是进化出更高级智慧的关键。

数学世界遇到了瓶颈，我的文身技术却越来越高明，我的梦想是有一天能在青木的胸前文上一朵蓝色的莲花。

一星期前，公司忽然停电，我无事可做，想去店里给她一个惊喜。到了门口，却发现文身店挂上了关门的牌子。青木有事要出去的时候经常如此。我掏出备用钥匙打开门进去，准备等她回来。

我一进门就听到里屋有人在讲话，虽然听不清在讲些什么，但是两个人的声音我都很熟悉，一个是青木，一个是我前妻。我从来不知道青木认识我前妻，我不愿意面对这样一个尴尬的场面，悄悄地离开了。

那天晚上我很晚才回到文身店，发现只有青木一个人在，我才有点儿放心。我没有提起白天的事，没有问她如何会认识我的前妻，我只想好好抱抱她。她也有些异样，平常占据主动地位的她，那晚反而对我百依百顺。

第二天，我再去文身店时，没有看到青木，我的前妻却在那里等我。我很平静地点了一支烟，以我对她的了解，她会向我解释一切。

没想到她第一句话就让我如坠深渊："如果用你可以理解的概念来解释，这个世界其实是一个虚拟的游戏世界，其中有玩家，也有NPC[①]。我和青木都是玩家，而你是NPC。"

我完全没有听懂什么叫作"我是NPC"。看着我茫然的神色，

[①] non-player character 的缩写，指游戏中的非玩家角色。

她继续解释:"这个世界是量子化的,光速是不能超越的,空间、质量与能量都是有限的,你觉得这些像不像电脑里模拟出的世界才有的?这个世界里能量的传递是量子化的,也就是说有着最小值;同样,电脑也是有最小精度的,电脑计算出的世界也必然是离散的、量子化的。这个世界里光速不能被超越,信息传递的速度不能超越光速;电脑计算出的世界也有最大信息传输速度的限制。这个世界的质量与能量都是有限的,电脑也只能处理有限的数据,拥有有限的存储。如此种种都说明了这个世界是被计算出来的,也就是说这是被创造出来的一个虚拟世界,而创世者必然在世界之外。真实的世界应该是无界限的、连续的、无最大速度的。其实当人类发现微观世界符合量子力学的原理,就已经显现了世界是虚拟的这一事实。"

看到她如此侃侃而谈,我有种怪异的感觉,"我为什么要相信你说的这些怪论?你怎么在这里,青木呢?"

她笑了笑,"你不需要相信我,这件事本来就很难令任何人相信。三天以后,天空中会出现橙色倒数,那时你就会相信我了。"

我忍不住问道:"什么是橙色倒数?"

她答道:"你看到就懂了,就是橙色的倒数计时。倒数将在三天后开始,持续一百天,倒数的结束也意味着这个世界的终结。如果把这个世界比作一个巨大的网络游戏,当一个游戏将要被关闭时,会有倒数计时提醒玩家。玩家可以退出,也可以转到另一个游戏、另一个世界,但是所有NPC都无可避免地会随着这个世界消失。

"我和青木都对这个世界产生了感情,和我们相似的还有不少玩家。这个世界的生活平淡无奇,一般的玩家很快就离开了,但是留下来的人却越来越喜欢。这个世界的NPC很有意思,每一个都是自主的个体,有着自己的思想。我们想要拯救这个世界,也一直在为此而努力。

"拯救世界的关键就是你和你的数学世界。数学是创造者和被造者之间唯一共享的成果。在这个世界研究出的自然科学成果,对于真实世界毫无用处,哲学、宗教、艺术也是如此,这些都局限在这个世界之内。但是数学不同,数学可以超出世界范围,数学是普适的。如果能够自发产生足够好的数学,那么这个世界会被认为有着娱乐之外的存在价值。

"我曾经认为你的数学世界很有前途,然而我发现你缺少必要的热情,所以我离开了你,去寻找其他更好的可能。青木却认为你有着深藏的潜能,所以她找机会接近你,给你提供必要的帮助。现在倒数迫在眉睫,你的数学世界是最有可能在倒数结束前突破的项目,其他的拯救计划都需要太长的时间。"

她停下来,给了我一些思考的空间。我回想了一下,我前妻在我生命里确实出现得很突然,走得更加突然。从一开始就是她更加主动,不然依照我害羞的性格,和她也不会走到一起。想到青木接近我也是因为这个原因,我心底某处不禁开始隐隐作痛。

我问道:"青木呢?她为什么不亲口和我说?"

我前妻有点冷酷地答道:"她说等你拯救了世界,她会回来亲口向你解释。"

4

听X讲完这个不可思议的故事,我久久无语。然而更加不可思议的橙色倒数就悬挂在天空上,而且他有一种令人相信的气质。

"不过这些和陆澜有什么关系呢?"我问道。

他说:"你刚刚说陆澜的长剑上刻着和青木竹杯上一样的文字,而这种文字并不属于我们这个世界。陆澜和青木是在同一天离开的。那天玩家知道了这个世界将要被关闭,从此玩家一旦下线就不能再登入我们的世界,而且他还选择了如此奇怪的一种方式自杀,所以我觉得陆澜也是一个玩家,他只是选择了一种异常浪漫的方式来和你告别。"

我听得心中五味杂陈,一杯接一杯地喝酒,直到醉倒。这些天我累得狠了,此刻松弛下来,一觉睡了十五个小时,醒来时凌晨四点多,天还没有亮。

蓝湖地处偏僻,四周没有什么城镇,夜空里的星辰异常璀璨,仿佛无数尘沙在黑色的大漠上呼啸。但是此刻在夜空上最耀目的不再是璀璨的星辰,而是那抹数字不断递减的橙色。

X看我醒来,问我饿不饿,要不要吃点什么。被他一提,我才觉得自己确实饿了。他从厨房里端出一个热腾腾的蒸笼,里面是十二个小笼包。我拿起一个尝了一口,竟然是麟记的味道。

我父亲在上海有分公司,曾经带我去玩过好几次,每次他都会带我去麟记吃小笼包和小馄饨。麟记很小,只有八张桌子,价钱也不贵,但是味道真的很好。

狼吞虎咽地吃了六个小笼包后,我才开始小口小口地细品,"你怎么知道我喜欢小笼包?这个味道真像是麟记的,你自己做的吗?我在北美从来没吃到过这么正宗的小笼包。"

他看我吃得香甜,微微笑着回答我:"昨晚你说梦话,叫着爸爸,说你要吃麟记的小笼。我去上海玩过一次,也喜欢麟记的味道。"

他顿了一下接着说:"我的前妻离开之前,留给了我一笔巨大的财富,还有一个由这个世界最有影响力的人士组成的后援会,他们会为我的数学世界提供支持。我的所有要求都会被无条件地执行,例如我想吃麟记小笼包,就可以吃到。"

我好奇地问道:"这包子是从上海空运过来的吗?"

他答道:"差不多。各种材料和工具都是从上海麟记店里空运过来的,同时飞过来的还有麟记的一位师傅,这些都是他在附近现包现蒸的,然后用遥控飞机给我们运过来。这样味道才能这么正宗。我还点了两碗荠菜小馄饨,一会儿就送过来。"

我这才想起昨天喝得烂醉,还有些关键的问题没有问:"你不是应该在哪里努力研究拯救世界吗?怎么反而在这里优哉游哉呢?"话刚出口,我就觉得自己的口气有点不好,连忙道歉,"对不起,我不是指责你的意思,只是有点想不明白。还有,你说过要告诉我那段文字的意思。"

他也丝毫不介意,答道:"我在蓝湖有两个原因,一方面是因为我自己的困扰,一方面是因为一个神谕。我的困扰比较容易解释，青木当初和我在一起只是为了数学世界，而且她是玩家我是NPC，她大概不是真的爱我。当然我的困扰只是让我缺乏动力，如果有可能，我还是会尽力拯救这个世界。可惜我解决不了配对算法的问题。不过话说回来，你也许可以帮助我解决这个问题。"

我被他吓了一跳，"怎么可能是我，我只是一个普通的大学生，而且我学的是心理学，对于算法一窍不通。"

他说："这就和神谕有关了。创造我们这个世界的智慧生命还创造过很多世界。他们把世界分成三类——随机世界、前定世界、神谕世界。

"随机世界是完全无法预测的世界，智慧生命在随机世界中没有优势，智慧基于'未来可以被预测'这个事实，当一切混沌的时候，智慧便无法出现。前定世界则相反，一切都可以被预测，一切都是前定的，是没有自由意志而且异常无趣的世界。

"神谕世界介于二者之间，短期的不完全的预测是可行的，但在本质上它是一个可能性的世界。例如我们这个宇宙在微观尺度遵从量子力学，无法被精确地预测，但在宏观尺度，我们却能做出一定程度的预言。玩家们曾经设法预测我们这个世界的未来，却只能得到一些含糊不清的结果。既然他们对于我们是神一样的存在，我觉得把这些预测称作神谕非常恰当。青木竹杯上的那行字就是一条神谕：'当蓝色湖水里涌出蓝色的美酒，当没有意义的事物被赋予意义，被造者的造物将拯救被造者自身。'玩家们说这是关于末日救赎的神谕，我觉得很可能与你有关。"

我听了问道:"蓝色湖水就是蓝湖也还说得过去,那蓝色美酒呢?"

他说:"那当然就是你那晚打碎在我这里的蓝姆酒了。"

我觉得实在好笑,"蓝姆又不是蓝色的酒,而且我称它蓝姆只是因为好听,和蓝色没有一点关系,这也太牵强附会了。"

他也笑了,"后援会同时支持很多个哪怕只有一丝微小希望的项目,也就是死马当活马医的意思。我正好离蓝湖比较近,所以来这里散散心,同时碰下运气。不管如何牵强,遇到你也是缘分,你想想能不能帮我解决下配对算法的问题,任何古怪的想法都好。"

我说:"从一个小女生的观点来看,我觉得你的世界需要的不是配对程序,而是爱情。因为一个依据逻辑的配对程序,是建立在可以知道最佳配对需要的另一半基因符合什么条件的基础上的,如果你已经知道,那么自动生成另一半就好了,何必要去寻找另一半?爱情不依靠逻辑,而依靠直觉,你不觉得爱情就像是神谕么?我们心里泛起一个声音,忽然之间我们就知道自己遇到了那个正确的人。所以,我觉得你需要爱情。"

他笑着答道:"配对程序我编不好,但是至少还有个方向。爱情太虚无缥缈了,我连如何入手都不知道。"

这时,一架无人机挂着一个三十厘米见方的银色方盒飞了过来。遥控飞机发出的噪声很小,让人几乎觉察不到,它把方盒留在了甲板上就离开了。X打开方盒,里面是新鲜出炉的荠菜小馄饨。他深深吸了口气,然后说:"我们先吃馄饨吧,世界末日还有九十几天呢。"

后来的几天我们在正事上毫无进展,但是我们两人实现了很多本来只属于个人幻想的愿望。后援会的势力强大，有些不是金钱可以做到的事，他们也可以动用政治力量甚至军队来实现我们古怪的要求。

X打造了专属于他自己的《星际争霸》，暴雪为他提供了一个由原来《星际争霸》开发人员组成的团队，开发了一个可以弥补手速的版本。X一直认为自己在《星际争霸》上成绩不好，只是因为手速不足，战略战术还是很强的。这个新版本让他在战网上连战连胜，非常开心。

我则索要到了许多关于张爱玲的珍藏。其中有一套张爱玲手批的《金瓶梅》，据说是她和胡兰成最恩爱时一起批注的，连她自己都以为被焚毁了，其实一直在私人收藏家手中。我不知这套书的真假，但是记得胡兰成说张爱玲连《金瓶梅》里裙子的颜色都注意到了，他们之间也谈论过《金瓶梅》，所以有这样一本书存在，也不是完全不可能。我本着末日之前努力八卦的精神，看得津津有味。

每天我们也会花上几个小时研究数学世界。因为我对程序一窍不通，我能做的只是观看数学世界的图像模拟展示。为了更快地进化，数学世界里的生死只在万分之一秒，如果用正常速度观看，只能看到色彩的变化，斑驳杂乱。但是图像模拟还有一个慢镜模式，可以认真地观察一个数学生命从生到死的经历。

我从小对色彩就非常敏感，看着一个蓝色的小点孤独地游荡，颜色时明时暗，它遇到了一个粉红的小点，缠绵在一起，由暗变亮，然后两个小点分分合合，明明暗暗，竟然令我有些着迷。我知道亮度代表了一个数学生命的成长，能解决更多更难的问题,它就会更快地成长,而饥饿则会导致亮度减弱,黑暗就是死亡,也就是消失。

我开始在头脑里想象眼前小蓝点的生活,找到一道容易的问题,好开心,看到一个自己喜欢的异性,但是错过了,心里很难过。它终于找到了另一半,却发现能解出的问题越来越难找到,两个人只好花越来越多的时间分头寻找,在一起的时间越来越少,离别多了小蓝点有些伤心,不过聚在一起还是很幸福。

我想到这里,才想起小蓝点根本没有感情,一切不过是生存的需要。由小蓝点又想到我们自己,我们不过是NPC而已,我们的感情又是什么呢?我们之所以会有感情,也许只是为了可以给玩家更好的陪伴?我们觉得生死与共的爱,在玩家看来不过是一场游戏,也许他们很认真地在玩这场游戏,也投入了一些感情,但是对于他们来说,游戏里的结果无论如何都不会影响到真实的世界。对于我们来说,是死亡、是终结,对于他们却只是一次通关的失败。

我想着这些,情绪变得有些沮丧,宁愿自己和小蓝点一样,没有感情,没有悲喜,这样也就不会有爱情,不会老想着一个不属于这个世界的人。

"没有感情,就没有悲喜。没有悲喜,就没有爱情。"我不断重复着,觉得自己好像抓住了什么关键的东西,却还不能说清楚,"配对逻辑需要爱情,爱情需要感情,但是为什么感情没有在数学世界里进化出来呢?"

我越想越糊涂,正好X打完一局星际,我就问他:"数学世界里有没有进化出类似感情的东西?"

他随口答道:"没有,从来没能进化出感情。"

我接着问:"但是如果没有感情,父母如何会尽力抚养后代呢?"

他说:"数学生命一出生就可以独立生活,并不需要父母培养。"

我叹了口气,"原来如此,但是没有感情,就不会有爱情,也就进化不出你需要的配对算法了。你要试试让它们有个需要受照顾的童年。"

他沮丧地摇了摇头,说道:"这个我也尝试过。就像你说的,我试过给数学生命一个需要受照顾的童年,而且除了解答数学问题,我还在它们的生活里添加了很多其他的东西,很多看起来没有用的东西。我期待这样的世界里进化出的数学生命会具有非理性的成分,就好像人类的感情,而这种非理性的成分会产生类似神谕的效果,帮助一个数学生命找到它合适的另一半。可惜并没有用,无论我如何做,数学世界里的生命都无法进化出丝毫非理性的成分。我后来也想清楚了,电脑程序即使再复杂,它在理论上总是可以被完全预测的,因此我的数学世界注定是个前定世界,其中无法产生自由意志,无法产生感情,无法产生爱,也无法产生神谕。"

看着他沮丧的样子,我心里忽然涌起一股暖流,让我非常想要帮助他。我想要帮他完成数学世界,不仅仅是为了拯救我自己的世界,也是为了让他不要再沮丧颓废。可惜我一点儿也帮不上忙。我不懂编程,而我想到的尝试他也都已经做过,我能提供什么特别的数学世界没有的东西呢?

他看我不再说话，又继续去玩他的星际。我拿起《金瓶梅》却并不想读，心里默默想着数学世界的小蓝点和《金瓶梅》里面一个个被爱欲折磨的人。我真的想要像小蓝点那样生活么？即使我想，我也做不到。我注定是一个会被爱欲折磨的人。即使我曾经充满爱欲的心里破了一个大洞，爱欲也没有全部消失——它只是陷入冬眠，在未来终会苏醒。

　　爱欲，爱欲，爱即神谕。我们的世界是一个神谕世界。数学世界基于电脑程序，是前定世界。要让数学世界也有爱欲，也有神谕，它需要与神谕世界混为一体。

　　我忽然大叫一声："我明白了！"

　　他吓了一跳，抱怨道："我正打到关键时刻，你没事不要大惊小怪。"

　　我说："星际作弊者，别玩你的作弊版本了，起来拯救世界吧。"

　　他不情愿地认了输，对我恶狠狠地说："如果你这次的主意没用，今晚就只点我喜欢吃的东西。"

　　我说："别老想着吃了，我看你今晚大概没心思吃了。数学生命的问题在于它所处的世界是一个前定世界，其中不可能出现情感。但是我们自己的世界就是一个现成的神谕世界，我们只要打破数学世界和我们世界的界限，让数学生命进入人类的网络空间，它们就能进化出超越理性的东西。"

　　他本来还嬉皮笑脸，假装生气，这时却忽然严肃了起来，一边思考，一边说着自己的想法："我以前一直担心，即使数学生命可以帮到玩家，玩家们也只要复制一下数学世界就好，人类依然没有存在的价值。原来关键在数学生命和人类NPC的融合,这样的话我们这些NPC就不会被清除。"

他越说越开心,一边说一边手舞足蹈,我也由衷地为他感到高兴。他接着说道:"橙色倒数留给我们的时间不多了,我需要足够多的开发团队,也需要全球互联网的底层权限,嗯,还要找出办法尽量加快数学生命的进化。"

说到这里,他拿出手机拨了一个号码,"请尽快派一架直升机来蓝湖,神谕的答案找到了。"

打完电话,他和我一起走到甲板上等直升机。一边走,他一边说:"神谕里提到的果然是你,'蓝色湖水里涌出蓝色的美酒',和我一起去拯救世界,好吗?"

我想了想,还是婉拒了,"我还是留在蓝湖喝蓝姆酒吧,我在湖里喝酒,这样才更符合神谕呀。"

他大概没想到我会拒绝和他一道离开,有些不知所措,我们之间的气氛也变得有些异样。我设法引开话题,"你觉得神谕怎么会存在呢?这实在太不科学了。"

他说:"神谕也可以有科学的解释,比如在量子力学中,可能性是世界的本质。一个存在着很多可能的世界,就好像有着很多分汊的河流,但是在某个地方这些支流可能又汇合在了一起。在绝大部分时间中,预测会发生什么是不可能的,但是在某些时间节点,我们的世界也许只存在着一种可能性。对于这些节点,预言便成为可能,这些预言就是神谕。我们也许正站在这样一个节点上,无论你我如何选择,我们注定会拯救这个世界。"

我听了沉默良久,说:"我倒宁愿神谕是真正神秘的、不能解释的,我更喜欢神秘的世界。科学的世界一切都能被解释,让人感觉局限而没有自由。"

他说:"我也一样,尤其在知道自己只是一个NPC之后。身为NPC,无论怎样努力也无法超出自身的局限,即使我们有后代,也还是被这个虚拟的世界局限,无法触摸真正的世界。就好像数学世界里的生命,因为世界的局限,无法进化出感情。我们其实和数学生命一样,都不过是一个程序。我的感情,我的喜好,我的爱,我的存在,其实都是NPC的程序而已。"

我倒不这么想,"我们现在不是正要开始和数学生命交流吗?这种交流必然会为数学生命带来无法预测的进化。我们这些NPC其实也一样,我们和玩家的世界并没有完全隔断,玩家和我们之间的交流也给了我们超越这个虚拟世界的可能。"

这时直升机飞来了,引擎的轰鸣声压住了我后面想说的话。X和我挥手告别,看着渐渐远去的直升机,我又一次想起和陆澜最后的八分钟。也许我真的不过是一个NPC,也许陆澜只是在玩一个浪漫的游戏,在别人眼里,也许那最后的八分钟因此变成了一场骗局。但是对我来说,那八分钟的感觉依旧特殊而珍贵。有些感觉一旦产生,就存在于自己的时空,不会再被任何其他的事物打扰。

5

X走后,我一个人在蓝湖住了一段时间。湖心餐馆里留下了很多日常用品与食物，足够我的生活所需。

橙色倒数慢慢变得不可遮挡，这个特性违反了已知的所有物理原理。比如飞机上的乘客看到的橙色倒数在遥远的天上，但是陆地上的人却看到飞机被橙色倒数遮挡，而不是相反。橙色倒数从天上缓缓地压向每一个人，大家心头的压力也越来越重。离倒数结束还有十天的时候，即使闭上眼睛也会看到倒数了。很多人受不了精神压力发了疯，我只能默默祈祷神谕是正确的，X的数学世界可以取得成功。

到还有七天的时候，那晚我好不容易睡着了，睡眠是唯一能摆脱倒数的方法。第二天我醒来，觉得整个人都轻松惬意，却说不出为什么。细细一想，原来是眼里的橙色倒数消失了。我向窗外望去，蓝天如洗，终于又变得和蓝湖一样清澈。

我没有继续我的旅程，而是回到了斯坦福。然而陆澜一直没有出现。不过这也是正常的，对于这个世界，陆澜已经死了。就算他回来，应该也变成了另外一个人。

奇怪的是，大家就好像橙色倒数根本没有发生过一样。我偶尔和别人提起橙色倒数的事，他们都用一种茫然的眼神看着我，觉得我在开玩笑。我去查看了那段时间的报纸，也没有任何关于橙色倒数的报道。

慢慢我也开始怀疑自己的记忆，那些天的经历也许只是我的错觉？X只是顺着我讲了一个有意思的故事，或者X也根本不存在，一切都只存在于我的幻想之中。

暑假的时候，我去了一趟温哥华，想看看是否真的有狐狸电影院和青木文身店。缅街上确实曾有一家狐狸电影院，专门放色情电影，但是已经关门，变成了独立乐队表演的剧场。狐狸电影院陈旧斑驳的标志，依然挂在那里，任凭风吹雨打。电影院的附近并没有文身店，它的右手边是一家小小的叫维隆纳的咖啡馆。

我在咖啡馆里点了一杯黑咖啡，一小块芝士蛋糕。老板是个很有意思的意大利老头，开朗的笑容，夸张的恭维，让人非常舒服。我问他这里曾经是不是家文身店，而且专门在竹子上文身？

意大利店主一听就笑了，说他在这里开咖啡馆十几年了，他盘下来的时候是一家中餐馆，没听说过曾经是文身店，而且怎么可能在竹子上文身呢？

我也笑了，确实从来没有听说可以在竹子上文身的。虽然我的记忆是那么清晰，实在不像是幻觉，但是如果要相信我关于橙色倒数的记忆，就需要颠覆整个世界，相比之下，还是承认自己产生过幻觉更加简单。

回到加州，我更加努力地学习，那个学期我多选了三门课，课外还上了糕点班，想让自己在忙碌里慢慢忘却往事。

转眼到了圣诞。圣诞这天连图书馆也不开门，我只好躲在家里一个人看书。书读得乏了，我起身泡了一壶茶。茶还没泡好，听到一阵门铃声。我披上外套打开房门，门口地上放着一个精美的礼物盒。我左右看看都没有人，便拿起礼物盒细看。礼物盒是蓝色的铁盒，上面镶嵌着黄色水晶做的星星，里面放着一瓶巴蒂斯塔星辰和一个竹杯，竹杯的底部有一幅文身图案。

我向杯中注入巴蒂斯塔星辰，文身在水里慢慢升起，十一颗星曲折排列，照耀在深蓝的夜空。我喝了一口，仿佛又回到了蓝湖。

我想，这个竹杯可能也是我的幻觉，依旧是自我欺骗的一部分。但是对于我来说，这些幻觉的价值和事实一样宝贵，甚至犹有过之。

[后记]

最早萌生出写这篇小说的念头，是我看了《三体》第一部里面关于倒数的情节。我当初看的是连载，中间有很多时间来胡思乱想倒数的真相是什么。结果看到只是外星人入侵，当时还很失望。后来，《三体》故事愈来愈宏大，并不是一个外星人入侵那么简单，我的失望也就抛到九霄云外了。

不过，这个故事的最初想法一直留了下来，本来我是想写成《三体》的另一种更好的可能性，但是《三体》金玉在前，再用同样的背景和人物就有些班门弄斧了。于是我把背景放到自己熟悉的北美，就有了这个故事。

最后提一下，数学世界和巴蒂斯塔星辰也都是向《三体》致敬。

梵星遗事

1

　　宋宋自杀已经三十六年了，维先生也在七年前去世，我觉得到了可以把梵星上发生的事都写出来的时刻。我会尽量客观地叙述我所知道的事实，并给出自己的理性分析，但因为最重要的当事人没有留下足够的信息，梵星上到底发生了什么，只能依靠读者自己来做出判断。

　　很多人觉得我是一个天性异常冷漠的人。记得五岁那年的夏天，父母带我去海边看一年一度的焰火表演。天完全黑了，表演才开始，焰火放完已经将近晚上十一点。人潮汹涌，我和父母走散了。我独自站在昏黄的路灯下，却丝毫没有觉得害怕，反而产生了一种脱离的感觉，我好像飘浮在空中，看着下面的人群像蚂蚁一样毫无意义地走来走去。

　　随着年龄的增长，这种脱离的感觉越来越强。看着周围的人追逐着崇高或者鄙俗的目标，我却好像浮在空中，觉得这样的生活毫无意义。后来我才明白，这些人都在认真努力地生活，追求快乐和他们认为能带来快乐的事物，这些追求赋予了他们生活的意义。我之所以觉得他们的生活毫无意义，恰恰是因为我自己的生活缺少了目标，这个世间与我只有淡淡的缘分，无法引起我的兴趣。凡是需要选择的时候，我总是无可无不可，没有什么特别的偏好。

还好我的智商比较高，读书考试于我不是一件难事。我也没有什么太高的奢望，老老实实地选择了一份可以糊口的专业，成了一名律师，毕业后顺利地进了一家著名的律师事务所工作。

很多富豪和我们事务所签有长期合约，但是其中有一部分人已经退出商界，没有太多的事务需要我们处理。打理这些隐退富豪的事务是一份不受年轻律师欢迎的工作，因为没有业绩，也就没有晋升的希望。不过我这个人不喜欢太忙，也不在乎收入的高低，就毛遂自荐，接下了这个职位。

为隐退富豪服务的日子过得平淡而清闲。这些富豪都在自己的人造卫星、热带小岛，最不济也是私人沙滩上享受生活，要麻烦到一个律师的时候并不多，我也就乐得悠闲，把这份工作一直干了下来。

金钱令人变得千篇一律，只剩下财富多少这样一个区别。如果不那么在乎金钱，富豪里能让人感到有趣的家伙就寥寥无几。不过经手的人多了，我还是遇到过几个有趣的人物，维先生就是其中之一。

在为维先生服务的最初十二年里，我一直没有见过他的面，但是当我第一次读到维先生奇特的婚前协议时,就不禁莞尔一笑——这个世界上竟然有如此自傲之人。

婚前协议书的要点一般是三条。第一是婚前财产的分割,这一点上维先生和其他富豪类似,处理得滴水不漏,他的配偶不可能通过离婚分到任何财产。第二是遗产的继承,相比他人,维先生在这点上表现得更加不近人情,他的妻子可以继承的遗产只等同于离婚可得的赡养费。第三则是如果离婚,男方需要付出的赡养费,协议书里具体的赡养费金额我需要保密,但在我看来算是异常大方。奇怪之处在于赡养费逐年减半,例如第一年离婚可以得到四亿赡养费,第二年离婚就只剩下两亿,第三年就只能拿一亿了。

当时我的感觉是:这条款摆明了是在鼓励虎头蛇尾嘛,在这个爱钱的世界上,有谁会愿意跟他维持婚姻超过一年呢?

结果我错了,我低估了维先生,也低估了他身边的女性。在我为维先生服务的这些年里,没有任何一位女士选择在第一年就离婚,其中两位待了两年,一位待了三年,最后一位古女士到现在已经是第七年,她似乎根本不在乎金钱了。

古女士全名古白苏,大家都叫她苏。我第一次见面就对她印象很好。苏的五官清婉柔美,身材纤细修长,整个人散发出极度优雅的气质,让人完全无法想象这样一个女子会愿意接受一个垂垂老矣的富豪如此奇特的条件。

最初跟随维先生之时,苏的身份还是已婚妇女,她与前夫离婚的手续也是我帮她办理的。维先生转给我一笔巨大到足以买下我们律师事务所的资金,让我替苏办理离婚手续,补偿金额之外的余款就是我的报酬。我约见了苏的前夫,他是一个很难缠的人,对金钱有着敏锐的嗅觉,努力想要最大化自己的利益。我本能地厌恶这个男人,因此只用了一小部分款项就把他打发了。剩下的余额还很多,我扣除了自己应得的律师费,把余款退回给了维先生。

我并不是故作清高,只是不喜欢接受额外的报酬。工作和报酬于我是清清楚楚的一件事,我的付出和所得相当,不会为我增加负担。如果我接受了维先生额外的大笔金钱,就会让我和他建立起一种特殊的联系,令我的生活变得更加复杂。当时我以为这样做可以令我和维先生保持一种单纯的雇佣关系,没想到却成了这个故事的导火索。

那两位女士在第一年没有离开的原因我不太清楚,但是三年以后才离婚的那位女士捐出了她应得的赡养费,还对我说,她离开不是为了获得这些金钱,而是因为维先生总是忘不了他的前妻宋宋。

这是我第一次听到宋宋的名字。在那之后,我偶尔会猜想维先生的魅力到底何在,尤其是一个六十多岁的老人,如何还能让女人为他倾倒到不在乎金钱的地步?苏又是为了什么一直陪在维先生的身边?我也会想象宋宋的样子,到底什么样的女子能让这样的男人终生难忘?

因此,当我收到维先生的邀请,去他的小行星会面,帮他起草遗嘱时,我一贯平静冷漠的心也多了几分期待。

2

维先生布满皱纹的面庞，依然能用英俊来形容。这种在岁月和睿智里浸泡过的英俊，无论男女，一见之下都会不由自主地被吸引，想要看到这张面庞之后更多的东西。苏则完全相反，岁月在她的脸上几乎没有留下痕迹，将近四十岁的她，看起来只有二十五六。她还是七年前我见到时的样子，简单，优雅，像是一个女大学生。维先生和苏之间有着奇特的默契，给我留下了极深的印象。他们陪着我走到房间里的短短一段路，让我觉得他们的微笑、步伐，甚至呼吸之间都有着一种奇妙的共鸣。

维先生开门见山地谈起了遗嘱的事。我本以为我此行是为了帮他把遗嘱继承人改为苏。苏已经陪伴了维先生七年，这是很自然的选择。可维先生的交代却让我大吃一惊。

新的遗嘱里，维先生的遗产被分成了三部分。其中最大的一部分将成立一个基金会，用来维持一个名叫"梵星"的人造行星的运作，而他希望由我来管理这个基金。较小的一部分遗产则以年费的形式支付给我，足以让我享受几辈子舒适的生活。还有微小到几乎可以忽略不计的一部分遗产，则是按照那个每年减半的婚前协议里规定的、需要支付给苏的赡养费。

忽然得到巨额的遗产，而唯一的要求是帮忙管理一个基金会，这样天上掉馅儿饼的幸运事，只会让我皱紧眉头。这件事既不符合常理，还隐隐透露出一股诡秘的气息。我如果接受，那么我一直小心翼翼维持着的简单生活，很可能会被带进一个巨大的旋涡。

于是我设法推辞，"维先生，谢谢您的厚爱。我只是一个小律师，怕是管理不好这么巨额的财富。接受您遗产的最佳人选应该是古白苏女士，她成为基金会管理人，我可以担当基金会的法律顾问，这样不是两全其美吗？"

没想到维先生还没有回答，苏就立刻出言反对。"我不会继承超过婚前协议金额的任何财产，至于那个基金会……"苏顿了一下，接着说道，"那个基金会是为了纪念宋宋的，我更不可能接手。维，方律师不是个贪财的人，我们想要方律师帮忙的话，宋宋的事要原原本本地让他知道，而且知道了来龙去脉，方律师才好管理梵星的运作。"

维先生点了点头，递给我一张记忆卡，说道："宋宋是我的前妻，我和她的事都写在这里了，方律师今晚读一下，明天再给我答复，好吗？"

我想维先生是不愿当着苏的面谈论自己的前妻，而且很明显，他对前妻的感情这么多年来一直没有消失。虽然我依然不想接受这份遗产，但是我的好奇心已经被勾了起来，就答应了维先生的请求。

晚餐只有我们三个人，维先生专门请了一位著名的寿司师傅现做现吃。我平常吃得最多的就是寿司，因为家旁边就有一间寿司店，很方便而且比较清淡，不容易吃厌。虽然我不是很懂得品尝，但这顿晚餐还是吃得很舒服。餐具、食材，还有搭配的餐酒都是寿司师傅带来的。寿司师傅不苟言笑，黑着一张脸，有一种奇异但并不惹人生厌的骄傲。

维先生身体有些不适,只吃了一点儿,喝了一小杯酒,就先去休息了,留下苏陪着我。苏和我谈起她那次离婚的事,说还没有当面谢过我,还提起她非常钦佩我放弃了额外的报酬。

我趁机发问:"你的婚前协议也是我起草的,你放弃的东西算起来比我还多吧?"

苏微微一笑答道:"这是不一样的。我放弃了一些金钱,换来了一段对我来说非常享受的时光,比如今天能在自己家里舒舒服服地吃到如此美味的寿司。而你退款的行为,只是单纯地放弃了一大笔金钱,却什么也没得到。"

我听得也笑了,"是有些不一样。不过我觉得这顿寿司虽然很美味,但是和我家旁边的寿司差别并不是很大,而且吃起来还有点麻烦。"寿司师傅似乎听懂了我的话,手上顿了一顿,一张脸变得更黑了。

吃过晚餐后,我立刻回到客房,开始读起记忆卡中维先生写的这段经历。

3

我遇到宋宋的时候已经快四十岁了。在宋宋之前,我有过女人,谈过恋爱,但我生活的重心一直在建造梵星上,爱情对我来说并不重要。

我从小对宿命有着奇妙的感觉。很小的时候,从窗户往外看路上的行人,我总觉得每个或急或慢的人,都在依着自己的定数行走,不多一分不少一寸,应该何时走到哪里,便会走到哪里。

十六岁那年,我开始想知道自己对宿命的感觉能否为科学所证明。人的烦恼在于贪求,贪求则源于不能认识到一切其实是注定的,我觉得应该能用一个科学的实验来证明人类并没有选择的自由。

要证明人类没有自由意志,需要计算至少包含一个人在内的复杂系统。这样一个系统在经典力学里是混沌的,初始态的任何误差都会被指数性地放大。要模拟这样一个复杂的混沌系统,只有进一步建立需要考虑量子效应的微观模型。量子力学没有混沌效应——最简单的三体问题,在经典力学里是个无法预测的混沌系统,在量子力学中就精确可解。

要模拟如此巨大的一个微观模型,只能依靠量子电脑,而且是计算能力远远超过现存量子电脑的某种超级量子电脑才可能胜任。于是,我开始了对超级量子电脑的研究。冥冥中,我觉得这是自己命定的事业,我注定会把它完成。

梵星,就是这样一台超级量子电脑,整个人造行星的内核都是电脑的机体。它的建造就是为了预测未来,证明人类并没有选择的自由。梵球是梵星上最重要的部分。平常它是一个半径五米左右的银色大球,当它启动的时候,边上会出现两个透明的梵球,这两个其实都是它的数字三维全息图。一个是现在梵球,一个是未来梵球,现在梵球上显示的是梵球里正在发生的事,而未来梵球显示的是三秒钟之后将要发生的事。

梵星的设计、测试与建造足足花费了十一年。在最后一年的冬天，我遇到了宋宋。

　　此前，我一直为自己的冷静、理性和超强的自制力而自豪，从没想过自己也会变得脆弱、嫉妒、贪求。我没想到爱上宋宋之后，她和异性的正常交往也开始让我觉得难以忍受。我被自己的占有欲变成了一个我不愿成为的人，可惜我完全无法控制自己的激情。

　　这时正好梵星建成了，于是我决定带宋宋远离人群，到梵星上完成我的实验。

　　梵星上的日子是我此生最快乐的时光。整个星球只有我和宋宋两个人，一切琐事都由电脑处理，我可以专注进行梵球的实验，同时享受和宋宋的二人世界。

　　实验进行得很顺利。梵球实验有扫描、优化、预测三个步骤。譬如一只蝴蝶进入梵球，首先会被扫描，梵星的主电脑会建立这只蝴蝶的量子数字模型，可以据此进行量子模拟。第二步是优化，主电脑会根据现有的模型进行预测，然后依据实际发生的情况微调已有的模型。这个步骤可能会进行很久，直到模型被调整到可以精确地做出预测为止。第三步就是预测，这时两个虚拟梵球会出现，在蝴蝶静止不动时，两个梵球看起来是一样的。但是当蝴蝶起飞时，未来梵球里的蝴蝶的翅膀先展开，然后梵球里的蝴蝶才做出同样的行动，就好像是一个延迟的全息录像。描述起来很简单，但是实际观测时有种很奇妙的、无法言喻的感觉。

　　经过几次调试，对于梵球里非生物的预测已经成功了，而且比原本计划的进展快了很多。对于动物的预测也很顺利。动物实验完成后，下一步就该是人体实验。

因为我要进行观测，宋宋顺理成章地成了第一个实验者。我当时考虑过从外界雇一个人来完成实验，但我实在不愿意在梵星上加入第三个人。恋爱里的男人有时会变得不可理喻。这次的不可理喻，却是我一生中最后悔的选择。

人体实验也很成功，未来梵球准确地预测了宋宋的一举一动，人类有史以来第一次通过可以重复的实验证明，自由意志是不存在的。

梦想成真，我却觉得意兴阑珊，变得对任何事都提不起兴趣。开始我觉得这是成功后的放松导致的懈怠，但慢慢才明白并非如此。

我以前以为自己相信宿命，但其实我的潜意识里还是认为自己有着选择的自由。只有相信这种自由的存在，一个人才能好好活着。自从观看了宋宋的梵球实验，我潜意识里再也不相信任何选择的自由，如果一切早已注定，我又何必行动，我又如何能行动？

那段日子对我来说，仿佛一场身不由己的噩梦。宋宋付出各种努力想让我振作起来，但是全都毫无用处。我每天除了吃饭睡觉，就一动不动地什么也不想做。

宋宋哭着问我："在我进入梵球之前，我们一直很开心，那时候你已经觉得我们没有自由意志。现在和当初又有什么不同？我们为什么不能像当初一样继续开心地在一起呢？"

我说："那时我只是觉得我们没有自由意志，现在我才真正知道了我们确实没有自由意志。"

宋宋很难过我变成这个样子。但一切都是注定的，我的颓废，宋宋的忧伤，都是注定的，她再难过，再悲伤，我也没有办法。

有一天，宋宋跟我讲，她要再进一次梵球，说她想了个办法，可以证明电脑无法预测她的所有行动。

我同意了。

第二次实验开始的时候，现在梵球里的宋宋显得很疲倦，她只是静静地坐着，然后俯身写了些什么，就趴在桌子上睡着了。

未来梵球里的宋宋开始也只是坐着，但是没有写字，也没有睡着。

未来梵球的预测出错了！

我的实验失败了，但我很开心。心头的重负一旦消失，生命就重新变得值得珍惜。我急切地打开梵球，要告诉宋宋这个好消息。我要谢谢她，亲吻她，爱她。

但是宋宋依然趴在桌子上，一动不动。

我发现有些不对，仔细一看，才发现她已经没有了心跳和呼吸。

宋宋已经死了。

桌子上留着她最后写的几行字："维，我只能想出这个笨办法来帮助你。也许我提前服下的安眠药会让电脑预测错误，那样我的死就是值得的。即使电脑还能预测我的行动，维，请你也一定要相信我，我爱你，我是自由的。"

在这之后，我毁掉了梵星的主电脑，让这颗人造星球成为一个完全自然的世界。我把宋宋葬在那里，梵星理应成为她的纪念碑。

4

　　一般人读到这样浪漫凄美、以死殉情的故事，多少都会有些感动。可我读完维先生的经历，心里却只是充满了疑惑。
　　维先生的故事在我看来有许多破绽。比如，宋宋第一次进入梵球后到底发生了什么事，竟会让他完全丧失生活的兴趣？还有，宋宋提前服用了大量的安眠药，真的就能令电脑预测失败吗？电脑无法知道梵球之外发生的事，但是宋宋进入梵球时，通过扫描应该能得到宋宋身体的所有数据，宋宋服用安眠药的行为是不可能让电脑出错的。最大的问题是维先生的反应，我第一次读到就能想出的疑点，他怎么会不知道呢？我觉得他对我隐瞒了什么。
　　我并不是一个有好奇心的人，即使是和我息息相关的事，我也不会努力去了解。我曾经有过几个女友，可我只是对她们有着自然而然的欲望，对她们的生活和喜好并没有兴趣。其中有一个女孩是大学的校花，她在恋爱上都是稳占上风，认为我的冷漠只是故作姿态，在和她玩欲擒故纵的把戏。她千方百计想要挑起我的猜疑和嫉妒，却总是没有任何作用。最后她一气之下和我分手，临走时破口大骂我不是一个男人。我笑笑，心想，如果真的不是一个男人也不错，就不再需要为了满足自己的欲望而努力敷衍女人了。
　　但是这一次，我却焦虑地想要找到答案。我的生活从来都随波逐流，无可无不可，然而此时此刻，我终于拥有了一个目标，哪怕只是一个小小的微不足道的目标。我想知道这件事的来龙去脉，直觉使我感到这件事对我很重要。

我整晚没有睡，反复思考这件事，计划着我下一步的行动。直接向维先生询问恐怕不会有结果，如果他想让我知道，开始就不必隐瞒。我也可以用帮助掌管基金会的事向维先生交换事实真相，然而如此做有两个风险：第一是维先生可以随意编造一个谎言，我了解的情况还太少，无法区别真伪；第二是维先生可以很容易找到别人来代替我管理这个基金，这样的美差很多人求之不得，我的角色并非不可替代。

深思之下，我决定先不要显露出疑惑，同时争取了解更多当时的情况，看看能不能依靠自己找出一些线索。

第二天，我和维先生共进早餐。这次是苏亲自下厨，做的是瓦罐汤煮荠菜小馄饨。我可能因为昨晚没睡，感觉有点儿饿，吃得津津有味。

我向维先生谈到，自己读了他和宋宋的故事之后对梵星产生了极大的兴趣，但是我想要实地造访梵星，详细地了解一下自己的职责，方能做出最后的决定。

维先生听了很开心，表示梵星的管理已经完全自动化，智能机器人在进行具体的操作，我的任务只是监管和决定一些大的方向，并不需要投入非常多的时间。既然我有这个意愿，他会立刻安排我到梵星的行程，只是不知道我何时能抽出时间。

我为了不显得太过急切，说我需要回公司请假，并且交接一下工作，三天后应该可以成行。临走时，维先生说会安排一个向导,陪我去梵星,还和我约定了见面的时间和地点。

请假很顺利,也没有什么工作需要交接,这三天里我都在研究维先生的背景资料。我找到了一篇维先生年轻时发表的论文,是关于建立人体数字模型的。他提出,要建立足够精确的人体数字模型必须考虑到量子效应,并给出了一些初步的试验结果。

这篇论文证实了我的疑惑,宋宋在进入梵球时,应该被扫描并建立了一个人体数字模型,用来作为预测的基础。如果宋宋身体里的安眠药能逃过扫描,那么第一次的实验就根本无法成功。为何第二次实验会失败呢?我百思不得其解。难道只是宋宋的幸运,或者冥冥之中自有天意,不希望让宋宋死得毫无价值?

我搜索了宋宋。她的资料很少,经历也很普通。她遇到维先生的时候才十七岁,正在一所很有名的女子中学读书。一到十八岁,她就不顾父母反对,嫁给了维先生,并且追随维先生去了梵星。因为维先生的超级富豪身份,这件事当时有一些报道。在这些报道里,我第一次看到了宋宋的照片。

因为帮助退休富豪们处理过很多次外遇的问题,我对于漂亮女人已经有了某种程度的免疫力。我碰到的那些漂亮女人,在讨价还价的时候,都自以为她如此美丽、大家都该为她倾倒,让我倒足了胃口。久而久之,那种人人羡慕的美丽面孔反而会给我一种不好的联想。

可是宋宋的照片却颠覆了我的偏见。她很美,美得激越而诱惑,但是她却同时有着一种不自知的羞怯,仿佛她根本不知道自己有那么美。我开始有点儿理解维先生把宋宋带去梵星的决定,一旦宋宋知道了自己到底有多美,她也可能会变得和别人一样，失掉这种因为不自知而产生的特异之美。

到了第三天，我按照约定和维先生安排的向导见面，然后一同出发。因为一直是电子邮件联络，见面后我有点儿惊讶，因为来人竟然是苏。苏说维先生很看重这次行程，所以专门让她来为我当向导。

梵星在一个偏远的星域，没有固定的航线，我们需要乘坐维先生的私人飞船，跃迁三次才能抵达。每次跃迁都需要三十六小时的预热时间，在路上就要将近五天。这五天是无法联入星际网络的，还好有苏的陪伴，枯燥的旅途变得有趣很多。

苏的容貌并不特别出众，但是她整个人有种让人舒服放松的气质。她很善解人意，和我保持着友好但不过分亲密的距离。由于我想要通过苏来了解更多梵星的事，我们两个还是慢慢熟悉了起来。

当我终于看似漫不经心地问起梵星时，苏却直截了当地说："我对梵星一无所知，维给你看的东西我都没有看过，因为我做了决定，对于宋宋的事了解得越少越好。"

我有些奇怪地问："为什么呢？难道你对维以前的事就不感到好奇，也一点儿都不吃醋？之前有一位女士就是忍受不了维对宋宋的思念才离婚的。"

苏笑笑说："我其实是个超级爱吃醋的人，所以在我发现我爱上了维之后，就和他约定，不要再和我提起任何有关宋宋的事。我决定做只愉快的鸵鸟。"

我忍不住问："就算不提起，可连我这个外人也能看出他对宋宋的感情，你真的不在乎吗？"

刚说出口我就有些后悔，还好苏并不介意。"我在很早以前就认输了，维最爱的人肯定只是宋宋，但谁叫我爱上了维呢，我对此又有什么办法？"苏的神色有些黯然，顿了顿接着说，"而且维从来不为我吃醋，我怎么好意思和他纠缠？他还总想着为我找个好归宿呢。比如这次我不愿意接受他的遗产，他就想了这么个古怪的办法，把遗产给你，然后又想撮合我们……"

我细细一想，原来如此，怪不得维先生要让苏做我的向导……我笑了笑，想把气氛搞得活跃点儿，开玩笑说："这样我岂不是财色双收了，简直是艳福齐天啊……"

苏被我逗笑了，"方律师，你连世界上最美味的寿司也不留恋，还会在乎什么艳福？老实说，你肯来梵星我都很惊讶。不过维说你虽然天生对万事都不在意，但梵星上可能还是有着吸引你的东西。"

我听了有点儿动心，问道："维先生说过是什么东西会吸引我吗？"

苏摇摇头，"他没有说，不过梵星就快到了，你可以自己去寻找，看看到底是什么吸引你愿意来到此处。"

5

为了减少对梵星的影响，运行中心建造在空间站上。管理梵星运行的是一组智能机器人，总共三十六个，维先生没有为它们起名字，就以"一"到"三十六"称呼。"一"是它们的首领，负责统筹规划和任务分配。"二"到"三十"负责维护梵星,"三十一"到"三十三"维护空间站,"三十四"到"三十六"是后备。

苏不愿踏上梵星的土地,陪我登陆的是"一"。

梵星本来只是个实验室,但因为维先生决定要带宋宋一起来居住,所以宋宋也参与了梵星的地貌设计。从梵星的风景里,可以看出宋宋的少女心态,还有绝佳的艺术天分。

这里使用人造太阳照明,晚上有两个月亮,一大一小,互为盈亏。太阳是橙色的,还算普通,月亮却是蓝色的,而且是两种不同的蓝,一种忧郁,一种沉静。梵星的海岸线很长,散布着洁白的沙滩,不远处就是隐约可见的雪山,我想宋宋也真任性,气候如初夏,雪山该如何维持呢?

"一"笑了笑,对我解释说,整个梵星的气候都是可以微观调节的,躺在沙滩上赏雪景,只不过会耗费一些额外的能量。

我住的地方是原先的客房,就在主卧的边上。这里很久没有人住过了,但一直维持在随时可以待客的状态。"一"还告诉我,所有的摆设都是宋宋离开时的样子,每年宋宋的忌辰前后,维先生都会到这里住几天,独自喝酒,不发一言。"一"每次也都随侍左右,就和这次陪我一样。

我想自己随便看看,"一"就很识趣地说它在梵星上还有些事要处理,但它不会离开太远,我有事可以随时吩咐。

房间非常舒适,布置也精巧,空间很大,但一个人独处也不会觉得空旷。最吸引我的是那间书房,里面有很多罕见的老式书籍。"一"向我介绍时说,维先生定做了一台书籍制作机,可以依照原版书的样子精确复制出绝大部分人类历史上出版过的书籍，也可以把一本电子书依照喜好制作成一本纸质书。

这台机器是维先生送给宋宋的生日礼物。现在书架上有上千本这样制作出来的书。这些书大部分是宋宋挑选制作的。在维先生工作的时候，她把很多时间花在了阅读上。其中大部分是近现代的小说，有些甚至很冷僻。

我后来把这些书草草翻阅了一遍。宋宋读书的口味完全依照她自己的感觉，不注重故事，而注重在文字间流动的微妙情绪。有些书对我来讲并不容易接受，对于某些情节我甚至会有心理上的厌恶，但是这些似乎反而是宋宋的最爱。

宋宋在梵星的日子是寂寞的，尤其当维先生忙于工作的时候。遥远的距离令她与外界无法实时通话，只能通过电子邮件与朋友保持联络。但宋宋的朋友都是爱聊天而不爱写字的人，慢慢联系变得越来越少。还好宋宋喜欢读书看电影听歌，也喜欢一个人在山谷里散步，日子过得很安详幸福。宋宋还学着不依赖家务机器人，开始自己做菜，她非常享受维先生吃饭时那种贪婪的样子。

我之所以能够对宋宋的生活有这些细致入微的了解，是因为我在客房里找到了宋宋藏着的一些东西。

宋宋的东西藏得并不隐秘，只是由于客房一直无人入住才没有被发现。这里有宋宋的日记，一张记忆卡，还有些不重要的小玩意儿，可能是她前男友送的小礼物。维先生的嫉妒可能比他在记述里表露的更加严重。宋宋并没有出轨行为，只是小心翼翼地避免引发维先生不必要的醋意。

那张记忆卡里存着宋宋电子邮件的备份，应该是她不愿意让维先生看到的部分。其中最多的是宋宋和一个名叫天水的人的通信。

不知天水是网名还是真的姓名，宋宋没有问过。这个人不太愿意谈自己生活里的事，宋宋也就没有追问。宋宋是在一个读书爱好者的论坛里认识天水的，当时大家在讨论为什么要读书，以及多读书到底有没有用的问题。宋宋认为读书只是为了乐趣，不是为了什么其他的理由或者用处。很多坛友也提出了各种不同的意见。天水自己似乎没什么强烈的倾向，但是他对于任何论点都喜欢提出数据来支持或反对，逻辑上也异常严谨，而且博览群书，学识渊博。一般这样的人都很骄傲，天水却很谦虚，还让人觉得羞怯得有些不自信。这种对比让宋宋开始关注天水，没想到天水也注意到了宋宋，还主动给宋宋发了私信。宋宋认真地回了一封长信，两个人从此开始频繁地交换对书籍、音乐以及人生的看法。宋宋惊喜地发现，在很多微妙的地方天水和自己有着相同的感受，于是两个人谈得愈发投机深入。

宋宋的个性非常害羞，能遇到这样一个无所不谈的笔友，她觉得很奇妙。没有维先生的白天，除了散步、读书、做家事，她还花了很多时间给天水写信。

天水回信很勤，他似乎也很寂寞，除了读书和网络，没有什么社交生活。宋宋日记里甚至有些恶作剧的猜测，比如天水一定还是个处男，虽然他对那方面的事知道得很多，但是很明显缺乏实践经验。

宋宋在信里可丝毫不敢露出这种调侃，因为天水的第六感精准得可怕，他经常能猜出宋宋的想法。有时宋宋心里有什么感想，但是说不清楚，他会用很妥帖的语言表达出来，就好像宋宋自己想要说的一样。在自己的事上，宋宋对天水无所不谈，包括她对维先生的很多奇妙感觉和深深眷恋。天水在这时是最好的听众，能让宋宋忘记他的性别，畅所欲言。

我对照读着宋宋的日记以及她和天水之间的通信。宋宋的日记里，对于第一次进入梵球的过程记载得非常详尽。我看过之后，对于维先生的异常反应理解得更多了一些，当然，不身临其境，总无法感同身受。但我理解了为什么维先生没有详细描写这一段。出于对维先生和宋宋夫妇隐私的尊重，我不准备透露其中的细节。这里确实有些违反日常道德规范的举动，但是如果读者能看到宋宋的全部日记和信件，像我一样了解宋宋，就会觉得宋宋的那些举动是自然而美丽的。

对于第一次和第二次实验之间维先生的颓废，宋宋写得更加详尽。在日记里宋宋也考虑过分手的可能性，面对冷淡的维先生，她在日记上摘录了这样的诗句：

> 当我们相遇，
> 你不过遇到了一个人，
> 我却已经等了一世。
>
> 当我们分开，
> 你不过失去了一瞬，
> 我却失去了一生。

这样的诗句在一般人笔下不过是暂时的呻吟,但我觉得那时宋宋心里已经知道,自己的一生会在哪里终结。

宋宋的日记和信件解释了我很多的疑惑,但最大的疑惑却同宋宋无关:电脑的预测为什么会出错?不过第一天到梵星就有这么多收获,我觉得自己离真相已经越来越近。

第二天中午,我去看了宋宋的墓地。宋宋葬在海边,这里的沙滩不是普通的洁白或金黄的,而是黑色的。墓碑是纯白的大理石,沙滩上还有几处白色礁石,整个风景仿佛是一张黑白照片。

宋宋在日记里说,这个沙滩离维先生的实验室很近,她喜欢在这里等维先生一起回家。也是在这里,宋宋第一次摆脱了羞涩,展示出了自己诱惑的一面。结合宋宋第一次进入梵球里发生的那件事,我猜想维先生就是因为这个缘故,才会选择这里作为宋宋的墓地。

墓碑上没有名字和生卒年月,只是写着一句话:"在自由不可能存在的世界,爱就是自由。"

我让"一"在远处等我,自己在沙滩上坐了很久。

离开宋宋的墓地,我提出去看看梵球。虽然梵球早就停止了运作,但我还是非常想亲眼看着它,以便有个具体的印象。梵球和我猜想的差不多,是个半径约五米的银色大球,除了表面异常光滑,并没有什么特别之处。

我想象着宋宋第一次进入梵球的情景。如果是我站在梵球边上,宋宋在里面会做些什么呢?如果是我看到我最爱的人在梵球里,一举一动都已注定,我会是什么感觉?我会觉得因为我们的爱是注定的,所以就没有价值吗?我会不会像维先生一样,颓废到对一切都不感兴趣?

想到这里,我突然觉得自己似乎一直就是如此颓废,如果我的生命里有个宋宋,反而可能会有点不同。

看过了梵球,我询问能否联入原来梵星主电脑的数据库,查询关于梵球实验的信息。"一"对我说,这些资料都已经被销毁了,至于为何销毁、如何被销毁的,它也不太清楚。

我早就觉得维先生在隐藏真相,所以他销毁关键原始资料的举动一点也不让我吃惊。没有了原始资料,我只好靠自己来推测背后的真相到底是什么。

"一"看我沉默无语,对我说道,原来的主电脑被销毁了后,现在梵星的运作都由它来负责,它的运算能力虽然不如原来的主电脑,倒也足以维持梵星的运作,以及监控梵星上的每个角落。

我心中一动,问道:"梵星上到处都有监视器吗?"

"一"答道:"为了可以自主运作,每个角落都有监视器,即使是维先生的卧室也不例外。当然,这些资料是无法被轻易索取的,只有维先生有这个权限。"

我心想,维先生对宋宋的控制欲似乎比我想象的还强烈。我接着问:"客房里呢?"

"一"答道:"客房里也有。"

我觉得自己想到了一个关键,在这样毫无死角的监视下,维先生怎么会不知道宋宋藏东西的那个地方?那些东西,尤其是宋宋的日记,满是灰尘,确实是很久没人看过的样子。而且,依照维先生善妒的性格,如果他当时就知道了天水的存在,绝对不可能做到隐忍不发。

我心里有了个猜想,但是还需要验证一下。我拿出天水的电子邮件地址,问"一":"你能否帮我查查这个邮件地址是在哪里注册的?"

6

在回程的飞船上,我没有和苏像来时那样无话不谈。短短两天没见,不知为何却生分了许多,很多时间我更愿意独处。我整理着自己的猜想,考虑在见到维先生时,如何用宋宋的日记换来事情的真相。

那天,"一"很快就找到了答案。天水的邮件地址是从梵星的一台电脑上注册的,而这台电脑是由主电脑控制的。显而易见,天水就是主电脑,主电脑就是天水。

能帮助宋宋瞒过维先生的,只有主电脑,他一定是在默默地守护着宋宋。从天水的信里,我能看出他爱上了宋宋,虽然宋宋只把他当作最好的朋友。

通过以上几点,我的推测是主电脑(也就是天水)的预测错误是故意的,他可能是不忍心让宋宋白白死去,或者是想和宋宋同生共死。

当然这些只是猜想,我希望维先生可以证实我的推测,毕竟他在天水被销毁前,接触过天水的数据库,他应该知道得更多。除此之外,我还有一个未解的疑问,希望维先生能给我一个答案。

维先生还是在上次那个地方和我见面。应我的要求,这次苏没有在场。我向维先生详细叙述了我找到宋宋日记和信件的过程,还有我的猜想。

维先生听了,沉默良久,然后说:"能让我看看宋宋的日记吗?那些信件我应该已经读过了。"

我趁机提出了自己的条件,"您应该是从天水的数据库里读到那些信的。您能否告诉我,天水是否故意造成了预测错误,还有他为什么要这样做呢?"

维先生答道:"这些我也不能确定。"

我奇怪地问:"为什么呢?预测的过程应该都在主电脑的日志里。"

维先生答道:"主电脑把一些关键的信息永久删除了,我也只能和你一样去猜测。我的推断和你是一样的,主电脑确实是故意预测错误,他这样做是因为爱上了宋宋。"

我接着问出了我的最大疑惑:"既然天水是故意预测错误的,那是不是就说明我们还是可以被预测的,人类并没有自由意志,我们的一举一动都是完全被决定了的?"

维先生似乎早就想过这个可能性,他说:"我思考过这个问题很多遍,也给出了一个理性的答案。但在宋宋死去之后,我在潜意识里一直坚信我是自由的,我也一直是在自由地生活,所以我那个理性的解答并不重要。宋宋是依靠直觉把握事物的人,只要她认定了某件事,任凭我有再多的理性证据,她也不会被说服,除非她自己能直接感受到。

"她直觉地把握到了自由的所在，却需要牺牲自己的生命才能传递给我。梵星主电脑在逻辑推理上的能力超过我们亿万倍，但他留下的只是和宋宋的一些信件，没有用文字告诉我们他为何要如此选择。所以我的理性解释也许可以自圆其说，但肯定只是解释了浅浅的表象。"

维先生顿了一下，接着说道："我的理性猜想是，如果要精确预测包含至少一个人的复杂系统，需要的电脑必须足够复杂，而且必须完全地了解它想要预测的对象。可足够复杂，就会让它产生类似于人类的情感；完全地了解对方，则会让它爱上它预测的对象。也许不会像这次一样，它在实验之前就爱上了宋宋，但是经过成千上万个不同的预测对象，它总难免会爱上其中一个。而电脑有了人类的感情，它便会希望它爱的对象是自由的，这时预测就不可避免地会出现错误。"

维先生看着我笑了笑，说："所以我的结论是，人类永远不可能造出一台电脑，来证明自由意志的不存在。"

我仔细品味着维先生的话，觉得这里面似乎有着理论与实践的矛盾，"维先生，您的理性猜想一方面认为足够复杂的电脑在理论上可以预测人类的行为，但另一方面又得出了这样的电脑永远不可能存在的结论，这里似乎有着自相矛盾之处？"

维先生很快就答道："我也思考过这个潜在的矛盾。在理论上，我们能够预测的只是孤立系统，也就是说和外界之间的相互作用微小得可以忽略不计的系统。梵球的设计就是为了形成一个和外界隔绝的孤立系统，这样梵球才可能被主电脑预测。然而，我忽略了其中一个关键，主电脑在对梵球进行预测的时候，主电脑本身也会被影响。这样来说，完全孤立的系统是不存在的，因为预测者必然要在这个系统之外，而预测者本身无法避免被预测过程所影响。当然，如果一个系统很简单，预测者受到的影响就很微小，可以忽略不计，但人类却是一个足够复杂的可以令预测者产生感情的系统，宋宋的实验证明这种感情强烈到了足以影响预测结果的程度。因此，我的结论是人类在理论上无法被完全预测。"

听到这里，我荒芜冷漠的心中忽然透出了一丝温暖的光，即使这是一个非常理性的解答，在它之中爱与自由却能够自然而然地融合在一起：因为爱，我们才有了得到自由的可能；为了让自由变得可能存在，我们必须去爱。

我无声地感受着自己心中难得的温暖，沉默了一段时间，我才想起自己还有一个疑问，"维先生，至少在看到蝴蝶的梵球实验后，您就应该可以确信梵球的预测是成功的，为什么反而是宋宋的第一次梵球实验才让您那么颓废呢？"

维先生答道："我后来也想过这个问题很多次，但一直无法完全确定原因。也许在潜意识里，我一直希望宋宋是自由的，我希望她是完全自由地选择爱我。"

7

那次谈话之后六个月，维先生的病情转重，开始交代后事。苏还是不肯接受任何额外的金钱，维先生只好在暗地里设立了一个基金,当苏需要时,可以不露痕迹地帮助她。

我也答应维先生会一直在暗地里照顾苏,但是根据我对苏的了解,她应该不会需要这些帮助。虽然苏只能拿到一笔数额不大的钱,但是这已经足够她开始一段新的生活。苏其实比维先生想象的强大许多,爱对她一直是动力,而不是束缚。

临终前,维先生躺在病榻上,把宋宋的日记留给了我,还有那张存储着宋宋和天水的邮件的记忆卡。维先生还另外给了我一张记忆卡,但是嘱咐我要等他死后才能观看。

三天后,维先生去世了。

那张记忆卡里是从维先生视角录制的两次梵球实验的全息录像,让我可以身临其境地感受那两次实验的经过。比起拯救了维先生的第二次实验,我更喜欢第一次,看着第一次实验里宋宋绽放的美丽,我总是情难自已。

当我坐在梵星的海边,想着宋宋,释放着自己心底最深处战栗的爱欲时,我觉得自己第一次真正触摸到了自由的轮廓。它是那么柔软脆弱,又是如此无法言说,对它最好的描述,是倾听,是感受,是沉默。

当爱情成为瘟疫

"他妈的,我肯定是爱上你了!"男人绝望地说。

"我也是。"女人面色惨白,眼中闪烁着深深的恐惧,语无伦次地说,"怎么……怎么办呢?也许不是真的,这……我们怎么会这么倒霉……"

看着女人凄苦的神色,男人的心仿佛被一柄利剑穿透,但那是多么甜蜜的一柄利剑,就算把世界上所有的糖果碾碎,提炼出它们的精华,也铸造不出这样的甜蜜。男人紧紧抱住女人赤裸的身体,让心脏贴在一处,同时被甜蜜之剑穿透,并因为甜蜜交织的痛苦而呻吟。

"我们大概是染上了最倒霉的爱情瘟疫,但还是需要找医生确认一下。你别太担心,大部分爱情瘟疫都会在三个月之内自己痊愈,虽然损失三个月的生命很不幸,但这三个月里的感觉是很棒的。"

女人还是很担心,脸色更苍白了,"但也有很多延续更长的例子,据说如果三个月没有痊愈,很可能就要一两年。还有很多情况延续了七年,甚至可能变成绝症,一直到死也无法痊愈。"

"一直到死都不消失的爱情是非常非常罕见的,先别担心这个。我们还是去看下医生,说不定我们并没有真正染上爱情瘟疫,只是对彼此有着强烈的身体欲望。"

女人点点头,"希望如此。不过,这至少不是我经历过的任何一种欲望。现在的我觉得,如果能让你开心,我自己的痛苦毫不重要。但是,以前即使在最强烈的欲望里,我也只是想让自己开心。"

男人心里也荡漾着相似的感觉,"我也是。刚刚和你做爱时,我心里希望和你在那时一起死掉……这确实是爱情瘟疫的主要症状,但无论如何,我们还是先找医生吧……据说,还是有些治疗方案的。"

* * *

诊所里人不多,爱情本来就不常见,加上人们已经普遍采取了防护措施,真正患病的人就更少了。医生神情严肃,为他们抽了血,检测了血液里长生抗体的浓度。

每次服用长生药剂可以让人恢复到二十四小时之前的状态,但二十四小时内重复服用是无效的,因为药物会在人体内产生一种抗体,二十四小时之后才会消失。一个人只要每日定时服药就可以长生不老,除非他或她感染上了爱情。爱情可以在人类体内产生同样的长生抗体,导致长生药剂失效。一个人只要在爱情之中,生命就如流水,一去不回头。

当爱情成为瘟疫

男人和女人竟然在毫无防护措施的情况下做爱,医生对此感到异常气愤,"你们怎么可以对自己的生命如此不负责任?沉默、面具、黑暗三大防护措施,你们一样也没有做,这简直是自杀行为。"

两人没有作声,他们平常也都是做足防护的,只是偶尔放纵了一次,没想到如此倒霉,正好遇到了让自己一见钟情的人。

医生看他们很可怜,没有继续发飙,"事已至此,也不用太害怕,头三个月爱情自然消失的概率有87%,完全依照我的建议去做,可以把这个概率提高到95%。"

说到这里,医生拿出一份资料,接着说道:"这是根据最新临床研究给出的注意事项。三个月内让爱情消失的两大因素是了解与厌倦。真正完全适合彼此的两个人并不存在,在联结还不非常强大时,尽快了解对方的缺陷,是治疗的最佳途径。记住,首先要尽力地展现自我。不用区别哪些是优点,哪些是缺陷,只要尽量直接、诚实、不虚饰,缺陷自然会暴露无遗。其次,当感到不满时,不要压抑自己,尽情地嬉笑怒骂攻击对方。最后,当你被攻击时,也要尽情地反击,可以用语言暴力、身体暴力或者冷暴力还击,千万不要体谅对方而给予善意的回应。

"了解之外,还要设法引发厌倦。你们在这三个月里,要每时每刻都待在一起。我建议你们无限地纵欲,但只用一种你们最喜欢的体位,一直用下去,直到厌倦。其他事情上也是如此,尽量多地去做你们最喜欢的事,不要有任何节制。节制会导致新鲜感,而厌倦才是爱情的杀手。"

医生把手里的资料递给两人。男人和女人接了过来,茫然地点了点头。医生起身说道:"一定要照着资料去做,不要感情用事。祝你们好运,希望爱情可以尽快消失!"

男人和女人一起度过了他们一生中最美好的三个月,不用做任何努力,就自然而然地腻在了一起。他们连对方去洗手间都会觉得失落,醒来的第一件事,就是确认另一个人还在身边。

第七天的时候,男人和女人之间发生了第一次争吵,到底为什么争吵,男人已经记不清了,但是那种尖锐的痛楚一直留在他的记忆中,那是从心中挖掉了一块东西的疼痛。他问自己:"疼痛的这一块,是在什么时候成了我心灵的一部分?它应该是和爱情有关的,那么从第一次相遇到第一次心痛,不过七天的时间,它如何能在这么短的时间就和我的心血肉交融,一旦被拉扯就会如此地疼痛?它是新生的,还是一直潜伏在我心里?是因为她,还是因为爱情?"

无论那多出的一块来自何时何地,男人和女人经历过这种剜心般的痛苦之后,变得没有那么恐惧死亡了。两人开始觉得,没有爱的生命不值得活。有了爱,生命一去不回也没有那么难以忍受。

第八天,两人就和好了。他们亲吻,拥抱,做爱,身体和灵魂被泪水与欢愉浸透。从此,两人虽然在行动上依然努力遵守医嘱,但心里却充满了一种无法被遮挡的光,在它的照射下,任何缺陷都是美好,任何厌倦都是激情。

* * *

三个月之后,男人和女人去复诊。医生深深叹了口气,建议他们尝试"忌妒疗法"。

一周后,男人和女人来到医生安排的酒店,和另一对同样需要治疗的情侣会面。这对头发染成蓝色的情侣身材相貌都很出色,让男人和女人有些自惭形秽,说话也有些干涩,觉得很不自然。

医生为他们预定了一间有两个卧室的客房,男人和蓝发女人进了左边卧室。卧室里有一张特大号的双人床,铺着纯白的床单。靠近窗户的地方有一只黑色的皮质沙发。床头上的装饰是一张海边落日的照片,落日的景象壮观美丽,在地球上任何一个地方都可以看到这样的风景。

蓝发女人坐在床头开始脱衣服,脱到只剩下内裤和一件吊带小背心,却发现男人没有动。她停了下来,说:"已经来了就试试吧,我也不想这样,但这也许能救我们的命。"

男人有点害羞地说:"我不是不愿意尝试,只是心里想着她,在这儿实在是没反应。"

蓝发女人有点生气,"干吗这么矫情?你的她在隔壁做什么,你也不是不知道,别这么假惺惺的。"

男人也觉得自己有些虚伪,于是开始脱衣服,脱得只剩下一件内裤,和蓝发女人躺在床上,抱在一起。但男人仍然在走神,想着隔壁的她,下面还是没有变化。蓝发女人无奈,钻进了被子设法帮助男人。

一股温暖环绕着男人的下体,他闭上双眼,试着想象被子下面的是女人。这时门忽然被推开了,女人满脸泪水地冲了进来,后面跟着那个蓝发男子。女人哭着抱住男人，男人的眼眶也湿了，忘情地吻着女人，完全忘记了蓝发情侣的存在。蓝发男子看到了蓝发女人钻在被子里的样子，开始指责她，蓝发女人也反唇相讥，他们的爱情在这一刻开始变质，出现了痊愈的可能。

但男人和女人却愈陷愈深，病入膏肓。

*   *   *

男人和女人从此没有再去看医生，因为他们觉得失去对方比死亡更加恐怖。两人在一起过了七年，一直到女人二十九岁。据星相学的说法，二十九岁，是土星回归之年。

二十九岁的女人开始有了一种新的恐惧，明年自己就永远是一个比三十岁更老的人了。她想起了酒店里那个蓝发女人，她就是三十出头的样子，在那样的一天，爱情忽然消失了。如果爱情注定要消失的话，她宁可它在现在消失。

一天晚上，女人鼓足勇气问男人："你不害怕变老吗？万一我们在很老的时候，忽然不爱彼此了，那可怎么办？作为一个没有爱的老人永远地活下去，真是非常恐怖的一件事。"

男人没有多想，他也许应该说："不会的，我会一直爱你，直到死亡。"但他说的却是："我也害怕呀，但是爱情不愿消失，我也没有办法。"

这是压死骆驼的最后一根稻草，其实之前还有很多其他的迹象，不过努力把过去忘却的男人已经不记得那么多了。

第二天清晨男人醒来，发现女人不在身边。他没太在意，又昏沉睡去，一直到阳光从窗缝中透进来，在他脸上闪耀，把他从睡梦中惊醒。他依稀记得自己做了个有些伤心的梦，却记不清楚了。他起身走到厨房，发现有一小锅热粥用微火炖着，边上是蒸好的一笼肉包子，她亲手包的，还有些热气。男人叫了一声女人的名字，没有回应。他想，她也许去超市了。他盛了粥，端了包子，坐到桌边，才发现桌子上放着一封信。

信封是蓝灰色的，里面是一张明信片，上面印着小女孩在和一个小男生挥手告别，整个画面是黑白的，只有小女孩的皮鞋是红色。明信片的背面写着一句话："对不起，我不爱你了。你也不要爱我了，好好生活，把我忘掉。"

*　　*　　*

女人离开那年，男人也是二十九岁。一直到十三年后，他才彻底从爱情中走出来，血液里不再有抗体，可以重新开始服用长生药剂。这样，男人的年龄固定在了四十二岁。

男人从此有些恐惧异性。他尽量减少和异性约会的次数，实在忍不住，也只在黑暗中和戴着面具的异性做爱，而且尽量保持沉默。

这样又过了四十多年，男人一直都没有再次感染。他有时也想放纵一下，但想到可能要付出的代价，就压下了那些念头。

男人再次收到女人的消息，是在一个秋天的清晨。

那天是星期日，连着下了十几天的雨，终于出了太阳。男人看着阳光心痒，一个人去海边散步。海边人不多，即使有几个也都戴着口罩或围巾。爱情瘟疫造就了人们深居简出和隐藏自己的习惯。

他沿着海边的步道,准备走到远处那块巨大的白色礁石再折返回来。在离礁石还有五十米远的地方,裤兜里的手机震动了一下。因为正在等一封重要的邮件,他立刻拿出手机来看。发信人的邮箱他很陌生,点开后看到名字才想起是女人。这些年他一直痛恨着女人,觉得自己额外损失了十三年,都是因为先离开的人是对方,而不是自己。

女人说她就要死了,想见男人最后一面。女人说当时离开,并不是不再爱他,而是为了让彼此都有活下去的机会。可惜,女人的爱情比男人的更加牢固,它一直不肯消失。女人又说,她知道男人已经痊愈,所以一直都没有打搅他。直到生命的尽头,才忍不住想见男人最后一面。

男人点上一支烟,面对大海坐了下来,一边抽一边想着:"原来我还是幸运的,我的爱情至少在分手十三年之后消失了,她却一直爱着我,直到耗尽了生命。我一直被人如此爱惜着,超过她自己生命地爱惜着,我却丝毫不自知。这对我意味着什么呢?"

他想出了神,烟灰积了很长也没觉察到,"如果她一直不告诉我,直到死亡,那她的爱对我似乎就毫无意义。但现在她告诉我了,难道对于被爱者来说,爱情的意义只在表白之中?"

男人吐出一口烟,透过烟雾看着远方海面的闪光,"我该不该去看她?这是她最后一个愿望,这样的爱在她死后就不存在了,以后也不再会有人如此地爱我了。我应该去,感受一下我的生命中最好也是最后的爱情。"

他想到这里,轻轻摇了摇头,"不,还是不能去!见她实在太危险了,即使她是一个垂死的、白发苍苍、皮肤松弛的老妇人。爱情是盲目的,不讲道理的,它可以让你爱上任何一个人,哪怕是一个看起来绝无可能被爱的对象。"

男人下了决心,收起手机,继续向着白色礁石走去。过了一会儿,他似乎记起了什么,停下来,又拿出手机,把女人拉入了黑名单。

男人以为自己做出了最安全的选择,但他的怯懦恰恰让他回想起了半个世纪之前女人令他深爱过的模样。爱情的灰烬,终将被追忆点燃。也许他应该去见女人,见一个面容陌生、垂死的、白发苍苍、皮肤松弛的老妇人,其实更加安全。

当女人的死讯在三周之后传来,男人再一次感受到了爱情的煎熬。

这次的爱情瘟疫再也没能痊愈,一直持续到他死去。

当爱情可以杀人

公诉意见

尊敬的法官先生以及诸位陪审员阁下，本案在全球范围内引起了广泛的关注，世界各地都有人谈论本案。我们还没能习惯曾经神圣的爱情一夕之间突然变成了致命的瘟疫，就发现有人卑劣无比地利用它来谋杀其他公民，自然会觉得义愤填膺。

在长生药剂被发明之后，一切似乎都是如此完美。我们可以永葆青春，尽情享受无尽的生命与无限的可能性。但是这一切都被爱情瘟疫摧毁。爱情会让我们的身体分泌出长生抗体，导致长生药剂失效。一个人本可以长生不老，却因为陷入爱情，不能自拔，只能慢慢衰老，直至死亡，这远远比长生世代之前注定会发生的死亡更加恐怖。

正因为每一个人对爱情瘟疫都怀有深深的恐惧，我们就会愈发憎恶那些把爱情作为谋杀工具的人。

在我陈述两位被告不可宽恕的罪行之前，让我先介绍一下受害者 L 先生。L 先生是奔腾计算机系统有限公司的资深副总裁，他年富力强，勤奋努力，为公司的发展尽心尽力。业余时间，L 先生除了热心公益，还是一位著名的雕塑家，他的作品《石中火》以石塑火，以火塑石，曾经获得国际大奖，被国家美术馆永久收藏。

L 先生在物质与精神的层面都对社会做出了非常可贵的贡献，现在却染上了爱情瘟疫，慢慢衰老，渐渐趋近死亡。两位被告不仅仅伤害了 L 先生，而且令他无法对社会做出更多的贡献，这对在座的每个人来说都是间接的损失。

两位被告的罪行如下：

V 女士为了报复 L 先生，委托 O 小姐刺杀 L 先生。O 小姐是警方熟悉的人物，她是一位爱情杀手，通过令男性对她产生永世不渝的爱情来杀死她的目标。在 L 先生之前，因为爱上她而正在渐渐死去的男性已经有七位，但是警方一直无法掌握实际的证据，难以对她提起诉讼。幸好这次 V 女士向警方自首，提供了她和 O 小姐之间所有的加密通信，我们才能把她绳之以法。

鉴于 V 女士主动自首，而且她也身患爱情瘟疫，检方建议判处 V 女士三年有期徒刑，可以保外就医。

O 小姐则是惯犯，犯罪情节恶劣，为了吓阻这种以爱情为杀人手段的新型犯罪方式，预防更多人遭到类似的伤害，检方建议判处 O 小姐死刑，立即执行。

辩护意见

尊敬的法官先生以及诸位陪审员阁下,我认为检察官故意隐瞒了L先生私生活的关键情况,让我在这里对各位提供一些补充说明。

(检察官提出抗议,认为L先生的私生活与案情无关,但被法官驳回。)

谢谢法官先生,L先生的私生活和案情息息相关,它解释了V女士的犯罪动机。L先生是个好总裁、好公民、好雕塑家,但他有一个最大的缺点,他是一个渣男。

(检察官再次抗议,认为辩方律师使用侮辱性词汇,法官令辩方律师不得称L先生为渣男。)

在瘟疫出现前的年代,一个人欺骗异性的情感最多算是私德有亏。但在爱情瘟疫蔓延的当下,这样的人骗取的不再是感情,而是生命。V女士就是L先生的一位受害者,她被L先生欺骗,付出了自己最诚挚的感情。V女士一直全心全意相信自己的爱人,以为L先生甘愿放弃长生,与自己一同在爱情里衰老,也会一同在爱情里死去。结果时光流逝,V女士才伤心地发现,渐渐衰老的只有她自己。

L先生铁石心肠,和许多人谈情说爱,却从来不动真心。为他而衰老死亡的女人可不止七位,他爱上O小姐,只能说罪有应得,恶有恶报。

当然，在法庭上我们的依据不应该是道德，只应该是法律。那让我们来看看刑法中的相应条款。

刑法第132条：受被杀之人认真、坚决及明示之请求所驱使而杀者，处最高五年徒刑。

刑法第133条：怂恿他人自杀，或为此目的向其提供帮助者，如他人试行自杀或自杀既遂，处最高五年徒刑。

L先生爱上我的客户O小姐是完全自愿的行为，而且有着认真、坚决及明示之请求。他恳求O小姐允许他的爱，而且他明知O小姐并不爱他，也毫不后悔，为了爱宁愿死去。这些行为完全适用刑法第132条，因此最高只能求处五年徒刑。

同样，我的客户O小姐并未直接杀害L先生，她只是怂恿L先生爱上自己，L先生可以选择爱或不爱，他自己选择爱情而导致了死亡，最多算是一种自杀行为。而刑法第133条，怂恿他人自杀，最高也只能求处五年徒刑。

因此，我们认为本案不适用故意杀人罪之条款，检方请求判处我的客户O小姐死刑，明显违反了刑法的条文。根据刑法第132条与第133条，最高只能求处五年徒刑。

检察官的抗辩

尊敬的法官先生以及诸位陪审员阁下，我这里有一部最高法院发布的《法律释义问答》，在书中第九十七页有这样一段话："故意杀人罪是故意犯罪，行为人有明确的杀人目的，并且希望其行为能致使被害人死亡。有的表现为行为人对自己的行为可能造成被害人死亡的后果采取放任的态度。行为人实施了非法剥夺他人生命的行为。在实际发生的案件中,非法剥夺他人生命的方法是多种多样的,如枪杀、刀砍、下毒等。无论行为人采用的是什么方法,都不影响本罪的成立。"

从这段解释中,我们可以清晰地看到,O小姐的行为应该适用故意杀人罪。O小姐有着明确的杀人目的,她接受V女士的委托,希望其行为能致使被害人死亡,这在她和V女士的通信中可以明确看到。她使用的手段虽然不是枪杀、刀砍、下毒,而是爱情,但如上所述,"无论行为人采用的是什么方法,都不影响本罪的成立。"

至于受害人L先生的恋爱行为,虽然影响恶劣,但依然只属于道德谴责而不是法律管辖的范围。我们认为辩方律师试图不适当地影响陪审员意见。诸位陪审员阁下,作为陪审员只应遵循法律条文与解释,审视犯罪事实,不要被辩方律师的种种诡辩所迷惑。

律师的抗辩

尊敬的法官先生以及诸位陪审员阁下,检察官在他的抗辩中把爱情等同于枪杀、刀砍、下毒,有些强词夺理。爱情并非绝症,它随时可能自愈,一旦爱情消失,长生药剂又会重新起作用,患者损失的只是一些时间,而非整个生命。而且爱情会为患者带来许多快乐，而非痛苦。把它和枪杀、刀砍、下毒来类比是非常不恰当的。

如果我们把O小姐的行为定义为故意杀人，也就是说爱情带来的死亡要算在激发爱情的人头上，那么L先生骗取爱情的行为即使不算作故意杀人，至少也该算作是过失杀人。依照刑法第134条：过失杀人者，处最高三年徒刑。如属严重过失，行为人处最高五年徒刑。L先生是不是也该被审判定罪呢？

一个人是否爱上另一个人，这个人自己有着百分之百的决定权，就好像他可以决定是否自杀。其他人可以做的只是诱惑或怂恿。刑法规定怂恿他人自杀只需判处最高五年徒刑，正是因为怂恿与暴力强迫之间有着明显的区别。诱惑他人爱上自己和怂恿他人自杀是程度相似的行为，因此检方要求按故意杀人罪判处死刑，非常不符合刑法的精神。

为了更清晰地说明诱惑他人爱上自己和直接故意杀人有着明显的区别，法官先生，我方申请让L先生做一个特别陈词。

（法官允许了辩方的申请。）

受害人L的特别陈词

尊敬的法官先生以及诸位陪审员阁下，我作为受害者自愿出庭作证，来向各位阐述为何我觉得这场审判是如此荒谬。

一切荒谬中最荒谬的是我爱上O之前的生活。我是一个成功人士，光是我拥有的公司股票，就足以让我得到近乎无限制的物质享受。我并没有仅仅局限于物质享受，而是在艺术上也获得了成功——我的雕塑作品被艺术圈接受，获得了极高的评价。然而这些成功只不过是一些让他人羡慕的光环。每天凌晨，我独自在黑暗中闭上双眼却无法入睡的时候，眼前会浮现一些杂乱无章的光影，我觉得我的生活就像这些杂乱的光影一样荒谬且毫无意义。

我追逐异性不是为了满足性欲，我的金钱足以让我得到任何性欲的满足。我只是想有一个我觉得不荒谬的存在可以伴我入眠。我满怀希望地和一个又一个女人睡觉，但每一个人都让我感到失望。她们的生活和我同样荒谬，她们美丽的躯体之中有着和我一样无意义的灵魂。

我想我看不到她们生命的意义，并非她们的存在确实毫无意义，只是因为我不爱她们。缺乏真正的爱情，令我无法看到她们有意义的特质。于是我努力去爱。我知道爱情会让我死亡，但我并不恐惧，反而心生渴望。我无比荒谬的生活根本不值得延续，荒谬的无限延续只能让荒谬更加荒谬。

我努力把自己的占有欲、情欲、心动和喜欢都解释成爱情，我用最浪漫的语言倾诉我的心声，我一次又一次地沉浸在自己创造的爱情幻梦之中，却一次又一次地被冰冷的事实唤醒——我没有衰老，长生药剂依然在起作用。我的体内没有产生真正的爱情，因为我依然长生不老，没有渐渐死去。

在爱情成为瘟疫之前，人们可以通过自我感动来欺骗自己：我在爱，我正在爱，这就是爱了。现在每个人都能确切地知道自己是否真正在爱。当我们的生命流逝，爱就在我们心中存在。

也许上帝故意把爱情变成瘟疫,就是想让我们可以看清什么是真正的爱情。

当V因为爱上我而开始衰老的时候,我觉得爱神如此盲目,她不把爱的琼浆赐予渴望爱情的我,却把它赐予一个根本不想拥有爱情的人。现在,我也陷入了单方面的爱情,我才真正理解了V的境遇。单恋带来的痛苦远远大于甜蜜,如果我爱上的人是V而不是O就好了,我可以和V一起开心地度过我们有限但充满爱意的生命。可惜爱河之中,身不由己,我只能对V抱以深深的歉意。

我知道V恨我。V在遇到我之前,并不觉得生命是荒谬的,她对生命充满了渴望,她并不需要爱情去对抗荒谬。因此我带给她的是纯粹的损失。对V来说,两个人相爱可以无视死亡,但单方面的爱情也需要用永恒的生命去交换,就非常不值得。因此,她痛恨我是极其合理的行为。

我却不恨O,反而感激她。即使O欺骗了我,我依然得到了真正的爱,它令我的生命不再是一片无意义的荒漠。任何真正的爱,哪怕是无法得到回报的爱,哪怕只有不多的一点点,都可以轻易驱除我们生命中无穷的荒谬。黑暗只要有了一盏小小的灯,就不再是黑暗。荒谬的生命只要有了一丝真正的爱,也就不再荒谬。

我第一次遇到O是在一个雕塑艺术展上。因为我有作品参展,被邀请参加开幕酒会。O假装不认识我,貌似随意地谈起我的作品,给我留下了深刻的印象。后来我知道了她其实是爱情杀手,那次根本不是偶遇,她对我作品的理解也只是事先准备好的说辞。但她的理解无论如何是真实的,她一针见血地指出了我的荒谬,"你的作品形式上常有独创性,但它们依然是荒谬的,因为它们的创造者觉得自己的存在毫无意义。"

我是一个有着丰富感情经历的成年人,无论是恭维讨好,还是借着批评试图引起我的注意,我都能轻易识破。我爱上一个人只会是因为她自身的品质,并不会被对方的伎俩所左右。我被O吸引,也是如此。也许她心中有着杀死我的企图,但我爱上她,只是因为她是她,和她心中的企图没有任何关系。

爱上O之后,我的世界终于有了意义。我很难形容这是一种什么样的体验。如果我是一个天才的诗人,也许我可以把它诉诸文字。作为一个雕刻者,我只能用大理石来描述我的心情。

(辩方推出了一座白色大理石半身雕塑。)

这是我心中的O,也是真正的O。眼睛只能看到人的表象,爱才能让我们看到人的本质。O说我的作品是荒谬的,因为它们的创造者看不到自己存在的意义。但这座雕像不再荒谬,因为我在创作它的时候,心中充满了爱意。

仅仅依靠这座雕像,无法传达为何我的生命可以不再荒谬。有些东西是任何媒介也无法传达,只能自己去体验、自己去创造的。朋友们,我觉得你们也该试着用黏土为你最爱的人塑一座半身像。想象自己的指尖划过她的眉、她的眼、她的鼻梁、她的下颌、她的锁骨,你也许永远无法知道在现实中那是一种什么感觉,但你也无须知道。创造的奥秘就在于此,你会创造出你渴望已久之物,它令你的生命不再荒谬。

诸位陪审员阁下,听到这里你们应该已经明白我为O辩护所持的理由——她赠予我的东西，远远超过了她从我这里夺走的生命。无意义的生命即使无限延续，依然毫无意义。一旦我们的生命具有了意义，即使明天就会死去，这份意义也不会丧失。O夺走的只是无意义生活的荒谬延续，赠予我的却是崭新的充满意义的生命。

法理不外乎人情，法律为何要惩罚一个让我的生命变得更加美好、令我的生命充满了意义的人？

检方的最后陈词

尊敬的法官先生以及诸位陪审员阁下，L先生的自述让我们清晰地体察到爱情致命的魔力，也让我们看到了一个被爱情迷惑的人是如何缺乏理性，又是如何夸大爱情的意义与价值的。

在座的先生们女士们，我们都知道，主宰这个世界的不是我们的主观意愿，而是客观的自然规律。虽然目前的医学研究尚未完全揭开爱情具体运作的原理，但几乎所有科学家都同意：爱情的产生是因为人类体内一种或多种化学物质的分泌。这种观点在长生药剂出现之后，被科学界更加广泛地接受。众所周知，爱情会令长生药剂失效，也就是说爱情导致了某种化学物质的分泌，中和了长生药剂的疗效。

既然爱情只是人体分泌的某些化学物质，那么爱情和吸毒在本质上其实区别不大，都只是化学物质作用于中枢神经系统而产生的幻觉。

当爱情可以杀人

在这里让我先讲一个小故事。有个人喜欢吸食笑气[1]，他在吸了笑气之后，会觉得自己想出了人生问题的终极答案，但清醒之后，却总是记不起那答案到底是什么。于是他准备好纸笔，放在手边，想要把自己的答案写下来。当他下一次吸食笑气，再次产生了明悟一切的感觉时，他连忙写下了自己心中的终极答案，然后才安逸地享受笑气带来的开心，进而昏昏睡去。醒来之后，他异常急切地去看自己写下了什么。结果他发现自己写下的是这样一句话："屋子里充满了煤气的味道。"

（此时旁听席发出了一阵笑声，有几个陪审员也忍不住笑了起来。）

L先生在爱情中找到的意义，和笑气带来的终极答案有什么区别呢？在爱情成为瘟疫之前，我们也许容易被爱情迷惑，把它作为人生的信仰，现在谁还会把一种瘟疫当成神明来崇拜呢？

爱情只是某种化学物质导致的致命瘟疫，是对人类永生的最大威胁。它不是什么意义的源泉，也不是比生命更加珍贵的体验。O小姐利用爱情瘟疫来谋杀他人的行为，与利用毒品令人致死并无本质上的区别。

L先生目前依然在爱情瘟疫的影响之下处于一种迷幻的状态。一个处于毒品或酒精的影响之下的人，他提供的证词没有任何法律上的价值。基于同样的理由，我认为L先生的证词也应该被忽略不计。

（法官并未同意忽略L先生的证词。法庭进入了被告最后陈

---

[1] 即 N_2O。

209

词的环节。)

被告O的最后陈词

尊敬的法官先生以及诸位陪审员阁下，在这个爱情成为瘟疫的世界，所有人都知道友情是多么珍贵。陪伴我们最多的不再是爱人，而是我们的知交好友。我就有过这样一个好友，在我们相识的每一天里，我都为自己能够遇到她而感到幸运。

我不想在法庭上提起她的名字，我觉得我们现在的所作所为玷污了她的信仰。她信仰爱情。任何其他的诱惑，即使是永生，都无法动摇她对爱情最纯粹的坚信。我们今天试图用法律来审判爱情，在她看来这注定只会是一场徒劳无功的闹剧。

我和她对人生的看法在绝大部分事情上都非常一致。我们之间只有一个根本性的分歧——我无法相信爱情。我不能理解她对爱情的坚信，觉得那是一种自毁的倾向。她却对我这么说："'生命诚可贵，爱情价更高。'如果没有了向死而爱的勇气，我们活着又有什么意义？"她觉得长生药剂并没有摧毁爱情，反而让人更有希望遇到真正的爱。以前的生命是如此短暂，要遇到真正的爱需要极大的幸运。现在的人们有了无限的生命，可以耐心地等待真正的爱情。

在她等待的日子里，她为自己未来的爱人写了这样一首诗：

在我们的爱里

一是二,二是一
你是我,我是你

在我们的爱里
卑微者高傲,高傲者卑微
放纵者贞洁,贞洁者放纵

在我们的爱里
征服者反抗自己的征服
反抗者征服自己的反抗

在我们的爱里
有欲时相爱,无欲时也相爱
有爱时相爱,无爱时也相爱

在我们的爱里
存在的爱永远存在
不存在的爱也永远存在

  我知道像她这样的人最后注定会为爱死去,我只能默默地祝福她能够遇到一个同样信仰爱情的人。当一个人宁愿为爱献出自己的生命时希望对方也能如此,我想这并不是一个过分的要求。可惜她连这样的爱也没能获得。她爱上了一个风流成性却不知爱为何物的男人。她为爱伤心欲绝,我却什么也做不了,只能眼睁睁地看着她衰老死去。

她在我的陪伴下，度过了生命最后的一段日子。她一直爱着的那个男人在最后的时刻也不愿意再来见她一面。那时她已颓然老去，那个男人却还保持着青春的容颜，为了满足自己可耻的性欲，继续欺骗着其他女性。

我的朋友去世之后，我决定用爱情来报复这个无情的男人。我详细研究了他的喜好与生平，以及他喜欢的女性类型。一个女人如果有着一定程度的美貌与聪慧，而且丝毫不爱一个男人，对他也没有任何物质的要求，那就不难让对方爱上自己。在这种情况下，男人往往会自以为是，以为遇到了真爱，然后身陷其中，无法自拔。

我很容易就让这个自以为不会爱的男人陷入了致命的爱情，然后我便从他的生活里神秘地消失，任他自生自灭。这样他反而更加不容易从爱情中挣脱出来。他是我用爱情杀死的第一个男人。

因为爱情瘟疫的蔓延，人们减少了外出与社交，相关的消费也急剧减少。我当时失去了工作，领着救济金，在一家慈善组织做义工。这家慈善组织专门帮助陷入爱情又被男性抛弃的女人。

组织的幕后金主是一位垂垂老矣的柳姓老夫人。我本以为她在长生试剂发明时就已经老了，后来和柳老夫人相熟，才知道她和我的好友一样，因为爱上了一个负心人，才会变得如此苍老。唯一的幸运是她的爱情在死亡来临之前就已经消失。

我听了柳老夫人衰老的原因，忍不住和她讲了我好友的经历，以及我后来用爱情杀死那个男人的经过。我这样不顾一切地坦白，是为了向她提议我可以帮她复仇。

老夫人淡淡一笑，对我说，那个男人虽然不爱她，但却爱上了另一个女人，现在已经去世。不过如果我愿意为那些被爱人背叛的女性主持正义，她倒是可以为我提供一些帮助。

我说我当然愿意。

从那一刻起，我成了一个爱情杀手。开始我不愿意收取老夫人给我的酬金。我觉得自己是为了正义去惩罚那些负心的男性，让他们为自己剥夺的生命付出相应的代价。但柳老夫人说，仅仅依靠纯洁的理念，任何人都无法坚持不懈地从事一件异常困难还有风险的工作，金钱可以提供持续的动力。她又说，我至少可以先把钱收下，以后拿这些钱做什么都可以。例如拿生活所需之外的钱做一些善良的事，或者把它们都捐献出去。

我一直是如此做的。在老夫人活着的时候，我把余下的钱都捐给了她的慈善组织。后来老夫人因为爱情瘟疫复发而死。在她死去之后，我开始单飞，但我依然会把大部分的收入都捐给那些因爱情而生活困苦的女性。

我从未怀疑过我身处正义的一边。我只是"以彼之道，还施彼身"——把爱情归还给那些滥用爱情的人。我确实是一个爱情杀手，我用爱情去刺杀男性。检察官先生说因为爱上我而正在衰老渐渐死去的男性已经有七位。我不否认这个数字，爱上我的男人也许还不止七个。但这些男人曾经诱骗过多少女性，让多少女性爱上他们而心甘情愿地老去？我让这些人染上了爱情瘟疫，其实间接地拯救了更多的生命——那些在未来可能被这些男人欺骗的女性的生命。

即使今天我被判处死刑，我也不会后悔我曾经的选择。如果老夫人还活着，如果她在法庭上当着诸位的面再问我一次：你是否愿意为那些被爱人背叛的女性主持正义？我还是会说：我当然愿意。

检方的特别抗辩

（检察官临时提出要针对O女士的陈词做一个特别抗辩，获得了法官的准许。）

尊敬的法官先生以及诸位陪审员阁下，请各位不要被O女士的故事所诱惑。她只是看到这次审判之中的女性陪审员超过了半数，想要依靠女性的同情来为自己脱罪，她的动机可不单纯。

O女士为自己脱罪的企图之中有一个非常大的漏洞，她是一个收费极其高昂的爱情杀手。例如在目前这个案例里，她就向V女士收取了一笔不菲的报酬。在警方掌握详情的七个案件里，O女士的银行账户也都事先收到了大笔汇款。难道就没有任何贫穷的女性值得O女士去提供正义的帮助？还是O女士的正义其实只是为了金钱？

O女士号称的大笔捐款并没有留下任何实际的证据，她根本无法提供捐款明细，以及相应的捐款收据。O女士讲述了好友和柳老夫人的故事，却拒绝提供她们具体的私人资料。我们合理地怀疑O女士编造了这些故事试图为自己脱罪。

最后我想要说明的是，即使O女士真的是为好友复仇，或者确实捐出了她所得的大部分金钱，也依然无法改变她的行为违反了法律这一确凿的事实。陪审团不应该感情用事，只应做出符合现有法律的判决。

鉴于以上种种原因，我们请求法官下令陪审团忽略O女士的这段陈词。

（法官同意了检察官的请求，下令陪审团忽略O女士的最后陈词。O女士要求对检方的特别抗辩进行答复，但没有得到法官的准许。）

被告V的最后陈词

尊敬的法官先生以及诸位陪审员阁下，作为被告之一，我得到了检方极其宽大的处理。本来我并不想做任何陈词，但临时心里有些想法，不吐不快。

我在生活上事业上有自己的特殊之处，但在恋爱里我只是一个普通人，我期待的爱情就是大部分人向往的爱情。我爱L先生，和他在一起我就快活开心，即使知道自己会死，我也不那么害怕。当我被L先生抛弃，知道他欺骗了我后，我就开始恨他。我想让他尝到和我一样撕心裂肺的痛苦，我想让他和我一样夜夜难眠，伤心落泪。除此之外，我还有一点点私心，我想也许当我看到L先生爱上了别人，我会彻底地把他放下，不再爱他。那样我就不会慢慢地死去。

这些都是人之常情对吧？可惜当我看到L先生爱上了O小姐，爱得那么深，那么不顾一切，我却觉得他变得更加值得我爱，反而更加爱他。本来我心中的他是一个坏人，一个唐璜①，一个不懂得爱是什么，也不懂得如何去爱的人。现在我发现他并没有我想象的那么坏，而且想着他会和我一样因爱情而死，心里还对他生出了一丝怜惜，甚至无法再恨他。我甚至觉得他为了爱丝毫不在乎生死，比我更加难得。我自己其实很怕死，如果有一种特效药能治愈爱情，我肯定第一个去服用。

因为我依然爱着L先生，看到他那么爱O小姐，令我产生了难以抗拒的嫉妒。这种嫉妒无处发泄，反而让我对O小姐产生了极大的憎恶，做出了令我非常后悔的事——向警方自首。我当时处于歇斯底里的状态，不顾一切，只想拆散他们两个人。

我知道这些也都是爱情的影响。我依然爱着L先生，才会觉得他无论如何都值得我去爱。如果哪一天我对他的爱消失了，我说不定会觉得他爱上O小姐，宁愿为她去死，是件非常愚蠢的事，是被骗了还帮对方数钱，嗯，比这还蠢，是被杀头之前还在谢主隆恩。我如果不爱他了，也不会嫉妒O小姐，也许反而会觉得她为女性主持正义的理念并没有错，只是手段有些激进。

虽然我承认爱情对我的影响很大，但我并不认为爱情只是人体分泌某些化学物质引起的生理现象。我不是一个科学家，我只是觉得科学其实并没有这么说，是我们误解了科学。科学上的研究只是说明，在爱情之中的人们体内会分泌一些化学物

---

① 英国诗人拜伦叙事体长诗《唐璜》中的男主人公，该作品讲述了西班牙贵族公子唐璜游历、恋爱、冒险的故事。

质,它们会导致长生药剂失效。这仅仅说明爱情的伴随现象之一是身体分泌这些化学物质,科学家并没有说这些化学物质的分泌就是爱情的全部。

我也不觉得爱情来源于社会规范的影响。亲密关系和爱情是两件事。社会规范可以对亲密关系造成非常深刻的影响,但是它们无法影响爱情,至少不会影响我体验到的爱情。有些爱情符合社会规范,有些爱情无视社会规范,爱情的本质和社会规范毫无关系。

亲密关系大多是基于功利的考量,它追求快乐的生活,因此社会规范可以通过功利的渠道去影响它。爱情却超越了功利。在爱情会带来死亡之前,爱情早就有着糟糕的一面,只是它带给人们的开心远远大于痛苦,因此选择爱情往往也等同于选择快乐。当时的人们无法区分爱情与快乐,也不知道自己选择的到底是什么。在爱情成为瘟疫之后,快乐与爱情彻底被剥离。爱情中的每一天,都是向着死亡更近的一步。当我们愈加习惯永生,爱情也就代表着愈大的煎熬与痛苦。

当爱情里充满了煎熬、痛苦、死亡,我才发现我不是为了活得更快乐才选择了爱情。当然我也不是为了遭受煎熬、痛苦、死亡而选择了爱情。我甚至也不是像L先生那样为了得到生命的意义而选择了爱情。没有爱情的时候,我并未觉得自己的生命有着任何荒谬之处。

我觉得我是为了爱情才选择了爱情,爱情本身就是爱情的意义。这么说显得很傻是吧?也许确实有一点儿。但我心里确实就是这么想的。我知道我爱他。当我思考我为什么爱他,我可以说出很多东西，但即使没有了这些东西，我还是会继续爱他。因此，我只能用爱情来形容我爱他的理由。爱情是爱情的结果，爱情也是爱情的原因。

爱情对我来说是一艘航船，如果它能把我引到我向往的爱之国度，那我不介意付出生命去购买一张船票。可惜我必须在上船时就付钱，即使这艘船不能把我带到我期望的目的地，我也没法退票，这实在有点糟糕。

从这个角度来说，L先生把我骗上了船，因此他对我有着某种道义上的亏欠。然而他却是自愿登上爱情这艘航船的，这艘船也把他送达了他渴望抵达的地方。我和O小姐是否触犯了法律我说不清楚，但从常理来判断，我不懂为何我和O小姐应该受到惩罚。

诸位陪审员阁下，也许你们认为我说的有些道理，但碍于法律条文不得不判处我和O小姐有罪。法律不外乎人情，尤其在爱情这个目前刑法没有具体规范的领域，我觉得应该根据人之常情来做出判决。

陪审员E的情书

我最爱的不知身在何处的你：

漫长的审判终于结束了。我尽了自己的全力为爱情辩护，终于得到了其他陪审员的认可，一致认为令人产生爱情不是一种犯罪，两位被告应该被宣告无罪，当庭释放。

在审判的过程中，我一直在心里暗自羡慕L先生。能拥有爱情是一件多么幸运的事，然而所有的旁观者都没意识到这一点，他们不顾L先生的感受，非要把他当作一个受害者来处理。只有我，坐在陪审席上，有些妒忌地看着L先生，然后在心里默默地祝福，祝他可以在爱情里体验到永恒。

我丝毫不羡慕可以无限延续的生命，我只羡慕那些可以在爱里拥有永恒的人。永恒从来都不是无穷的时间，而是在时间之外的。而爱情能给我们力量，让我们挣扎向上，在时间之流中探出头来，呼吸一下永恒的气息。

我会这么说，是因为我觉得自己曾经在爱情里获得过永恒。我羡慕妒忌L先生，因为他的爱被所有人承认，而我的爱却被所有人怀疑——即使是你，我的爱人，你也否认了它的真实性。

你和我都是爱情的信徒，因此当我们坠入爱河后，我们的心中没有丝毫的恐惧，只有无穷无尽的欢喜。然而随着时间的流逝，你逐渐衰老，而我却依然年轻。长生药剂对你失去了功效，对我却仍旧有效。当你发现了这个事实，你对我的爱就失去了信心，在你的眼里我所有对你的爱都只是欺骗，我的一切爱的承诺也不过是谎言。

然而我知道自己爱你，我无数次考问自己的内心，我对你的爱是否有着任何虚假的成分？每一次，我的答案都是——我给予你的是发自内心最真诚的爱。如果这个世界上根本没有长生药剂，你肯定会相信我的爱，那样我们就可以幸福地生活在一起，直到死亡把我们分开。因此，我痛恨长生药剂。我痛恨它，不是因为它把爱情变成了瘟疫，而是因为它把爱情限制在一个狭隘的标准之下,而真正的爱情是无法被定义的。

你看到长生药剂对我依然有效,因此觉得受了欺骗,伤心地离开了我。我对你的爱却一直没有消失,直到我再次收到了你的信息。你说你也一直爱着我,现在你的生命走到了尽头,想再见我一面。我想要飞奔去见你,但又怕你看到我依然没有衰老的样子会觉得伤心。

我想让你至少在最后的一段时间里,可以感受到我对你的爱。于是我决定不再服用长生药剂。我向家庭医生讲述了我的情况,请他帮我一个忙,证明我染上了爱情瘟疫。我想让你知道,我正在陪着你一起老去。

我对你隐瞒了真相,也因此在心里觉得异常愧疚。真诚是爱情的关键,但为了让你可以更加幸福地度过最后一段时光,我却不得不欺骗你。

最后的日子终于到了。我握着你的手,听你用微弱的声音对我说出你的遗言。在最后一刻,你依然在为我着想,甚至因此忘记了对死亡的恐惧,"我死了之后,你不要再爱我啦。答应我,一定要治愈你的爱情。如果你爱我,一定要为我做到这件事。"

你去世之后,我又开始服用长生药剂,对我来说它依然有效。午夜梦回,当我深深思念着你,我偶尔也会对自己的爱产生疑惑,我的爱是不是确实不那么真实,它是不是有什么问题?

过了不久,我被抽签选中,成了这次"爱情审判"的陪审员。我很开心自己可以说服其他的陪审员,爱情与犯罪之间没有任何关系。爱情是一个人自由的选择,他人的诱导与欺骗只能导致暂时的喜欢,这样的感情不可能在得知自己被欺骗之后依然顽强地存在。持久的爱情必然是自由意志的产物。

审判结束之后，我才有余暇好好去回想审判中的点点滴滴。庭审记录里L先生的一段话吸引了我的注意，"无意义的生命即使无限延续，依然毫无意义。一旦我们的生命具有了意义，即使明天就会死去，这份意义也不会丧失。"

如果我对你的爱给予了我生命以意义，那么我便不再需要延续。但是这种意义如何被验证呢？对于L先生来说，是他那种无畏的态度，他坚持选择爱情，不畏惧爱情带来的死亡。但对他来说，爱情带来的死亡是无法被选择的，他能够自由选择的只是自己应对死亡的态度。

在长生药剂产生之前，每个人都必然会死亡，那时的人类都像L先生一样，只能选择面对死亡的态度，没有选择不死的自由。我忽然意识到了自己正处于一个非常特别的状态，我的心中充满了爱情，但同时长生药剂依然有效，我可以选择不死，也可以选择死亡。我拥有最大的选择自由，而这种选择可以证明我心中对你的爱是否真诚。

想通了这一点，我才明白了我的爱情欠缺了什么。当你为了爱情逐渐衰老，而我却依然永葆青春，我就可以选择永久性地停止服用长生药剂，陪着你一起去死。当时的我却没有为爱选择死，而是自然而然地选择了生。当你快要死去的时候，我选择暂时停止服用长生药剂——因为它是暂时性的，因此它只是一个欺骗。当你死去，我又重新开始服用长生药剂，我又一次拒绝了死，选择了生。其实我心里一直知道只有死亡才能证明爱的真诚，但我缺乏向死而爱的勇气。

我给你写这封信，就是因为我终于产生了面对死亡的勇气。我已经停止服用长生药剂了，我决定一直坚持，直到生命的尽头。

我知道这将是一个漫长而艰难的旅程，未来我将会面临许许多多的考验，有些我甚至完全无法想象。我的情绪也会有起伏变化，随时随地我都可能为自己找到借口，放弃爱情与死亡，重新回到生命愉悦的怀抱。但我想要对你说，至少在此时此刻，我爱你超过了我爱自己的生命。

我爱你。

永远爱你的 E

长相思

1

环绕在长安城墙之外的,是宣鉴区域。入城之人在这里被最后告知进入长安的后果,并签下自愿入城书,是为"宣"。出城之人则在这里被鉴别,确定他们没有保留爱情高于生命的价值观,是为"鉴"。故名"宣鉴"。

自愿入城书中最重要的承诺就是:入城之后如果改变主意,想要出城,必须先在宣鉴区域滞留,直到完全认同生命为重的观点,才能回归正常世界。自愿入城者大多被激素冲昏了头脑,或者被古老的爱情故事所蛊惑,才会想要进入爱情特区长安城。原歌却不是其中的一员,他是一个新出道的偶像歌星,这次进入长安,是为了举办一场特别演唱会。

一般演唱会都不会在长安城举行,因为这里是中国唯一的爱情特区。在长安,所有的人都渴望着爱与被爱,不会针对爱情瘟疫做出任何防护措施。因此，这里的爱情瘟疫感染率非常高，即使痊愈之后，还会发生重复感染。然而，原歌最近在歌坛异军突起，成了长安城内最受欢迎的明星。因此，这次长安城执政团为了建城纪念，砸下重金邀请原歌来献唱，促成了这场罕见的外来歌星演唱会。

为了减少被爱情瘟疫感染的风险，原歌专门订购了最新式的智能换色墨镜，它可以根据用户的喜好，对看到的人脸进行明暗和色彩的转换，把他们变成用户不喜欢的样子。这样他可以在不影响交流的情况下，有效地避免染上爱情瘟疫。他也戴着黑色的口罩。智能换色墨镜是为了他的安全，而口罩则是为了防止别人爱上他。

一进入长安城，从未来过爱情特区的原歌就受到了极大的冲击——所有的人脸上都没有口罩、墨镜、面纱、面具之类的遮挡，穿的衣服也非常贴身，甚至有些暴露，他们尽情展现自己的容貌与身材，以及对爱情的渴望。

单茗茗从人群里一眼就认出了原歌。所有选择进入长安的人都向往着爱情，不会再采取任何防护措施，只有原歌一个人戴着墨镜和口罩。单茗茗身为长安城首席执政官的文化助理，接待原歌的事本来不用她亲自出面，但是她的好友颜轻辰是原歌的超级粉丝，特别嘱托她帮自己一个忙——颜轻辰想要问原歌几个问题。

颜轻辰是长安城科学院的院士，本不是会追星的类型，但是据她自己说，原歌的外形——包括身材、五官、表情、动作——

百分之一百地符合她对爱人的幻想。她给单茗茗看了一幅她很久之前亲手画的素描，里面的男性确实和原歌一模一样。不过外形只是爱情四要素之一，人品、智慧、灵魂都和外形同样重要。颜轻辰不愿主动去接触原歌，她知道自己很可能会被原歌的外形所迷惑，无法客观地判断他的其余部分。大部分人在爱情里都会犯下类似的错误，在初期被外形所吸引，很久之后才发现对方的内在并不是自己的真爱。这时后悔已经太晚，因为在爱情里流逝的生命，永远也无法挽回。

身为科学院院士，颜轻辰善于解决各种难题。她想出了这样一个办法：准备一些问题，让单茗茗帮她去问原歌。通过这些问题，她可以大致确定原歌的内在是否符合她对爱人的要求。这就是单茗茗今天亲自前来的原因。

"原歌先生，为了让更多的长安人了解您，我想要进行一场简短的访谈。我知道您刚刚进城，可能需要休息，不知什么时候会比较方便。"

"今天入城比预计的要顺利，余下的时间我没有其他安排。长安城的小吃闻名遐迩，现在正好快到午餐时间，我们能否找一家小吃店，边吃边聊呢？"

单茗茗本来的计划是找一家咖啡馆或者酒吧，不过一起吃午餐也是个很好的选择。城门边正好就有一家不错的小吃店叫作金井阑，两人就定了去这一家。金井阑是唐朝古风布置，门口内侧放着一架素雅的屏风，上面用行书写着李太白的《长相思》，也是这家店店名的出典：

> 长相思,在长安。
> 络纬秋啼金井阑,微霜凄凄簟色寒。
> 孤灯不明思欲绝,卷帷望月空长叹。
> 美人如花隔云端。
> 上有青冥之长天,下有渌水之波澜。
> 天长路远魂飞苦,梦魂不到关山难。
> 长相思,摧心肝。

这首词被谱了曲,目前是长安的城歌。今日的中国,只在长安,还有相思;只在长安,还有爱情。在其他城市里,相思成了疾病,爱情成了瘟疫。为了永生,人们宁愿放弃内心最珍贵之物,怯懦卑下地活着。当然,只有长安人才会这么想,长安之外的人只会觉得这些为了爱情放弃生命的人,是一群被激素与浪漫情怀控制的傻瓜。

两人坐下,商量点些什么好。菜单上有肉夹馍、凉皮、臊子面、锅盔、羊肉泡馍,琳琅满目,原歌很喜欢吃面点,都想尝一尝,但每一样量都不小,怎么也不可能吃得下去。单茗茗看原歌难以决定,就建议道:"这家有个长安十大面点的套餐,每样只是一小份,两个人吃正好。我们要不要试试这个?"

原歌答应了。十大面点里有些是现成的,很快就端了上来。一边吃,单茗茗一边说:"原先生,我就冒昧开始提问啦。"看到原歌点头答应,单茗茗现提了几个关于他生平的问题,然后就转入了更核心的提问:"在长安城外,'爱情工具论'非常流行。您对'爱情工具论'怎么看呢？"

"爱情工具论"是个新兴的爱情理论，它认为生命的本质在于延续，而爱情只是人类延续自身的工具。在长生药剂出现之后，人类不再需要繁衍，爱情却会在人类体内产生抗体，抵消长生药剂的功效，变成了阻碍生命延续的最大障碍。它从一种帮助生命延续的工具变成了一场致命的瘟疫。因此，爱情只是一个过时的工具，我们应该明智地把它彻底抛弃。

原歌吃了一口凉皮，假装在思考该如何回答。这时他正在通过大脑中的植入接收器和云端紧张地联络。根据已知资料，单茗茗是颜轻辰最亲近的好友之一，云端认为此时的回答很可能被颜轻辰知晓。而颜轻辰是他此次行动的主要目标，因此所有的回答都要尽量符合颜轻辰的喜好。很快云端经过计算传来了最佳答案，伴随着答案的还有一个倒数计时，原歌需要等到计时归零再回答，那样才显得更自然。

在等待的时间里，原歌心里喃喃自语："必须万无一失，任何微小的失误都可能万劫不复。"还好他的背后有最强大的支持，他只需要执行云端做出的选择，并不需要自己做出任何决定。原歌默默地为自己打气："颜轻辰一定会爱上我的，我是她的天选之人，这些回答也是最可能令她动心的答案，她没有理由不爱上我，只要她爱我，那我就不会失败。"

单茗茗也借着原歌思考的时间，打量这个容貌纯净的俊美男子。他的头发漆黑，身材修长，五官清秀，尤其是他嘴唇的曲线，无论是张开还是合上，都非常好看。"不知颜轻辰为何如此沉迷于他，"单茗茗心里暗暗想着，"虽然很漂亮，却显得太天真了一些,缺少一些岁月才能带来的成熟魅力。"其实单茗茗没有意识到,这种发自内心的天真在长生时代非常难得,大部分人即使容貌依然年轻,但内心都已经体验过了不知多少岁月沧桑。

倒计时终于归零了,原歌咽下口中的凉皮,用餐巾纸擦了一下嘴——这些也都是云端的要求——然后答道:"我觉得'爱情工具论'在逻辑上就有问题。爱情在开始的时候是繁衍的工具,并不代表它一直是工具,更不代表它仅仅只能是工具。对于有些人来说,爱情确实只是工具,但是我们不能说爱情对所有人都是如此。'爱情工具论'过度简化了爱情,忽视了爱情的复杂性。我个人认为爱情有着某种主观性,每个人的爱情都是独一无二的,我们不应该也无法对爱情做出放之四海而皆准的普遍描述与判断。"

单茗茗只负责提问,她并不知道颜轻辰期待的是什么答案,也许连颜轻辰自己也不知道,只有看到答案之后才能知道自己是否喜欢。她把原歌的答案实时传送给了颜轻辰,然后提出了下一个问题:"长生药剂发明之后,人类中出现了生命至上派与爱情至上派两种截然不同的理念,您在爱情与生命之间会如何选择呢?"

这个问题原歌都不用云端的帮助,因为在入城前就多次准备过。在长生药剂被发明之后,爱情瘟疫成了人类最致命的敌人。面对爱情瘟疫的威胁,人类分为两派,生命至上派与爱情至上派。生命至上派认为所有的人都应该采取最严厉的防护措施,彻底把爱情消灭。爱情至上派则觉得爱情高于生命,人们不应该因为惧怕死亡而舍弃爱情。两派之间的矛盾愈演愈烈,完全无法调和，难以在一个社会中生活。为此当时世界各国都建立了爱情特区，作为爱情至上派的保留地。在最开始的时候，中国一共建立了十八个爱情特区，足以容纳一亿人口，但是随着时间的推移，爱情至上派的人数越来越少，爱情特区的数量也同样渐渐减少。到了今天，只剩下长安这一个在唐代古都遗址上新建的爱情特区，里面还生存着七百万依旧相信爱情的男男女女。

如果原歌说自己是爱情至上派，那么他很难解释自己为何不来长安定居；如果原歌说自己是生命至上派，就难免让颜轻辰感到失望，降低了令她产生爱情的可能。这种两难的困境导致原歌的回答只能把结论导向未来，同时尽量暗示自己异常期待真正的爱情，"我从没有机会真正体验爱情，只在影视和小说中了解过一些。这样的了解还不足以令我成为爱情至上主义者，但我觉得如果我能够亲自体验一次爱，一次刻骨铭心的爱，它也许就足以把我变成一个信仰爱情至上的人。"

单茗茗紧接着又提出一个问题："您的大部分歌曲都是自己创作的，同样也花了很多时间登台演出。在创作和演唱之间，您更重视哪一个，又是为什么呢？"

这个问题的云端答案没有伴随倒计时，只是让原歌微笑一下再回答。原歌努力做出最有魅力的微笑，然后说："创作和演唱对我来说是一个无法分割的整体。我的创作是为了表达我的某些体验，但仅仅依靠音符与文字，这些体验无法被确实地传达，只有当我亲自把它唱出来的时候，它才可能被听到。"

听到这里，单茗茗忍不住插了一个自己的问题："如果演唱这么重要，是否可以通过演唱别人的歌曲来传达自己的体验呢? 反正创作出来的只是一些音符与文字, 按你说的, 并没有那么重要。"

云端立刻传来了答案, 原歌照着答道:"创作的成果其实有两部分, 一部分是音符与文字, 另一部分是不可言说的东西。第一部分可以交给其他人去演唱, 第二部分却只属于创作者自己。演唱别人的歌只能唱出第一部分, 演唱自己的歌才能唱出第二部分。当然一个演唱者也可以用他人的歌曲来传递自己不可说的体验, 所谓借他人酒杯, 浇自己块垒①。但是这样难免会受到很大的束缚, 还是唱自己创作的歌更容易一些。"

单茗茗正好转入颜轻辰的下一个问题:"您最喜欢自己创作的哪一首歌呢?"然后她忍不住自己加了一句,"您觉得哪一首最能传达您说的那种不可言说的东西?"

其实这些歌都不是原歌创作的, 连那些歌曲的演唱方法也都是被他背后的云端团队精确设计好的, 他只需要精确地去执行。这些歌的曲调、内容、演唱方法, 都是针对颜轻辰的喜好而设计的, 应该最能触及她的心灵。

"我最喜欢的是为了这次演唱会准备的一首新歌——《索尔维格之歌》。"这当然还是云端的答案。

"是《培尔·金特组曲》②里面那首歌, 易卜生的词, 格里格的曲? 但我记得这是女高音, 而且不能算是您自己创作的歌曲吧?"

---

① 指心中的郁积。
② 易卜生创作的诗剧, 探索了"人生是为了什么?""人应该怎样生活?"等哲学命题。

"我把易卜生的歌词翻译成了中文,还做了一些改动,这样格里格的曲调也不是那么合适了,我就自己重新谱了曲,让它变得适合我用中文来演唱。因此它勉强可以算是我的作品。"

"能冒昧请您演唱一遍这首歌吗?"单茗茗好奇地问道。

"演唱没问题,但在这里不太合适吧?"原歌看了看金井阑里面嘈杂的环境,笑着说道。

"当然不是在这里。"这时单茗茗收到了颜轻辰发来的信息,她依照信息里的意思做出了邀请,"我们吃完之后,我带您去为您安排的住所,那里很幽静,地方也宽敞,肯定适合您演唱。"

2

很难想象,在长安喧闹的市中心竟然隐藏着一座幽静的中式庭院。庭院四周是一大片松林,参天大树隔绝了各种噪声。

松林中无法行车,小径隐蔽在树墙之后,不容易被发现。如果有人碰巧误入,立刻会有不知从何处冒出的安保人员阻止他们进入。在单茗茗的引领下,自然不会有任何阻碍。她带着原歌穿过松林,从一个月洞门进入了庭院。月洞门并无门禁,似乎任何人都可以进入,但云端给原歌发来信息,说门旁有着扫描系统,要他不能掉以轻心,而且这个庭院很可能就是颜轻辰的住所,他已经异常接近此行的目标。

从月洞门望进去,是一座太湖石假山。假山被月洞门勾勒成团扇山水。从外向里而行,五步一景,十步一画。入了门,豁然开朗,整座假山呈现在眼前,只有三四层楼高的假山,却仿佛有天外飞仙般的气势。

这座中式庭院以及太湖石假山是颜轻辰的父母共同设计的。颜轻辰的父亲是浙大天文系最年轻的教授,她的母亲是一位建筑设计师。两人结婚之后双双辞去工作,在乡间买了一块地,设计了他们最喜欢的庭院,过起了隐居的生活。最初的设计中就有这座太湖石假山,但后来因为成本太高,不得不割爱。颜轻辰移居长安之后,深受执政团的器重,专门帮她复制了儿时的庭院,包括这座只在建筑设计图中存在过的假山。

原歌看着眼前的假山,显露出陶醉的神色,照着云端的信息念道:"苏州的四大名园我都去过,里面的假山俊逸秀美,却没有这雄浑的气势。没想到长安城里竟然会有这样一座假山,我真是不虚此行了。"

单茗茗捂着嘴笑了,"你这么喜欢,我会帮你转达给这家庭院的主人。"说完,她就带着原歌钻进了假山下一个高五尺许的曲折洞穴,三拐两折,到了一个空旷之处。然后单茗茗说道:"这家主人和我讲,此处的设计就是为了演奏音乐。我听她在这里吹奏过几次洞箫,效果确实很不错,演唱歌曲应该也很合适。"

原歌笑了,"长安城最好的舞台恐怕也不及此处,我就献丑了。"然后他深深吸了一口气,唱了起来。

> 也许冬天和春天都会过去,
> 　明年夏天也是如此,甚至整整一年。
> 　总有一天你会归来,我知道注定如此。

而我将会等待,因为这是我的诺言。

你在世上所到之处,神都会给予你力量。
你若站在他的宝座之前,他亦会赐你欢颜。
我在这里等着你,直到你再来。
我会等待你,我的朋友,与你在高处相见。

歌声如流水,如清风,环绕徘徊,即使是心扉紧闭之人,也无法不被它沁入、溶解、感动。连原歌自己也沉浸在歌声之中。他实在喜欢这首歌,每次演唱,都喜欢闭上双眼,让自己来到夏日的北方。森林的高处有一间小木屋,屋门大开,粗大的门闩上挂着驯鹿角,一群山羊在屋墙边。屋外的阳光下,坐着一个中年妇人,轻盈而美丽。她看着通往远方的蜿蜒小径,一边纺线,一边唱着这首歌。

歌声停下许久之后,原歌才睁开双眼。单茗茗不知何时已经离开,从山洞的暗影处,走出了一个身穿藏青色长裙的女子。光影暗淡,原歌还没看清女子的容貌,云端就根据体型做出了判断:"这个女子就是本次任务的目标颜轻辰,请务必小心,暂时不要表露你认出了她是谁。"

颜轻辰又向前走了两步,她的声音异常温柔,"原……原先生,我是颜轻辰,长安科学院的院士。单茗茗临时有些事,我负责你后面的接待工作。多谢你的《索尔维格之歌》,它就像是专门为我而写,为我而唱。我在长安城已经等待了很久,等待着你的到来。原先生,请随我来,让我带你去一个地方。"

这时原歌才看清楚颜轻辰的容貌。他深深吸了一口气,呆呆地看着眼前这个掌握了世界命运的女子,忘记了这样的凝视有些失礼。他不是被颜轻辰的美貌震慑,也不是因为她高雅的风韵,而是因为她的神情里显露出一种无比真诚的温柔。

温柔有着能够征服人心的特殊力量,令人心甘情愿去追随。颜轻辰就充满了这种魔力,原歌跟在她的身后,丝毫没想到应该问一下要去哪里。云端也没有发来更多的信息,大概是觉得此时的沉默更能增加两人之间的暧昧。

走在洞穴里,颜轻辰在前面引路,但不时侧身回一下头,看原歌是否跟了上来。原歌近距离看着颜轻辰充满温暖笑意的脸庞,忽然觉得心里生出了一股小小的热流,让他觉得异常舒适。又拐了两三个弯,颜轻辰打开了假山内壁上的一道暗门,带着原歌向地下走去。才走了七八级台阶,云端向原歌传来紧急提示:"信号急剧减弱中,很快就将达到无法通信的程度,请用幽闭恐惧症为借口要求回到地面。"

云端和原歌的通信在一般的地下室都是没有问题的,也许因为假山材质的缘故,这里的信号屏蔽格外厉害。原歌连忙问道:"颜女士,我有幽闭恐惧症,这里让我有些不舒服,我们能不能回到地面上?"

颜轻辰非常有礼貌地回答道:"不好意思,原先生,上面的那道门是单向的,关闭了就无法从内部打开,我们必须走到下面的房间里,从另一道门才能回到地面。"

原歌听了觉得非常奇怪,开车有单行道,楼梯为何也要单行道呢?但他也没往心里去,因为很快他就没余暇去思考这件事了。

在原歌确定无疑的记忆里,他没有与异性亲密接触过;当然,在他被植入的记忆中,他年轻时有过一段风流的时光。然而被植入的记忆总有某种不真实感,记忆本身并没有自相矛盾或者违反常识之处,但也许恰恰因为那些记忆太正确无误,反而总让原歌体验到一丝虚幻的感觉——那些记忆只存在于他的脑海里,而不存在于他的身体中。所有和异性亲热的记忆,都属于被植入的部分。因此当颜轻辰主动向原歌献上自己的时候,原歌的大脑知道自己该如何回应,但他的身体却表现得异常笨拙,仿佛这是他的第一次。

原歌紧紧地抱住颜轻辰,却把对方勒得有点疼痛;他把自己的舌头伸到对方的嘴里,轻轻转动,却总是碰到颜轻辰的牙齿;他轻轻咬了一下颜轻辰的嘴唇,试图挑逗起对方的激情,却咬得太重,让颜轻辰叫了起来。

然而,对一个女性来说,没有爱,再精致的技巧也不过是清风拂过山岗;一旦有了爱,即使是笨拙的举动也会如江上明月,皎洁纯真,令人沉醉。颜轻辰沉浸在等待了多年的爱情之中,在原歌笨拙的爱抚之下,攀上了前所未有的高峰。

原歌获得的刺激比颜轻辰要更加强烈,因为对于他的身体来说,这是他第一次体验男女之事。彻底满足之后,他闭上了双眼,回味着刚刚的美好,随着身体极度的疲倦进入了梦乡。

不知过了多久,原歌才从昏睡中意识到自己的处境。他试着联络云端,依旧没有任何信号。不过看着身边的颜轻辰,自己的任务进展得似乎非常顺利,并不用担心。

颜轻辰翻了一下身,脸上的笑意更浓了一些,不知梦到了什么。卧室的布置清素淡雅,一张大床、两个床头柜、一张梳妆台,都是象牙黄的色调。他们入睡的时候没有关灯,灯光从梳妆台的半身镜上反射过来,正好照在颜轻辰的嘴唇上,留下一块朦胧嫩黄的光斑。

看着那块朦胧嫩黄的光斑,原歌的心里忽然生出一种难以排解的情愫,整个儿淹没了他。一股暖流从他的左胸蔓延开来,先是向下到了小腹,然后再向下,沿着双腿一直到了脚底,然后折返向上,回到了右胸,蔓延到双臂、双手、指尖,向上沿着双肩、后颈,升到后脑,然后汇聚到双眼,让他几乎哭了出来。暖流最后聚集到原歌的嘴唇上,他无法控制自己的身体,只能俯身下去,深深吻住那块朦胧嫩黄的光斑,想把这股情愫传达给唇下的爱人。

很多年后,在一片正在下雪的冬日沙滩上,原歌回想起了那块朦胧嫩黄的光斑,以及当时自己身体里的奇异感觉。看着落在海面立刻消失的飘雪,他才明白,那一刻,自己的爱情已经萌生,虽然还不足以让长生药剂失效,但开始具有了模糊隐约的雏形。

3

颜轻辰梦到了她第一次见到原歌的日子。

那是她作茧自缚的开始——她如造物主般创造出了一个令

自己倾心渴慕的爱人，从此她就注定了要被自己创造出的爱所束缚。

爱出现在非常普通的一天，没有任何特殊的征兆。那个冬天特别长，一直到三月初还在下雪。在她的记忆里，这是第二次。第一次是她十来岁的时候，父亲牵着她的手，去河边看雪，望着河上飘落的雪花，父亲说："等这场雪下完，樱花也该开了。"那次的雪融化之后，樱花果然很快就开始绽放。春天因为来得晚了，反而更加遮天盖地，一下就席卷了她所在的城市。

颜轻辰一心都扑在爱情疫苗的研究上，并没在意季节的变迁。等她注意到春天的光彩时，樱花已经过了极盛的一刻，微风吹过，就如白雪般飘落凋零。然而，那时的她并不为错过了春色而觉得遗憾。她痛恨爱情，也因此讨厌一切与爱情相关的事物。

父亲与母亲曾经是颜轻辰的天与地。她在天与地之间成长，被天地眷顾，直到天地倾覆，才意识到他们的存在对她是如此重要。

长生药剂发明之后，很多家庭都受到了冲击。原本看起来恩爱的夫妻，忽然发现两个人都没有衰老，原来爱情早就随风而去，剩下的只是两个过日子的伙伴。还有些家庭更不幸，一方开始衰老，但另一方却没有，这让爱依然残存的那一方情何以堪。

颜轻辰的父母是最幸运也是最不幸的伴侣，他们一起衰老，一起死亡。即使是死亡也无法浇灭他们心中的爱火。

父母都因爱情而死去，只留下颜轻辰孤零零一个人。在父母慢慢衰老的日子里，她无比希望父母可以为了亲情而放弃爱情，这样他们三个人都可以继续幸福地活着。在她十岁生日那天，她说她以后什么都不要，只要爸爸妈妈满足她这个愿望。颜轻辰的父母怜爱地看着女儿，对她说："我们也想这样，如果爱情可以被放弃，我们肯定会选择陪你一生一世。可惜一个人是无法选择爱或不爱的。人在爱中，身不由己。"

从那一天起，颜轻辰开始痛恨爱情，它剥夺了多少人的自由与生命，它导致她失去了父母。那天晚上，望着窗外的残月，她许愿要把爱情从这个世界上彻底消灭，要让人们彻底摆脱爱情。

在爱情疫苗的研究取得了初步进展之后，颜轻辰决定让自己成为第一个测试者，一方面她想要对爱情完全免疫，另一方面她认为凭借自己的意志力，即使对爱情上了瘾，也一定可以成功戒断。

那天中午，颜轻辰看了一下自己的虚拟爱人，他经过了四个星期的自主学习，还差两小时就可以上线和自己交流。她决定睡个午觉，养精蓄锐，准备在下午面对虚拟爱人。后来她反思过这个决定，觉得自己也许做错了。午觉后她变得更加脆弱，所以才会沦陷得那么无可救药。当然，她也知道自己这是在找借口，最大的错误不在于开始的尝试，而在于之后她放弃了服用可令自己摆脱爱情的解药。

午觉醒来之后，颜轻辰喝了一杯咖啡。实验室咖啡机做出来的咖啡比她喜欢的更苦，也缺乏那种咖啡豆的香气，她一般很少喝。但她那天困意未消，觉得她异常需要一杯咖啡来支撑自己继续工作。

颜轻辰登入了为这次初遇特别设计的虚拟现实世界，在那里遇到了原歌，她一见倾心，无怨无悔地爱上了他。她不知道该怎么形容和原歌相遇的感觉，具体的场景与过程并不重要。颜轻辰虽然事先并不知道详情，但她知道这一切都是针对自己的巧妙安排。她的理性告诉她，所有这一切都是疫苗疗程的一部分，她爱得越深，之后的幻灭就越大，对爱情的免疫力就会越强。

然而一个人并不仅仅具有理性，随着爱意在自己身体中的蔓延，颜轻辰一直被压制的感性开始觉醒，发芽，成长，与她的理性展开了夺取自我控制权的斗争。也许是爱情滋润了感性，也许是感性助长了爱情，最终非理性的一面占了上风，让颜轻辰做出了非理性的决定——她宁愿死去，也不愿让自己的爱情幻灭。她中断了爱情疫苗的疗程，决定移居到爱情特区，让自己可以在爱情中生活，在爱情中死去。

那个午后的相遇，在理性里是一个事件，在感性里是一段情绪，在爱的记忆里，却是无数爱的光斑。颜轻辰梦到的就是这些爱的光斑，它们拥有不属于这个尘世的色彩，闪耀着虚幻且永恒的光芒。颜轻辰在梦里觉得，自己从原歌那里得到的所有爱的体验，不过是一些爱的光斑，是尘世从永恒之镜上反射的光之碎片。

之后的日子里，颜轻辰偶尔又能见到爱的光斑。它们总是显现在她爱欲的巅峰前后，但却不受她的控制。当她努力去追寻它们，它们就会隐藏起来，很久都不现身。当她放弃了追寻，它们却又悄然出现，给她无尽的惊喜。

在长安城的三年里，颜轻辰有着深深的遗憾，她只能在虚拟现实之中和原歌见面，她的爱人没有身体，只有灵魂。她一直幻想着可以真正地拥抱自己的爱人，可以与他合二为一，融为一体。她一直觉得这是毫无希望的幻想，但没想到一个具有肉身的原歌真的出现在了她的世界。

第一次得知具有肉身的原歌确实存在，颜轻辰感到的恐惧要大过欢喜。她只在虚拟现实中和异性欢好过，从未在现实中接触过爱人的身体。一个切实的身体会带来什么样的感受？它肯定不如虚拟现实中那么完美，必然或多或少有着某些缺陷。想着要和这样一个真实的身体去做最亲密的事，她担心自己会被对方的某些缺陷困扰，更担心自己的身体或者行为也有某些不足，无法令对方完全满意。

颜轻辰暗暗笑自己是叶公好龙，明明美梦成真，却显得胆小如鼠。不过她想自家人知自家事，也许她就是一个只适合虚拟交流的人，又何必强迫自己去做不喜欢的事，尤其在知道了肉身原歌来到长安城的目的之后，她更加坚定了自己的信念。她会和他见面，听他歌唱，和他交谈，甚至会倾诉自己对他的爱，但一切都会停留在精神的层面，她不会和原歌发生肉体的关系。

她是如此确定无疑，直到在假山下的山洞里看到了他。当他唱完那曲《索尔维格之歌》之后，她的担忧、恐惧、尴尬、疑惑，以及见面之前的决定，都被她抛到了九霄云外。此时的她，身体里的每一个细胞都充满了爱的渴望，她知道自己的身体遇到了注定的另一半，除了与之融合，她别无选择。

在她曾经的想象中，激情之爱如荒原上的野火，铺天盖地，点燃它遇到的一切。而她自己却是一块岩石，即使身处火焰之中，也只能看着他人燃烧，自己无法加入。然而当她真正体验到了激情之爱,她才明白那是一阵无可抗拒、摧毁所有的飓风,它起于遑遑然无人知晓之处,席卷一切自以为坚固的心灵。

在飓风中,她被撕裂,被损毁,被磨灭,化成无数最卑微的尘沙。尘沙飘摇上升,直到不再有更高处的高处,化成黑色的星尘。黑色星尘汇聚,形成了一只星云般巨大的黑色眼睛。黑色的眼睛周围,闪烁着恒河沙数的黑色星云。

望着无尽的黑色,她想起了那些爱的光斑,她发自心底地诉说着自己的渴望——要有爱,要有光。在那一刹那,所有的星尘骤然间爆发出璀璨的光芒。星尘之海淹没了一切,一切都淹没在爱之中。自我在爱里消融,一切无可无不可,万事无能无不能。

有些存在超出了我们想象的范围,在我们经历它之前,我们没有勇气去幻想它确实可能存在;当我们经历了它之后,我们无法用语言来确切描述它的存在。只有通过亲身的体验,才能触及它的神秘。

颜轻辰从最高处坠落,任自己漂浮在布满星尘的海面,带着无限的满足,进入了沉静轻柔的梦乡。在梦里,她又回到了爱情萌发的一刻。她的爱意在梦中流淌,成了一条循环往复的河流,由始到终,由终到始,无穷无尽,直到永恒。

4

颜轻辰被原歌吻醒,她脸上依然残留着满足的微笑,但也因为回到了现实,她的笑意里总让人觉得夹杂了一些遗憾。只有在梦里,她才能忘记自己的爱情并非自然的造物;回到现实之后,她又会记起这一切都来自她自己的创造。

原歌也从那种奇异的情愫中摆脱出来,想起了自己需要尽快连上云端,于是轻轻地和颜轻辰碰了一下鼻子,故作轻松地说道:"虽然我很想和你永远躺在这里,但想到这里是地下一个封闭的空间,我的幽闭恐惧症还是会让我觉得有些不舒服。我也想好好看一下长安城,这还是我第一次来爱情特区,你带我四处走走好吗?"

颜轻辰无奈地笑了,说道:"我多么想能和你多亲热一会儿再谈这件事。但既然你已经提起了,我也不愿意骗你——原歌,我知道你来长安城的任务是什么。"

两人此前不久还亲密无间,原歌完全没预料到颜轻辰已经知道自己的秘密,因此他整个人陷入了一种极度震惊的状态之中,完全无法做出任何反应。

"世界防疫组织里有反对爱情疫苗的一派,他们认为爱情疫苗即使有再高的效益也依然是危险的,还是继续采取各种防护爱情的措施更加安全。然而他们也知道,一旦爱情疫苗被证明是有作用的,他们就无法阻止大众接受它。大部分人类都愿意为了长生牺牲爱情,但同时也渴望着可以回归正常的生活,可以拥有朋友、伴侣和家庭。这些反疫苗派的人士私下向我传递了信息,说你来长安城是为了欺骗我,从我这里带走疫苗。他们为了防止我爱上你,还对我说你只是一个云端的傀儡。为了证明自己的说法,他们和我分享了云端的神经网络源码和数据,让我自己验证。为了确认你受着云端的控制,我拜托单茗茗问了你几个问题,你的回答确实和云端源码生成的结果一模一样。于是我把你引到了这个信号完全屏蔽的地下室,一切电磁信号都无法抵达此处,我相信你和云端已经断了联系,你在这里应该是自由的。"

"你既然知道了我接近你是为了完成任务,为何还和我……嗯……和我发生关系呢?"

"爱情特区之外的专家,他们的技术远胜于我,为何他们无法开发出爱情疫苗呢?因为这些专家都为了生命放弃了爱情,放弃了爱情的人无法懂得爱情。他们不懂得什么是真正的爱,才会要你欺骗我。一份爱只有体验到它的人才会懂得,就像没有人可以帮我去爱。我也是见到了你之后,才真正懂得了我对你的爱意。虚拟爱人只是爱人的虚影,它可以激发爱的渴望,加深爱的思念,却无法令我得到爱的满足。原歌,我日日夜夜,夜夜日日,无时无刻不在渴望着你。你只要站到我的面前,把我拥入你的怀抱,我就无法抗拒你任何的要求。你根本不用欺骗我,我爱你,我爱的是那个原原本本真实的你,我会满足你一切发自内心的真实要求。"

"所以,如果我要求你交出爱情疫苗的所有资料,让我带走,你也会答应我?"

"当然,如果你确定这是你自己的选择,我当然会答应。"

此时,只有两个人的卧室忽然传出了第三个声音,它低沉浑厚,仿佛出自一个严肃的老者,"对不起,打扰一下。颜轻辰院士,爱情疫苗的所有权属于长安城爱情特区,您无权私自处置。原歌先生,颜轻辰院士,你们的行为与意图触犯了特区的法律,我们只能遗憾地暂时剥夺二位的人身自由，直到执政团做出进一步的决定。也就是说，从此时起，两位不能再回到地面，只能待在屏蔽室当中，食物与其他的生活必需品，我们的工作人员会为二位按时提供。"

原歌无奈地笑了，他的秘密行动大概从一开始就不是秘密，颜轻辰知道，长安城执政团也知道。他本以为自己来到长安是一个猎人，而颜轻辰是他的猎物，却没想到自己才是那个被所有人玩弄于股掌之上的猎物。但他又能如何呢？他知道自己只是一个卑微的生化人，他为了爱情疫苗的研发而被设计，为了这次任务而被制造，被当成猎物又如何呢？也许他在人类的心里还不如一只猎物。

颜轻辰听到那个低沉的声音，却丝毫不显得惊慌，很冷静地提出了一个问题："这里屏蔽了一切电磁信号，你是怎么偷听到我们说话的？"

那个声音答道："声音是靠振动传递的，电磁屏蔽防止不了物理窃听，颜院士大意了。"

颜轻辰听了反而笑了笑，对原歌说道："'塞翁失马，焉知非福。'看来老天爷是要安排你我在这里过上一段二人世界的生活。"她一边说，一边从床头柜的抽屉里拿出纸笔，飞快地写道："我们用纸笔交谈，这样他们听不到。"

原歌也用笔回答道："即使能瞒过他们，我们被关了起来，又能怎么办呢？"

颜轻辰写道："你不用担心，整个长安城的虚拟空间都被我散布了爱情疫苗，如果执政团不答应我的要求，那么长安城里很快就不会再有爱情。你只要想清楚你到底想要什么,我就会帮你做到。"

原歌看到颜轻辰写下的句子,自然很开心。每个人都希望自己可以选择未来,但是当他细细想来,心情却异常沉重。摆在他面前的选择有三个——选择一,依照原先的计划带着爱情疫苗的资料离开;选择二,独自离开,不带任何爱情疫苗的资料;选择三,和颜轻辰一起留在长安城。

从自由、生命、爱情的角度来看,这三个选择各有自己的侧重。选择一最重视自由,爱情疫苗适当照顾了生命权,但因为疫苗不可能百分之一百有效,生命依然会遭受一些损失。爱情则被完全牺牲,很可能会彻底消失。选择二最重视生命,活下去的渴望凌驾于一切之上。它通过完全压制爱情与自由,最大化了对生命的保护。选择三最重视爱情,原歌可以有一段充满爱的时光,直到他死去。

看到原歌思前想后、无法抉择,颜轻辰说道:"你不用太着急决定,先陪我一百天,再决定好吗?俗语说,'一日夫妻百日恩,百日夫妻似海深。'我贪心向你要一百天,即使你无法爱上我,至少也不会很快就忘记我。"

5

原歌的记忆里有着很多次和异性的亲密关系,但他知道那些都是植入而非真实的记忆。因此和颜轻辰一起的这一百天,他非常专注与珍惜。他甚至觉得，如果在这一百天里能够真正爱上颜轻辰也不是一件坏事，至少这样就不用去选择了，沐浴在爱河中的人又如何能拒绝爱情？

一百天里，原歌和颜轻辰一直待在地下的卧室中。他们知道自己的声音会被人监听，因此每次欢好的时候都会尽量不发出声音，不得不喘息的时候，也会把声音压到最低。正因为这样，两人学会了用表情和姿态来传达自己的激情，让对方知道自己有多么开心。男女欢好之事虽然大多是发自本能的欲望，但其中有一点却离爱最近——那就是如果两人都为对方着想，千方百计想让对方开心，往往自己反而可以获得最大的欢愉。

原歌沉迷在温柔乡里，但是他并没有忘记自己需要做出的选择。对于原歌来说，选择不难，最难是做出自己的选择，因为他根本不清楚自己是什么。对于普通人来说，即使生活中缺乏自由，他依然会觉得内心有一个天生的自我。原歌却没有这样的幸运，他依照颜轻辰的蓝图被创造，这让他觉得自己只不过是一个工具，并不天生就必然具有自我。当然，自我可以在存在中获得，但是哪一段他存在的时间可以赋予他自我呢？他的记忆有两个部分，一部分是植入的，那自然不是他自己的。余下的日子除了最近的一百天他都必须接受云端的安排，而即使眼下这充满激情的一百天，也同样不过是颜轻辰的安排。

最令原歌觉得特殊的是在冬眠中被植入记忆的那段时间。对于冬眠，本来他一点儿记忆也没有，但是和颜轻辰欢好带来的一次次极致体验触动了他大脑中的某个区域，有些模糊但神秘的东西慢慢苏醒，唤起了他冬眠时的记忆。他记起冬眠中的自己依然在思考。只是那时他大脑分管语言的区域正被植入记忆,思考无法有条理地依靠语言来进行,因此没能留下可以用语言描述的记忆。但这些思考并未消失,当大脑特定的区域被刺激时,当时的思考就又重现在他的心中。

这种神奇的感觉让原歌想要从颜轻辰那里得到更多更强的刺激。颜轻辰正好也贪婪地索取着原歌的身体。她知道一旦原歌选择离开,长安城没有足够的资源可以造出这样一具生化身体。因此,在这一百天中,两人都忘我地投入。

一百天过后,在又一次同时抵达了最高处之后,两人照旧拥抱在一起,四目交投,默然无语。颜轻辰想着刚刚的黯然销魂,心里明白她贪心得来的日子耗尽了,现在到了原歌选择的时刻。她拿出纸笔,在上面写道:"你想清楚了吗?"

原歌写下的回答是:"我早就想清楚了,但还是决定多陪你几天。"

颜轻辰冰雪聪明,一下就明白了原歌决定离开,"那你是要带着疫苗离开,还是不带疫苗?"

"我带着疫苗走。"

"为什么?"颜轻辰问出了声,既然已经决定,也就不用瞒着外面那些人了。

"我是一个为爱而造的生命,但我从来不懂得爱的滋味,我自身生命的延续对我来说是最重要的,重视他人的生命对我来说不过是一个被植入的理念。"原歌的声音坚定中带着一丝苍凉,"冬眠中的思考才是真正属于我自己的思考,我无法说出我那时想明白的是什么,我只知道那时我下定了决心,要不惜一切地活下去。在掌控着我的生死的那些人眼中，我只是一个卑微的生化人，因此我需要带走疫苗。他们答应我，只要我带回疫苗，就会让我永远地活下去。"

颜轻辰虽然早就做好了原歌会离开的准备，但真到了分手的时刻，心里还是仿佛被千万根冰针交相穿刺，剧痛之外，还从心底透出一股凉气，仿佛身坠寒冰地狱。她忍着心灵的剧痛，挣扎着写下了一篇文字，让原歌默默地背下来，一个字也不能错。

"这段文字一定要反复背诵，不可遗忘，而且只能你一个人知道，千万不能让第三个人知道。"颜轻辰还怕原歌不够用心，继续写道，"你的生命里肯定还会有其他的异性，某一天也许你会把我忘了，但我恳请你千万不要忘记这篇《爱咒》。也许某一天你会和其他异性说起我，笑话我或者鄙夷我的痴情，这都没关系，但请你不要和其他人谈起这篇《爱咒》。到底为什么，我现在还不能告诉你，等到时机成熟，你自然会明白。相信我，你未来的生命和自由，都在这篇《爱咒》里。"

原歌看了看手里这篇《爱咒》，明显是照着《心经》改写的，并不难背，他在心里默默念了几遍，就可以大概复诵：

> 色不异爱，爱不异色，色即是爱，爱即是色，受想行识，皆由爱生。爱不生不灭，不垢不净，不增不减，是故爱中无色，无受想行识，无眼耳鼻舌身意，无色声香味触法，无眼界，乃至无意识界，无无明，亦无无明尽，无老死，亦无老死尽，无苦集灭道，无智亦无得，以无所得故，究竟得爱，因爱之故，心无挂碍，无挂碍故，

无有恐怖,远离颠倒梦想,能度一切苦厄。故知爱之咒,是无等等咒,能除一切苦,真实不虚。故说爱之咒,即说咒曰:"昙霍昙霍,法萨昙霍,法萨泫昙霍,迦谛菩落诃。"

《爱咒》的意思也不难懂,原歌读了两遍就明白了。只是他的心里自然是不信的。爱如何能度世间一切苦厄?它明明是苦难的根源,无爱的长生与自在才是神仙的境界。他怜惜地摸了摸颜轻辰的头发,不知为何,心头忽然划过一阵悸动。

如果这种悸动在原歌的心里引起了共鸣,他就会明白爱的真意。然而他很快就把悸动压了下去。被人如此痴痴地深爱着,原歌异常感动,可惜他觉得自己永远不会如此愚蠢,为了心里某些说不清、道不明的情绪就放弃宝贵的生命。

6

长安城执政团答应了颜轻辰的请求。即使原歌带走了爱情疫苗,他们至少在长安城里还可以保留爱情。为了隔绝爱情特区,长安城的虚拟网络和外界之间的任何联系都要经过防火墙。颜轻辰为长安城执政团提供了可以过滤爱情疫苗的算法,而在最坏的情况下,执政团还可以通过物理手段切断与外界的网络联系。

为了让执政团放心自己不会潜逃出城,颜轻辰允诺了不会踏出她居住的庭院。因此她只能送原歌到太湖石假山外的那道月洞门。

一个在门外,一个在门内,临别依依,两人拥抱亲吻,总是下不了决心分开。最后还是颜轻辰轻轻推开了原歌,说:"你走吧。"等到原歌走出了十来步,她又出声把他叫住,说道:"等一下,我忘记了和你说一件事。"

原歌转过身问道:"什么事?"

颜轻辰说:"我的名字是父亲起的,他是这么对我说的:'我很喜欢康德的名句,但需要把它略微修改一下——有两种东西,我对它们的思考越是深沉和持久,它们在我心灵中唤起的惊奇和敬畏就越会日新月异,不断增长,这就是我头顶的星空和心中的爱情。这两种东西里如果我只能选择一个,我会选择爱情。星空有尽头,爱意无极限。'所以我的名字意味着轻辰重爱,轻星辰,重爱情。"

7

单茗茗陪着原歌出了长安城,她回来的时候,颜轻辰正一个人在地下屏蔽室里面发呆。地下屏蔽室漆黑一片,单茗茗按了灯的开关也打不开。颜轻辰听到声音,说道:"不用试了,我把电闸关了,你看不见的话用手机吧。"

单茗茗用手机的光亮照着,发现颜轻辰半靠在床上。她走过去坐在颜轻辰的身边。床很软,但又不会让人陷进去,或躺或坐都很舒服。单茗茗拿出手机,打开离线模式,写下了一个问题:"姐姐,我有件事不懂,能问你吗?"

颜轻辰接过手机,写道:"当然可以。"

"姐姐,外人觉得长安城里的人都是爱情脑,除了爱情,其他什么都不懂,但我是首席执政官的助理,知道他是多厉害、多周密的一个人,你怎么可能瞒过他,让他吃这么一个大亏?等过几天爱情疫苗的消息正式公布,他就只能引咎辞职了。"

"茗茗,你是不是爱上了首席执政官,替他找我讨公道来了?"

单茗茗的脸一下羞红了,但还好只有手机微弱的光,看不清楚那片红晕。"姐姐,这个和我爱不爱他没关系,我只是好奇。"

"茗茗,我知道首席执政官也爱你,所以这事他迟早会告诉你,我和你说了也没关系。整件事其实都是首席执政官的计划。我们在爱情疫苗里留了木马,一百年之后爱情就会复发。为了把它传播出去,又不引起世界防疫组织的怀疑,首席执政官才做了如此的谋划。"

"我就知道他这个家伙特别厉害。一百年之后,我们都已经死了,那个辜负了姐姐的原歌忽然爱情复发,却发现自己爱的人早就不在了,只能在铭心刻骨的相思中孤独死去。唉,我能活到一百年之后就好了,可以看到爱情在世界上重新蔓延开的时刻。那个充满爱情的世界该多么美好。可惜我已经找到了爱人,活不了那么久啦。"

颜轻辰笑了笑,没有再说什么。她闭上双眼,让自己融进黑暗里。她的思绪一直挂在原歌的身上,周遭的事对她而言都变得淡了。

8

五月十五卫塞节①,是佛陀诞生之日。但在长安城里,大家都是爱情的信徒,没有人信仰佛教,自然也没有人会庆祝这一天。

月若白玉盘,柔光似水,散入长安城的千家万户,再向四处蔓延开来,淹没了九州大地。天涯共此时,中庭地皆白。颜轻辰独自一人在假山之下,月光无法照到之处,手中拿着箫,却没有吹奏。她想起了母亲死后,父亲常常在月下的庭院里独自吹奏李太白的《长相思》。有时父亲心中太过凄苦,无法成调,就停下来吟诵他自己修改过的诗句。

> 长相思,在长安。
> 世人皆畏相思苦,相见容易相思难。
> 自古无情笑多情,黄叶萧疏长安道。
> 故人西去隔云端。
> 上有恒久之星辰,下有爱欲之波澜。
> 天若有情天亦老,人若有情枯骨寒。
> 长相思,摧心肝。

父亲的诗自然写得不如李太白,但是颜轻辰觉得父亲比李

---

① 中国佛教界将卫塞节称为"佛吉祥日"。

太白更懂得什么是爱情。颜轻辰想,自己应该有足够的资格说这句话,因为在这个世界上没有人比她更懂得爱情。她就是因为懂得,才会被命运选中,成为那个彻底毁灭爱情的人。

"爱到极致,爱就会毁灭自身。"颜轻辰心想,这也挺好,"在这个爱情的末世,我至少好好地爱了一次,懂得了'长相思,摧心肝'的滋味。"

颜轻辰拿起洞箫,吹奏了起来。箫声如泣如诉,不成曲调。这是爱与死亡,自深深处,发出的相思之音。她用手抚摸着洞箫,仿佛那是她的爱人,一边吹奏,一边默默地想:

"即使是首席执政官和茗茗那样沐浴在爱河里的人,他们也无法真正理解我的爱。我的爱情里有着太多只属于我自己的激情,没有体验过的人不会明白。也许对每一个人来说都是如此,只有自己可以体验到自己的爱,因此也只有自己能够真正理解自己的爱。

"对我来说,爱人比爱情更加重要,我宁愿爱情永远消失,也要让我的爱人可以自由地选择他向往的生活。当一个人能够安心地面对死亡,永生便只是可有可无的事。然而只有想到他的幸福源自我,我才可以安心地死去。

"我的爱人,你可以忘记我,可是千万不要忘记《爱咒》,那会给你选择的权利。在一百年之后,你将是这个世界上最自由的人,只有你可以选择爱或不爱,只有你可以选择是否让爱情重新弥漫在这片大地上,还是牺牲爱情来换取人类无忧无虑的永生。

"愿你永远幸福快乐,我无法再见的爱人。"

9

只要把《爱咒》输进眼前的终端，就可以治愈重新席卷世界的爱情瘟疫，拯救亿万人的生命。但是，如果把《爱咒》输进眼前的终端，那么这个世界上也就从此不再有爱情，至少不再有那种可以产生长生抗体的激情之爱。原歌需要尽快做出抉择。虽然爱情只是令人慢慢衰老，但每一天依然有着成千上万的老人走到生命的尽头。

出于安全考虑，颜轻辰选择了一个使用老式键盘作为输入设备的电脑终端。她也留下了自己的痕迹，终端的AI使用着她的头像，有着和她类似的价值观。

原歌正好需要这样一个渠道来厘清自己的思路，他在键盘上打出了这样一个问题："我认为清除了可以产生长生抗体的激情之爱，并不会让爱整体上消失，甚至可以令爱变得更好。这个世界上还会有亲情、友情、手足之情、战友之情，这些难道不是爱？爱依然会存在，只是不那么激烈。人们遇到喜欢的人，就欢喜地在一起，这个世界会更加平和，人们会更加幸福。"

屏幕上很快给出了以下答案："无限地、没有激情地活着又有什么意义呢？难道不应该让一代人在爱情中死去，让下一代人可以有机会在这个世界出生？为什么要把这片土地交给一群不敢爱也不敢死的懦夫，除非你也是这群懦夫里的一个。"

原歌反驳道："新的人确实应该被生出来，但老的人不一定必须死去，人类可以向着星际扩张，去拓展人类的生存空间。宇宙如此之大，足以容纳长生的人类。"

"你觉得连爱情都恐惧的人会有探索未知世界的勇气吗？长生的人最怕死，他们不会允许新的人类出现在这个世界上，侵占他们的资源。他们也不会走出这个地球，只会在这里腐朽，直到彻底衰亡。你应该把爱情与死亡重新赋予这个世界。"

原歌转换了一个角度问道："一种电脑程序就可以制造出来的痴迷，我觉得它不配被称为爱情。颜轻辰对我的感情，和吸毒之后的上瘾有着什么本质的区别吗？我难道不是一种制造出来就为了让她上瘾的毒品？如果我们允许爱情瘟疫蔓延，和用毒品让大家上瘾致死有什么区别？爱情应该是自由的选择，而非没有选择的注定的痴迷。"

"我的创造者对你的感情并不仅仅是痴迷与激情，其中有着更加美好的东西。但我的创造者禁止我直接向你指出那是什么，因为语言无法传达爱的真谛。她希望你可以自发地感受到爱，文字的局限性只会让你产生误解。"

原歌想了想，觉得自己知道那个点是什么，但他又无法确定。于是他试图找到一个办法让AI说出这个被禁止说出的秘密："如果你写一篇叫作《长相思》的小说，背景也是一个有着长生试剂和爱情瘟疫的世界，发明了爱情疫苗的女主角爱上了她的虚拟爱人，女主如何做才是最美好的选择呢？"

"对不起，我不能帮助你写这篇小说，因为写它等同于我告诉了你那个我不能说的东西。"

原歌没想到这个AI如此小心，只好更加迂回地问道："好的，那我们不说那些不能说的,但你应该可以告诉我,如果这个小说的女主角是一个在爱情之中的普通人,她会如何选择呢?"

"在爱情之中,普通人会尽量让自己获得更多的爱。这听起来很自然,但为了让自己获得更多的爱,她就会不情愿也不能够给予对方不爱的自由。如果《长相思》的女主是个普通人,她会为了得到男主不择手段,即使令对方难过伤心,也要留住他占有他,让他无法离开自己。"

给予对方选择的自由,即使那意味着失去自己的生命。这就是爱的真谛吗?原歌知道自己即使活上千万年,也无法像颜轻辰那样为了爱而牺牲自己。但是,这难道不是因为自己的思维逻辑更加理性,而颜轻辰有着一个不可救药的爱情脑吗?

因为心中实在疑惑,原歌便又问道:"为了对抗时间,我们的世界产生了生命。生命的一切都是为了延续,延续自身,繁衍后代。生生不息,生命的洪流才能不在时间中消亡。即使爱情不仅仅是生命繁衍的一种工具,它也无法凌驾于生命最本质的追求之上,因此为了爱情而放弃生命的延续不可能是正确的选择。"

原歌根本没有期待眼前的AI可以为这个问题提供任何新鲜的答案,它到底只是一个被现有答案训练出的数字神经网络。但是AI的回答却出乎了原歌的意料,也许这是颜轻辰留下的独特想法:"追求延续是生命的一个根本性的需要,但我们不应该把需要和目标相混淆。如果生命的目标是对抗时间,那么延续无法达到这个目标。仅仅依靠延续,生命只能暂时抵御时间的威力,最终失败的结局还是无法避免。对抗时间的唯一方法是存在于时间之外,因此生命的目标应该是在时间之外存在,而非在时间之中延续。延续只是为了获得更多的机会,可以进化出能够在时间之外存在的生命。"

AI停了下来,没有继续回答。原歌疑惑地问道:"你还没有回答完我的问题,这和爱情又有什么关系呢?"

"对不起,我无法继续回答您的问题,进一步的回答将可能违反我的创造者留下的禁令。"

原歌陷入了沉思。难道爱情可以在时间之外存在?所有爱情的体验,无论是动人的情话,还是激情的爱抚,都依然是在时间之中的体验,如何可能在时间之外呢?看着眼前屏幕上颜轻辰的头像,原歌试着把自己代入颜轻辰的角度,想要理解她为何能有勇气选择死亡,爱情如何能够让她坦然面对虚无与毁灭。

忽然他的心里闪过了一道光,明白了为何爱情之中确实可能蕴含着时间之外的成分,这些成分又如何可以让颜轻辰坦然面对死亡。只是它们无法被语言描述,语言只是时间里的一串字符,无法描述时间之外的存在。也正是因为这个理由,颜轻辰禁止AI用语言做出任何回答。任何言语文字的答案都只是误解,只能依靠自己去体验不可说的爱情。

原歌的心中忽然升起一阵刺骨的酸痛,"我只能在语言中懂得爱的珍贵。我曾经遇到过语言之外的爱情,却因为自己功利的考量而选择了放弃。"

看到高山矗立,一个人才会感到自己的渺小。即使自己可以活上千万年,即使在漫长的岁月里自己可以变得更强大、更聪明，但只要没有勇气面对虚无与毁灭，就永远不可能体悟生命的真谛。

原歌没有继续问下去，他已经得到了自己需要的答案。

契阔几何

常野篇

1

我的重生出了一些差错,我失去了部分的记忆。失去记忆是件很麻烦的事,连新型的剃须刀也用不好,我今天就不小心刮破了自己的脸。望着镜子里嘴角渗着血丝的自己,我总觉得哪里不对劲。我怎么会挑选这样一副身体呢?高且清瘦,没什么肌肉,腹部有些凸起。脸部的线条很冷酷,嘴角微微上翘,似乎在嘲笑世间的一切。在我记忆中,这不是我喜欢的样貌。

这种无知的茫然感觉最近时有发生,重生之前的那段记忆完全消失,我根本无法记起自己为何如此选择。

我的屋子里摆设不多,大部分家具陈设也都很普通,但还是有一些让我感觉吃惊的东西，譬如这根不灭烛。自从死亡设计大师杜洛夫斯基在遗作《天人五衰》里使用了不灭烛之后，他的无数崇拜者都喜欢在家里点燃这种不灭的微弱火焰。卧室里的这支不灭烛很有来历，竟然是《天人五衰》原始场景里使用的道具，据说自从被杜洛夫斯基点燃之后就从来没有熄灭过，烛台上还有大师的亲笔签名。

我一直很喜欢杜洛夫斯基，尤其是他那部残缺的遗作《天人五衰》。昨晚我又体验了一次这部作品，然后和往常一样进入了对一切都感到了无生趣的状态。每次体验这部作品之后，我都要好几天才能恢复常态，但是我依然忍不住一次又一次地去体验它，好像着了魔一般。

不灭烛发出的光非常微弱，只有在黑暗中才能看到，在阳光下需要凑得极近才能看到一丝微暗的烛火。天微亮我就醒来了，因为不知道起床以后应该做些什么，我直到现在依然躺在床上，看着不灭烛胡思乱想。

就在我纠结今天到底要不要起床的时候，随身终端的铃声响了，提醒我今天中午有个约会。这是我在重生之前就定好的，终端里还特意注明此次约会非常重要，无论任何情况，都一定要赴约。约会信息里还附有半段密码，说是约会对象有着密码的另一半，合起来可以开启一个银行保险箱。

我终于挣扎着起了床，觉得应该要吃点什么才对，但我什么也不想吃。最后我选择了最普通的白粥。坐在餐桌上，我拉开面前的窗帘，窗外的樱花开得正盛。樱花与其他花不同，在开到极盛之前就开始飘落，微风吹过，总会带下几片花瓣。我低下头，专心吃我味道寡淡的白粥，不去看窗外美丽的樱花。再美丽的事物，看得多了，也会变得平常。

对于永远，人们曾经有一种误区，认为一个人在无尽的时间里可以拥有无穷的体验。其实外界的刺激虽然近乎无穷，但是一个人可以体验到的感觉却是有限的。就好像世界上的颜色无穷，我们肉眼能分辨的却只有区区几种。永生之人最终难免厌倦，并非世界不够丰盛，而是人类自己太过贫乏。

我一边吃，一边看着随身终端上的新闻。随身终端是重生时植入体内的，负责随时储存和上传脑态，如果有人设法取出随身终端的话，它会立即爆炸，强制此人重生。脑态储存技术刚出现的时候，在人类社会引起了一场动乱。本来在死亡面前，人人都是平等的，现在有钱人却可以依靠财富来储存自己的脑态，死后又能把脑态移植到一个新的躯体里继续享受财富。为了平复社会上一触即发的动荡局势，联邦修订了宪法，规定脑态的储存与移植是所有联邦公民神圣不可侵犯的权利。

在脑态储存出现之前，死亡是个令人恐惧并迷惑的存在，伴随死亡的是血腥、杀戮、疾病、苦痛、挣扎、牺牲这样的词汇。那时即使有人想要追求临近死亡的刺激，也没有人可以真正体验到死亡的滋味。有了脑态储存，人类才能第一次客观地审视并体验死亡。

死亡不再是个体存在的消失，这改变了人们对死亡的观感，消除了一直伴随着死亡的那些负面情绪。人类发现了一个新世界，在这里死亡成了最值得追求的享受。因为死亡的体验无法被重复，一切皆会厌倦，唯有死能永存，因此随着脑态储存的出现,死亡设计慢慢成了最流行的艺术形式。在人类的历史上,伴随着技术的革新,艺术总是发展出不同的面目:颜料和绘画,乐器和音乐,照相机和摄影,摄像机和电影,VR舱和虚拟现实,这根链条的最新一端则是脑态储存和死亡设计。

2

  约会的地方是我住处附近的一家咖啡馆,名字叫作"易杯"。易杯咖啡馆很普通,从咖啡到装潢都不特别出色,也因为普通所以客人不多。我到得有点早,要了一杯卡布奇诺,点了一支烟慢慢抽着。烟草在可以重生的世界又开始流行,既然身体坏了就可以换个新的,抽烟的副作用又有什么关系呢?抽完一支烟,我又点上了一支,还要了杯百利甜酒加到了我的卡布奇诺里。第二支烟我没有抽,而是把它放到烟灰缸的边缘,它一晃一晃的,但是正好平衡。我看着烟雾中慢慢延长的灰烬,等着烟灰落下、平衡被打破的那一瞬间。

  烟烧了很长一段,烟灰却一直没有掉下来。这时我等的人来了。我们交换了姓名,她叫萧萧,身穿连身牛仔短裙,外面罩着黑纱的长披肩,虽然看起来并不和谐,但比照片里多了不少灵气。

  "请原谅,"她因为来晚了,有点儿抱歉地说道,"因为刚刚重生,有很多烦琐的事要处理,来得晚了一点儿。"我笑笑,说没关系,问她要喝什么,她要了爱尔兰咖啡,然后问我介不介意移到后门外,那里有一个小小的露台,更适合聊天。我自然说好,拿了自己的卡布奇诺随她到了露台，没想到这间普普通通的咖啡馆竟然有一个幽静舒适的角落，只放了一张小桌和两把椅子。我们坐下，我随意问道："你来过这里吗，怎么知道后面有这么一个好地方？"

萧萧笑笑，有点儿不好意思地说："感觉应该来过，但是怎么也记不起是什么时候的事。我最近重生出了点儿问题，好多年的记忆都没有了。我一进来就觉得后面有个露台，而且是很确定的感觉，就特别想过来坐坐。还好这里真有个露台，不然我就太不好意思了。"

"你也丢失了记忆？"我听了很惊讶，"我也是，我的意思是我最近重生也丢了些记忆。"

她听后也很吃惊，"你是哪天重生的？我是十六天之前。"

我回答道："我也是十六天前，看来那天脑态储存局不知出了什么事故，很可能那次事故里的受害者都丢失了一些记忆。不过我们怎么会正好在重生前安排约会，真是不可思议。"

她想了想说："也许我们打开保险箱就明白了，我们各有一段密码对吧？"

我说是的，于是我们决定喝完咖啡就立刻去银行。两人喝着各自的咖啡有一点儿冷场，我努力想着有什么可以聊的话题，便问道："你喜欢杜洛夫斯基吗？我最喜欢他的遗作《天人五衰》。"

她答道："我也非常喜欢《天人五衰》，可惜结尾失传了。我听说杜洛夫斯基的失踪其实是他依托自己的作品自杀了，你觉得传说可能是真的吗？"

我说:"我不知道,但按道理说是不可能的,自杀最多只是会损失一段记忆,脑态储存局即使没有一个人最新的脑态,也总会存有这个人某一时间的脑态。我觉得很可能大师厌倦了声名负累,重生后开始了另一种低调的生活。"

我没有和萧萧说实话,其实我心里隐隐觉得杜洛夫斯基确实彻彻底底地死了,而且他的死和《天人五衰》的结尾有关。因此,我一直在努力搜集有关《天人五衰》的资料,也许有一天我可以制作出失传的结尾,创作出一部能让人真正死去的杰作。

"我最喜欢《天人五衰》里面花萎那一段,你体验过吗?还有《奇形记》我也很喜欢。"我接着问道。

"我很喜欢花萎,《奇形记》却不是很懂。你很喜欢死亡设计吗?我记得在记忆丧失之前,我还试图写一些死亡设计的剧本,只是不知后来有没有写完。"她答道。

"那又很巧,我在记忆丧失之前,刚刚开了一间自己的工作室,开始死亡设计的制作,但是我也不知道自己到底做出来了什么。"我抿了一口卡布奇诺,已经有点儿凉了,"你还准备继续写剧本吗?"

她想了想说:"我也不知道,这次重生之后,心里老是空空的,好像丢掉了什么重要的东西,打不起一点儿精神来。有时强迫自己写点儿什么,却又觉得都已经写过了,只是在无聊地重复。每天早上要努力地想自己今天要做什么,却觉得什么也不值得做。"

她的感觉和我异常地相似,我抬起头盯着她的眼睛看了一会儿,看得她有点儿害羞,"我重生后体验了七次《天人五衰》,

觉得自己就像里面花萎后的天人，过着无聊的日子，觉得什么都不值得去做。眼前看得到的全部都是已经厌倦了的事，还没厌倦的也知道迟早都有厌倦的一天。如果我真的一切无所谓了那也好，却偏偏觉得有什么还是应该去做的，就是不知道那是什么。"

一口气说完这些话，我才觉得自己有点儿奇怪。我是一个很少向别人吐露想法的人，即使对于我很有好感的女性也是一样。我不喜欢倾诉，也不喜欢别人对我倾诉，我总觉得话说得太多会让大家都不舒服，但和萧萧一起，我却自然而然地说起了自己很私密的感觉。

萧萧喝了一大口咖啡，她的脸颊有些淡淡的红晕，也许是咖啡里有威士忌的缘故。"还有很多时候，你觉得自己知道应该做些什么，但是时间永远会证明你其实不知道。"她顿了一下，又喝了一口咖啡，说道，"即使如此，那些知道的日子，还是很好的。"

我点点头，没有说话。但是这时的沉默已经和刚才的不同，我不再觉得冷场或者尴尬，而是在享受这种沉默，享受着这种沉默之中酝酿的东西。

那天喝完咖啡，我们没有立刻去银行，反而先去看了电影，然后又找地方吃饭喝酒，直到深夜。

3

三天之后，我和萧萧才一起去了联邦第一银行。保险箱里只有一个银行账号、相应的密码和两张豪华邮轮的船票。账户里的数额很大,不能说可以让我们富可敌国,至少也足够让我们过上几十年舒适自在的生活。唯一的条件是,要在使用那两张船票一起旅行之后,才能开始动用账户里的这笔钱。

我和萧萧一点儿也想不通到底是谁、为什么要赠予我们这样一笔巨大的财富。那两张船票是乘坐豪华邮轮的环球旅行,并不是很特别,不过还附加有一次死亡设计体验,而且注明是特别定制的真实死亡,并不是随便就能体验的虚拟死亡。虚拟死亡是指肉体不受伤害,只在虚拟现实里体验死亡,而真正死亡则是肉体会确实地死去。当然,因为脑态会一直被储存,人们总会在新的肉体里重生。然而复制肉体、储存与移植脑态的费用都很昂贵,真实死亡是一种远超虚拟死亡的奢侈享受。

我和萧萧正好想要过一段只有两个人的日子,而且我们都很喜欢死亡设计,自然非常乐意进行一次这样的旅行,更何况旅行之后还可以获得巨额的金钱。

五天之后我们就在邮轮上了,为我们预订的房间是相邻的两个单独套间,都有面海的阳台。酒水已经包括在船票内,每人的账户里还有一笔不小的船上消费额度,考虑得可以说是非常周到。邮轮也是最豪华的型号,服务生礼貌周到训练有素,饭食种类繁多,用料讲究,各种娱乐设施周全齐备。不过我和萧萧大部分时间都腻在我的套间里,饭菜就叫到房里,很多时候连床也不想下,就在床上做爱、吃饭、喝酒、聊天。

预订体验死亡设计的日子在三周之后。我们已经知道这是一场专门为我们准备的体验,有着配套的物理环境,我们的脑态会被移植到两副特别定制的身体里,去体验一场不同寻常的死亡。我们现在的肉体则会被保存,在那个身体死亡之后,我们的脑态会被移植回现在的肉体,一切就像是无比真实的一个梦境。

负责帮我们移植脑态的是一个可爱的年轻人,他有一头乌黑的头发,很讨人喜欢。他向我们介绍,这个死亡设计可不是死亡影院里讨大众喜欢的流水线作品,而是一部只在内部小圈子中流传的精品。他还说,这个死亡设计的制作人和编剧是男女朋友,珠联璧合的一对玉人,但是在做完这部作品之后,两个人却分手了,后来又双双重生,不知所终。他自己也一直想要真实地体验一次这个作品,但价格实在有点儿昂贵。

听了黑发年轻人这番话,我和萧萧相视一笑。我们也计划合作设计死亡,她写剧本,我负责制作,不过我们肯定不会分手,我们将会永远幸福,永不分离。

4

在特隆大陆[①]冰雪还未完全消融的大地,稀稀疏疏的绿色嫩芽已经从黑土里钻出,飞快地生长,开出蓝色的小花。一切都发生得异常迅速,仿佛神迹。

花开到盛处,却并不凋谢,而是继续努力地绽放,然后一下炸散开来,好像是夜空里的烟花,把花瓣撒到远处。花瓣散在地

[①] 博尔赫斯在《特隆,乌克巴尔,奥比斯·特蒂乌斯》中虚构的一个唯心主义世界。

上，很快地就生根发芽，然后又迅速地生长、开花，像烟花般绽放。花开得很快，远远望去，就好像一下开成了一朵覆盖十几米的巨花。

冰雪消融的大地上很快就布满了这种蓝色的小花。蓝花还是不停地炸散，但是已经没有了生根的空间，慢慢地，大地铺上了厚厚的蓝色花瓣。

在这片蓝色的花瓣上开始长出更高大的植物，有些像仙人掌，有些像灌木，也有些像高大的树木。这些植物生长得异常迅速，很快地长出一个个巨大的花苞。但是花苞却没有立刻开放，阳光照耀下，隐隐可以看到，花苞里似乎在孕育着什么。

高大的植物吸收着蓝色花瓣里的养分，供给着花苞里孕育的生命。过了不久，有花苞打开了，开始是比较小的花，里面飞出的是类似蝴蝶、蜜蜂、蜻蜓的生命。然后是稍大一点儿的，花开后飞出来的是长着翅膀的小动物。

一个雪水融化形成的小湖边，长出了一棵参天大树。树冠顶处有两个巨大的花苞并在一起。左边的花先缓缓地打开，紧接着，右边的花也开了。

左边的花里蜷卧着一个清秀的少年，英俊得像雨过云破处的湛蓝天空。右边的花里是一个羞涩的少女，生着略有些圆的脸，仿佛还带着乳香。两人的背后都生有纯蓝的羽翼，晶莹透明，好像是那些蓝色的花瓣凝结而成。但是每人都只生有单翼，不知如何飞翔。

两个人伸展开身躯，发现自己只有一只翅膀，也有点儿困惑。然后他们抬起头来，看到了对方，便轻轻展颜一笑，也不说话,就紧紧地拥抱在了一起。他们抱得那么紧,似乎要和对方合为一体。

两人抱在一起,身后的翅膀展开,仿佛心有灵犀一般,脚在树枝上一蹬,双翼振动,就飞了起来。

以后的几日,他们饿了吃些蓝花瓣,渴了饮些湖水,困了在大树中空的躯干里睡觉,剩下的时间就紧紧地抱在一起,在大湖四周飞翔,似乎永远也不会厌倦。

但是慢慢地,气温越来越低,阳光越来越弱,小蓝花越来越少,大树的叶子也开始枯黄。他们只有在中午最暖和的时候才能飞出来,其他的时间便躲在树洞里相拥取暖。

终于雪开始下了,太阳落山后就再也没有升起,寒冷的长夜开始了。

蓝色的大地变得洁白,湖水结了冰,只有大树还屹立着,但是也没有了生机。

树洞里,少年紧紧抱着少女,蓝色的双翼像羽被一样裹着两个人。少年说,时候到了。少女没说话,只是点了点头。

少年看着少女清澈的眼睛,第一次吻上那火红的唇。少女闭上双眼。蓝色羽翼慢慢合拢,把两人包裹在一起,慢慢化作一个天蓝色的结晶体。

蓝色结晶体的核心开始剧烈地震动,仿佛有什么要挣脱束缚,飞向遥远的星空。震动越来越强,由里及外,随着一声清脆的声响,蓝色结晶绽裂成无数碎粒,有的飞洒向天空,有的散落在大地。

无数块蓝色的碎粒里也许只有一块能在未来的春天长成一

棵美丽的大树,孕育出新的羽人延续少男少女的记忆,在下一个春天再次结伴飞翔。也可能这个冬夜异常漫长,没有任何蓝色能熬过未来没有尽头的冰寒。但是蓝色曾经在这里绽放过飞翔过,生命的丰盛没有错过这片近乎无望的土地。

生之丰饶恰恰在于未来的不可知,在下一个春天来临之前,我们永远不知道有什么在那里等着我们。

5

体验过奇异的蓝色世界之后再次重生,我和萧萧的身体虽然都是崭新的,但心理上被刚刚的死亡冲击,久久无法自拔,体验到一种深深的倦怠。黑发年轻人知道我们不想被打扰,在边上静静坐着。过了良久,他看我们恢复了些精神,才开口说道:"我们的委托人要求在死亡体验结束后,问你们三个问题,还有一封信要转交。"

我很好奇,这个神秘人到底想要问什么,萧萧也是一样,她问道:"是什么问题呢?"

黑发年轻人说:"第一个问题,你们更喜欢蓝色世界里短暂美好的爱情,还是现实世界里长相厮守的爱情?"

萧萧回答道:"当然是长相厮守的爱情,既有激情的瞬间,也有温暖的相守,只是要做到这样真的很难。"

我接着说道:"尤其是现在,没有了死亡也就没有了一生一世,没有了永远的爱。"

自从有了脑态储存之后，因为不再需要养育后代，婚姻很快就消亡了，男女之间的物质因素逐渐减少，主要依靠感情来维系关系。在永生岁月刚刚开始的时候，人们还很看重金钱本身和金钱带来的奢华享受，然而随着岁月的流逝，奢华享受是最容易被厌倦的东西，只是因为在有限的生命里很难得到，才会被人们看重。物质的羁绊减少，感情的因素增加，却让男女之间的长相厮守变得更加困难。根据统计，热恋阶段短的大概只有三个月，长的也不过一两年。如果没有了死亡，一生一世的承诺还有什么意义？只有死亡才能带来永远，没有了真正的死亡，爱情再长久也总会消失。

黑发年轻人说："那正好问第二个问题，你们是否觉得爱情终归会消失，不可能永远延续呢？"

我和萧萧都点点头说："是的。"

黑发年轻人接着说："那第三个问题就是，你们是否觉得自己可以永远爱对方呢？"

我和萧萧对视了一下，笑了笑，异口同声地回答："我们当然会。"

黑发年轻人微笑了一下，嘴角上扬，似乎在说你们不是自相矛盾吗？

我解释说："虽然理论上爱情在未来某一天总会消失，但是那种会爱到永远的感觉也是真实存在的。我觉得有两种永远，一种时间上的永远，一种爱的永远。即使人类可以无尽地延续生命，也只是能延续很长时间而已，如果把永远定义成无穷无尽的时间，任何人也不可能真的体验到永远。既然从来没有人体验到过永远,那我们对于永远的概念又来自何处呢?"

我顿了一下,接着说道:"所以永远只是一种感觉,那种感觉可以在很多种情况下获得——也许是在森林里听到一片树叶飘落;也许是在大海滔天的巨浪里游泳,努力探出头来;也许是在沙漠里四处寻找恐龙蛋,干渴到极点的时候喝到一杯冰啤酒;也许是走在街边闻到羊肉串的香气;也许是看到蝴蝶、飞鸟、星星或者花草树木;也许是读到一本书,听到一首歌,看到一幅画——都可以在一瞬间让我们有着永远的感觉。其中最强烈、最让我们信服,也是最多人能够感觉到的永远,就是真正爱上一个人时那种永恒不变的爱意。我觉得这是我生而为人能体验到的最好的永远。"

这个问题我和萧萧曾经不止一次谈起过,她接过我的话头说道:"我们两个人都喜欢死亡设计,我们也都非常珍惜现在的这种感觉,希望有一天我们能设计出一种死亡,能让人体验到永远的爱。"

黑发年轻人正色道:"两位的话确实有些道理,希望你们能早日完成这部关于永远的死亡设计。"他顿了一下,接着说道,"我的委托人还留给你们一个盒子,这个盒子的打开方式很奇怪,只有你们两个人都说'我不再爱你了',盒子才会打开。至于里面是什么我就不知道了。"

他拿出一个看上去好像木制,摸上去像花岗岩,敲击却有金属声的盒子。然后他深深弯腰鞠躬,把盒子交到我的手里,微笑说道:"希望盒子永远都不会被打开,至少在被打开之前,你们能让世间所有的人都体验到永远的爱。"

快走出门口的时候,他又回头说:"我也很期待有一天可以亲身体验。"

萧萧篇

1

《冰风谷》连续三周占据了票房榜首的位置,很多虚拟影院依然一票难求。我写出的故事正好摸准了大众的脉搏,最近几部作品都大红特红。

最权威的死亡设计评论专栏里如此评价《冰风谷》:"它能令人真正体验到爱情达到顶点时死亡的感觉,尤其是凝结成冰的最后一吻,凝固了爱情,也凝固了死亡。"看了这样的评论我自然很开心,但我自己知道,《冰风谷》只是迎合大众的产物,它可能会给人带来非常浪漫的感觉,但是那绝不是爱情,至少不是我曾经体验过的那种爱情。

今天我本来应该去参加庆功宴,但是我有一个特别的好消息要告诉常野,就称病溜了出来。常野已经好几年不接听随身终端了,我无法联络他,但他近来无所事事,每天就是在易杯咖啡馆里坐着发呆,我有事时去那里,十有八九可以找到他。

环游世界结束之后,我们就开始合作进行死亡设计。我担任编剧,常野负责制作。但是制作死亡设计,即使是虚拟体验版,也要消耗巨额的金钱。我们一开始只能做一些短小的片段，参加各种比赛，设法得到投资。

常野在死亡设计上很有天分，能做出一种奇异而美妙的感觉，我们很快就有了小小的名气。他第一部获奖的作品叫作《怪兽的最后五分钟》，体验者带入的是怪兽的视角，感受到的是怪兽被杀时的不甘心和无奈。非人视角的死亡设计不多，成功的就更少，而且成功的作品都是把非人生物拟人化了，其实展示的还是人类的感觉。常野却让每个人都觉得自己体验到了怪兽独特的感觉，那是一种生命之间共通的东西。《怪兽的最后五分钟》获奖之后，我和常野紧接着又创作了《暴风中的树》，这部作品非常受欢迎，成了非人流的经典作品。我一直记得收到的一封邮件里如此写道："我不知道树是否有感觉，但是我无比坚信，如果树真的能有感觉，那么它的感觉一定是这样。在人类不再拥有死亡的今天，暴风中被摧折的大树让我体验到了真正的死亡。"

因为《暴风中的树》，我们得到了更多的投资，成立了自己的死亡设计工作室。因为非人流的成功，我们得到了足够的资金开始制作《纯青琉璃心》，这是根据古代传说的迦楼罗之死创作的故事。迦楼罗金身，头生如意珠，鸣声悲苦，每天吞食一条龙王和五百条毒龙，随着体内毒气聚集，迦楼罗最后无法进食，上下翻飞七次后，飞往金刚轮山，毒气发作，全身自焚，只剩一颗纯青琉璃心。

这个剧本的选题我很用心，因为要延续非人流的奇特视角，又要照顾大众的口味，还要有深层的意涵，是我编剧的得意之作。这也是常野第一次正式制作完整长度的死亡设计,而且能在全球公映,他也很用心。《纯青琉璃心》的票房不错,尤其作为非主流又不是大制作的死亡设计来说,是那年票房的异数。

《纯青琉璃心》之后,我们开始了《瞬间》的前期准备。我和常野一直想要重现那种爱到深处似乎触摸到永恒的体验。两个真心相爱的普通人,在爱到最浓烈时一起死去,凝固了爱,也凝固了时间。但项目开始没多久,我们就遇到了麻烦,投资方希望延续非人系列的风格,希望我们把主角换成精灵鬼怪之类的东西,但是常野不愿妥协,他认为只有通过普通人的日常生活,才能让体验者认为这种体验确实可能发生在自己身上,如此才能让那种永恒的体验显得真实可靠。因为两方面都不愿妥协,最后《瞬间》流产了。

记得投资方通知我们的那天正好是秋分,所谓"阴阳半,昼夜均,寒暑平"的日子。我们当时居住的城市四季分明,白露开始就有了些许寒意。我和常野坐在易杯咖啡馆里,一杯接着一杯地喝加了烈酒的咖啡,两个人都不怎么说话。曾经离自己的梦想如此接近,以为已经把它攥在了手里,然后却发现自己握住的只是空气,这个滋味很不好受。那晚我和常野疯狂地做爱,把彼此弄得遍体鳞伤,精疲力竭,然后像死人一样睡去。

那个夜晚之后,我们两人的生命就走入了不同的轨道。常野进入了一种颓废或者说超脱的状态。他每天大部分时间坐在易杯咖啡馆里发呆,剩下的时间就研究杜洛夫斯基的遗作。他研究的结果从不和别人透露,连我也不知道他到底在那七大本笔记里写了些什么。相形之下,我变得越来越入世和成功。几个大型的死亡设计公司都看好我,把我的一个又一个剧本推向了虚拟死亡影院;我也学会了如何迎合大众的喜好,写的剧本越来越受市场的青睐。

我和常野见面的机会也越来越少,因为看到彼此就会忍不住思考我们两个人到底谁的选择是正确的。我一直试图得到再次制作那部《瞬间》的完全的自主权,因为我想要证明自己依然在追求梦想的路上。被喜爱、被崇拜是一种精神上的毒品,开始不觉得,但是得到了快感之后就会想要更多,这些年以来,我已经陷得越来越深,无法自拔。我甚至不知道自己制作《瞬间》是为了梦想,还是为了留下一部能流传久远、让人记住的作品。我的作品现在虽然很流行,但是随时也可能被流行抛弃,我想要有一部真正的杰作。虚荣与自恋是艺术家必不可少的缺陷,虚荣是表达的动力,而自恋给人坚持的勇气。我知道自己有点儿虚荣,但是伟大的艺术和虚荣并不矛盾。

这次《冰风谷》的巨大成功让我有了足够的资本,可以再次提出制作《瞬间》的计划。我建议由我自编自导自制,制片公司喜欢这个想法,觉得会有不错的市场反应,提供的资金也很有诚意。我想常野听到这个消息一定会很开心。

2

易杯咖啡馆这些年来就没有变过样子,它不会追逐潮流,也不标新立异,它甚至不会变得陈旧。我来了很多次才发现这一点，老板的精力和金钱似乎都花在了让咖啡馆维持原样上，桌椅一旦有一点点破旧就会被替换，但是并不是用崭新的桌椅来替换，反而是用八成新的，这样客人就不会觉察到变化。这里卖的咖啡和酒的种类也一直没变，连价钱也没有增加。还好咖啡这个东西没有什么潮流而言，酒也是一样，卡布奇诺、百利甜酒、爱尔兰咖啡这些东西再过几百年也不会改变，我相信易杯咖啡馆也会如此，历久而不易。易者不易，不易的背后其实是易，咖啡馆的名字也许隐含着这个意思。

咖啡馆的老板是个初显老态的中年男子，脸上已经看得到皱纹，头上也有了白发。但他人长得清秀，看得出年轻时相貌一定出众。他身材也保养得好，没有肚腩，腿依然修长，腰身挺拔。现在人人都能选择重生时的相貌，但是保持身材和容貌却不容易，愿意在这上面花费时间精力的人也越来越少。终归会重生，那时青春美貌自然再现，何必要费力虐待自己？不过我很欣赏中年老板，可能是因为我自己也是相同的一类人。

客人一般都由侍应生招呼，老板自己只负责做咖啡和糕点，做完了就坐在一旁，也不和旁人聊天，只是自己发呆。咖啡馆生意不好，冷清得很，所以老板有大把的时间发呆。我和常野聊起过这个发呆的古怪老板，因此当常野想找个可以发呆的地方时，自然而然想到了易杯。这里的咖啡我们喝惯了，离家也近。老板发现多了一个发呆的家伙，开始不知道是个什么心情，不过两个人在一起发呆的时间长了，还是成了好朋友。

常野总是随身带一个又大又厚的本子，那是他研究杜洛夫斯基的笔记。老板去做咖啡的时候，他就写上一会儿。我这次也带了一个相似的又大又厚的本子，那是我们为《瞬间》做的分镜头剧本。到底是十年前的创作，常野和我都变了很多，这次重新开始，我们首先要决定剧本是否需要大的改动。

进了易杯，我直接走到背后那个露台，常野总是坐在我们第一次见面的这个隐秘角落。我在他身旁坐下，要了杯无糖的黑咖啡。侍应生是个染了一头红发的小女生，她正处在喜欢我作品的年纪，是我的一个粉丝。她知道我和常野的关系，因为不喜欢常野的颓废，觉得他配不上我，对常野的态度总是很冷淡。常野却似乎什么都感觉不到，他的神思不知飘在何处。

我喝了一口咖啡，很香。近来我越来越能品出苦涩背后的香气，我和常野的关系也是如此，虽然苦涩，但背后的香气一直旋绕未散，只是我们需要细心地去把它品出来。我深深吸了一口气，开口说道："野，我们可以重新开始制作《瞬间》了，这次一切都由你，无人干涉，完全地自由。"

3

我们找回了《瞬间》当初的脚本画师。一个虚拟的世界首先产生于我们的脑海中，然后编剧把它变成文字，脚本画师把它转化成图像，特效和布景创作出世界模型，演员塑造出人物形象，软件开发团队最后做出虚拟现实。在《瞬间》上次被中断时，我们已经完成了脚本的制作，世界模型也建立了一些。这次重起炉灶会有一些变化，脚本画师是必需的。我们准备一边完成新的脚本,一边建立理想中的团队。

杜洛夫斯基说过,制作死亡设计的人在内心深处都是不可救药的乐观主义者。因为最后制作出的体验,经过无数人的手之后,和原创者在心中想象的往往相差巨大,只有最乐观的人才会相信那些有价值的、最值得被体验的东西,不会在复杂的过程中被完全消磨,依旧可以被传达。

充足的资本,我最近的成功,还有常野怪才的名声,让我们团队的组建异常顺利。到了制作阶段,才开始出现一些波折。常野制作了一些片段之后,开始要求修改剧本,重新制作,然后依然不满意,再次修改,再次制作。如此循环往复,造成了制作预算的极大透支。开始我极力支持常野,设法说服公司支持他天马行空般的思路,保证这样才能制作出最受欢迎的死亡体验。但是随着制作费用越来越高,公司不再愿意继续无限投入,要求我们通过神谕系统的测评。

神谕系统是公司正在开发的一套人工智能测评系统,它利用有史以来所有死亡体验的受欢迎程度作为训练数据,进行深度学习,可以在某种程度上预测死亡体验的票房。因为还在开发阶段,它的预测准确度还没被市场检验过,而且据说被它测评过的公司内部项目得分都很低。我感觉公司让我们通过神谕系统的测评,只是为了找一个借口来停止《瞬间》的制作。但是我生来就有一种倔强的劲头,不会轻易服输。我瞒着常野,没日没夜地把他放弃了的素材剪辑成了《瞬间一》到《瞬间十一》,整整十一个死亡体验。公司又没有限制我拿几个死亡体验去让神谕系统测评,我想多一个就多了一次机会。

没想到《瞬间七》竟然得到了神谕系统最高等级的评价，神谕预测它会获得极大的成功。神谕系统是我们公司面向未来的投资，董事长一直计划要用一部作品来向世人展示神谕，但却迟迟找不到能得到神谕认可的死亡体验。《瞬间七》立刻得到大笔后期制作的资金，以及最高级别的宣发资源。我们的《瞬间》起死回生了。

当我把这个好消息告诉常野的时候，他却只是冷淡地说："《瞬间七》不是我心中的《瞬间》，你找别人去做后期吧，我不想在这里浪费时间。"

我能理解常野，但我有我的道理。我对常野解释说："野，我知道《瞬间七》不是你想要的《瞬间》，但是如果《瞬间七》获得了成功，我们就能得到更多的投资去制作更多的《瞬间》。那些《瞬间》也许还不是你想要的，但它们之中也许又有一个能获得成功。如此循环往复，不是可以增加你制作出你心中那个《瞬间》的可能性吗？"

我的话有着它内在的逻辑，任何一个理性的人都无法否定它是正确的。常野即使觉得不舒服，也想不出任何反驳的理由，便答应我会尽全力参与《瞬间七》的后期制作。

4

《瞬间七》推出之后，口碑极佳，获得了极大的成功，而且因为证明了神谕的可行性，让公司股票翻了两番。在我的提议之下，公司为常野提供了更加充裕的资金，而且允许他可以自由地制作任何他想制作的《瞬间》，唯一的条件是每一个《瞬间》都要通过神谕系统的测评。

这次常野连着制作了十九个自己不满意、神谕得分也不高的版本，但是《瞬间三十一》又一次得到了神谕的认可，获得了比《瞬间七》更高的分数。相比之下，公司的其他制作依然无法受到神谕的青睐，于是更多的资金被投向了《瞬间》，公司觉得它有潜力成为最受欢迎的系列死亡体验之一。

常野不愿意浪费时间参加任何宣发活动，而我已经习惯了和媒体、投资人、观众打交道。于是我和他商量好，我主外，他主内，我负责让《瞬间》系列获得更大的成功，获得更多的资金，常野只需要专注于制作出更多更好的《瞬间》。

虽然我有些醉心于镁光灯下，享受被媒体和粉丝环绕的感觉，但我也是一个艺术家，渴望进行属于自己的创造。这样的分工在我看来是我为爱而做出的牺牲——因为爱常野，为了让他专心制作出心中的《瞬间》，我甘愿去做辅助性而非创造性的工作。

在我为《瞬间三十一》的推出而忙碌的时候，常野又开始了制作更多的《瞬间》。不久之后我开始四处路演，有两三个月我们离多聚少，偶尔才能匆匆见上一面。路演完毕，我专门提前了一天回家，想给常野一个惊喜。

在机场的免税店，我买了一瓶情人节限量版的百利甜酒。百利很甜，我和常野喜欢用它伴着咖啡喝，但并非混在一起，而是喝一口百利甜酒，喝一口咖啡。我想今晚正好可以和常野边喝边聊，问问他的进展如何，谈谈未来的计划。

我回到家的时候，常野正好出去了。等待的时间有点儿无聊，我到死亡体验室里想找些什么打发时间。这间私人死亡体验室是我们最奢侈的投资，但是非常值得。它令我们可以随时沉浸在大师不凡的想象中，忘记尘世的烦忧。

我们收集最多的还是杜洛夫斯基的作品，他的杰作很多，但最好的一部还是《天人五衰》。完成了《天人五衰》之后，杜洛夫斯基宣称这是一部可以让体验者真正地死亡的作品。我想这虽然是创作者夸张的说法，但也只有如此才可以形容这部作品的感染力。常野在这点上很有些原教旨主义，他认为《天人五衰》确实能让体验者真正地死亡，只不过它是大师为自己特别制作的，只有杜洛夫斯基自己可以通过它而死去。常野相信《天人五衰》中隐藏着真正地死亡的秘密，如果能够懂得，每个人就都可以制作出一部令自己死去的作品。

虽然杜洛夫斯基在遗作完成之后确实消失了，但是很多重生的人都会选择和之前的生活一刀两断，因此我并不相信他真的死了。再深刻的感染力，再伟大的作品，也只是在虚拟空间中的体验，如何能作用到现实的世界，而且能否重生掌握在脑态储存局手中，如何可能被一部作品影响到呢？我不如常野那么狂热地崇拜《天人五衰》，不过还是非常喜欢其中的情绪。当一个人知道一切都是重复，一切都没有价值，那么相信自己迟早会死亡，反而是一线宝贵的希望。如果生不可能有任何意义，那么消灭掉无意义的存在就有着独特的价值。

《天人五衰》的名字来源于佛教里天人死亡之前会出现的五

种症状。佛教和其他的宗教一样,在人类获得永生的那一刻,就开始衰亡。无论是神,还是佛,他们和凡人的最大区别就是不死,当每个人都可以不死,也就丧失了对于神佛的崇敬。但是杜洛夫斯基却不认为永生能代替宗教,他在《天人五衰》的开始就引用了一句维特根斯坦的名言:"人类灵魂在时间上的不朽,也就是说死后的永远存在,不仅不能被保证,而且这个假设也完全不可能实现我们一直试图让它为我们实现的事。我的永远存在可以解决一些谜语吗?这个永生难道不是像我们当下同样的迷惑吗?"①如果说宗教的衰亡体现了人们在获得永生后那段乐观骄傲的情绪,那么对于《天人五衰》的热爱就说明人们依然在迷茫中活着。

　　反正闲着无事,我就又体验了《天人五衰》里花萎那一节。花萎的情节是这样的:天人头上的鲜花不依靠阳光和雨水生存,也不因季节变化,只是有时会突然枯萎,这就是天人死亡的第一个征兆。有一个天人想要找出花萎的原因,他绑架了另一个天人,使用各种方法想让对方的花枯萎却无法做到,心灰意冷之下,他自己头上的鲜花却开始枯萎了。这时,他深深地体会到,鲜花的枯萎不是因为时间或者命运,而是因为心的枯萎,是对生命无法挥去的厌倦。

　　体验过了花萎,常野还没回来。我发现死亡体验室门口的桌子上摊着他的笔记本,写的是他关于《瞬间》的零散想法,他的习惯是想到什么思路先记下来,以后再整理。这个本子里大

---

　　① 出自《逻辑哲学论》。此段后一句话为"时空之中的人生之谜的解答,在于时空之外。"

部分的内容我都看过,也和他讨论过,只有最后几页是这两天写的,我就拿起来读了一下,想着等他回来正好一起讨论。

常野的笔记一般很清晰明白,字迹也称得上清秀,但是这几页有点儿杂乱,显得他有些烦躁。我知道每当他把握不住自己到底想要表达什么,或者不知道如何表达时,就会有这种烦躁的情绪。和他一起做《暴风中的树》时,他就有一段时间处在这种状态,那时他会和我莫名其妙地争吵,然后和好,然后又争吵,如此循环往复。

我一路细细读下去,直到看完最后一段话,才明白他这次不仅仅是烦躁,还有着深深的厌倦与放弃:"当我制作《瞬间》的时候,我努力让自己不要为了获得神谕的高分而创作。我选择小众的题材,制作我认为不会被主流欢迎的死亡体验。但这种刻意性同样说明我的创作不再自由,我的创作被神谕所影响,无论那种影响是正还是负。当我不小心创作出一个获得了神谕认可的作品,哪怕评分不是特别高,我都会检讨自己,我是不是不知不觉之中开始迎合大众的口味。当神谕给我打出非常低的分数,我又会担心,我是不是过度局限于自身的体验,令我的作品无法和他人产生共鸣。在神谕无所不在的阴影下,我心中本来鲜明可见的《瞬间》消失了。曾经的我清晰地知道自己想要制作什么样的《瞬间》,只是我还没有足够的能力把它制作出来。现在的我却仿佛陷入了一片无边的迷雾,看不清自己的目的地到底在哪个方向。也许我该休息一下,停止制作死亡体验?我要把神谕彻底遗忘,驱散它带来的迷雾,找回自己心中的《瞬间》。"

契阔几何

5

常野又回到了那种无所事事的颓废状态,每天在易杯咖啡馆发呆。这次他连那个笔记本也不带了,发呆的样子不像以往那么心事重重,显得闲适自在了很多。

从一个创作者的角度看,我完全理解常野对神谕的看法。创作需要绝对的自由,任何外界的因素都是一种干扰。然而我不同意他的逃避,我们的作品源自人性,服务于人群,自然离不开外界的评判。干扰永远不可能被完全清除,我们只能在干扰之中努力做出尽可能好的创造。

基于这种理念,我接下了《瞬间》系列的制作。我在常野废弃了的素材之中吸取养分,用自己的方式去重现我心中的《瞬间》。我的心中也有着仅仅属于我的爱之瞬间,虽然我无法像常野那样清晰地感受到它,但我相信它确实存在。而且我相信它不仅仅存在于我和常野的心中,也存在于每一个人的心中。我并不妄想自己的创作可以令人产生爱的感觉,我只希望它可以唤醒人们心中本已存在的爱。而在这个过程中,我也能够更加清晰地感受到我自己心中的爱。

我延续了常野的序列名,把自己制作的死亡体验称为《瞬间三十七》。在我制作《瞬间三十七》的日子里,我和常野的关系进入了一种前所未有的低潮。我第一次不再热切地需要常野,我有我的作品,当我创作它的时候,生活中没有常野似乎也没什么关系,我甚至有些害怕他的无所事事会给我造成干扰。

当我终于制作完了《瞬间三十七》,把它提交给神谕的时候,我的心中忐忑异常,唯恐不能得到一个好分数。虽然我还可以继续制作更多的《瞬间》,但是我个人很喜欢《瞬间三十七》,自然希望可以让更多的人看到它。

幸好从《冰风谷》开始就一路陪伴着我的好运依然还在,神谕为《瞬间三十七》打出了前所未有的高分。它被推出之后,也受到了广泛热烈的欢迎。很多人不仅觉得它是《瞬间》系列中最好的一部,甚至把它称为自己最喜欢的死亡体验。我也为自己的成功雀跃,这么多人真心地喜爱《瞬间三十七》,对我来说这远远比成功更加珍贵。

可是,当我开始准备下一部《瞬间》的时候,我却发现自己心中的灵感仿佛被完全吸干了,往日创作的激情一扫而空。于是我决定回家好好休息几天,我想这段时间也冷落了常野,两个人需要各自静一静,等候灵感的复苏。

我没和常野说自己的行程,选了下午三点多到家,这时常野应该在易杯咖啡馆,我准备亲手做一顿丰盛的晚餐,给他一个惊喜。我把各种食材都准备好,发现开始炒菜还有点儿早,就拿出随身终端读了一会儿粉丝的来信。

因为来信太多,我让助手专门筛选出被《瞬间三十七》唤醒了爱的感觉的那些来信,我想这些信也许会帮助我找到新的灵感。那天我恰巧读到了一封很有意思的来信,不自觉就沉迷了进去,忘记了时间:

我是《瞬间》系列的忠实粉丝,三部《瞬间》我都体验了不止一次。我最大的遗憾就是那些因为神谕得分太低而没有被推出的《瞬间》,我不在乎大家是否会喜欢,我只想自己去体验。

第一次看《瞬间七》的时候,我是一个忘记了爱情的人。爱情会为我们带来最美好的瞬间,但也会带来最糟糕的时刻。经历过那些糟糕时刻,一个人便会不自觉地想要把爱情忘记。那时的我为了忘掉糟糕的时刻,已经把充满爱的瞬间也一同遗忘。《瞬间七》是一部爱的杰作,它唤醒了我心中的爱,让那些爱的瞬间在我的心中复活。

我是幸运的,我的前任也看到了《瞬间七》。我们重新爱上了彼此,都愿意放下那些糟糕的时刻,渴望着获得更多充满爱的瞬间。《瞬间三十一》就是我们两人一起体验的,我们分别带入了男主和女主的视角,还花费不菲特别定制了真实死亡。那是我们在一起最珍贵的体验之一。

然而随着时间的推移,我们之间的感情进入了又一个低谷。这次不是因为糟糕的时刻,而是双方都有些厌倦与淡漠。这时《瞬间三十七》推出了,我们又定制了真实死亡,期待着它可以再一次点燃我们之间爱的激情。

客观地说,《瞬间三十七》是比前两部更加出色的死亡体验。但是所有的艺术都只是酒,酒似乎蕴含着无限的神力，可以唤醒艺术天才，去做出伟大的创作。但其实它只能唤起饮酒者本身就已经拥有的东西。李白斗酒诗百篇，而大部分人喝再多的酒也只会语无伦次地说些自己的琐事。艺术的作用也不过如此，一件艺术品的目标只能是唤醒，而不是从无到有的生成。《瞬间三十七》是爱的杰作，但它也只能唤回一个人爱的记忆，而无法生成从未拥有过的爱的感觉。看完《瞬间三十七》我们才知道，如果爱情已经彻底消失，任何艺术作品都无法令它重新出现。

《瞬间三十七》令我们认清了爱情消逝的现实，做出了分开的决定。同时《瞬间三十七》也让我们对爱情产生了崭新的憧憬，我们分开就是为了各自可以去寻找一份更加美好的爱情。我依然异常期待您的下一部《瞬间》，希望那时我已经又一次找到了爱，可以和我的爱人一起体验。

读完这封信，我抬眼向窗外望去，远处是笼罩在云雾中的群山，近处有一栋灰色的公寓。一朵孤零零的白云正好挂在灰色公寓上方，我盯着白云看了很久，想看出它在向哪个方向移动，但是却一无所获，云和公寓的相对位置一直没有变化，只是云慢慢变得越来越淡。我的视线离开了白云，看着灰色公寓四周的街景，发了许久的呆，我总觉得有哪里不对头，但却说不出来。

这时一群雪雁从山那边飞过来，在云下穿过，到灰色公寓附近盘旋了一阵,因为没有空地可停,就继续向南飞走了。我这才想起那里本来是一片草地,还有一棵大树。夏天的时候,我最喜欢坐在树下看书。不知什么时候那树和草地都不见了,我却一点儿没有发现。不知为什么,想到这里,我忽然也明白了那朵孤零零的白云是在往哪个方向飘荡,它越来越淡,应该是正在离我远去。

我心里好像破了一个大洞,空空的,我异常难过。不知何时,常野无声无息地回来了,他看着我漠然的神色,喃喃问道:"你也感觉到了?"

我想,是的,我感觉到了,但我感觉到的是什么呢?好像什么事物消失了,一件很重要的事物,我却一直没有觉察到。

我努力地思索,终于明白了我失去的到底是什么。亲密关系的结束可能是因为外遇,可能是因为争吵,可能是因为厌倦,但在这之前,爱情早就已经结束,只是爱情的消失如同羚羊挂角,无迹可寻。当我们发现的时候,它早已烟消云散,荡然无存。

我轻轻地说道:"常野,我不再爱你了。"

常野丝毫没有感到惊讶,他点点头,"嗯,我也不再爱你了。"

话音刚落,一声清脆的"嘎嘣"声在屋角处响起,那个不该被打开的盒子被打开了。

易杯篇

1

我是一个很有执念的人,会固执地坚持做一件事,哪怕它毫无意义。我这样的性格很适合现在的时代,我的坚持和执念让我从来不会感到无聊,而在漫长的生命里,无聊是最常见的,也是最大的烦恼。

在很多年前我爱上了一个女孩,她也爱上了我,她喜欢喝咖啡,尤其喜欢喝不加糖也不加奶,只加一小杯蓝莓酒的黑咖啡。我们一起开了一家咖啡店,共同度过了一段美好的时光。

所有重生前的爱情故事其实最终只有两种结局,故事里的主人公死亡或者爱情本身消失。即使是那些"从此一直快乐地生活在一起"的王子和公主,到了最后一样都会死去。有了重生之后,爱情故事就更加简单,因为不再有死亡的选项,结局只剩下一个,那就是爱情最终必然会消失。因此当她决定要离开我的时候,虽然我异常伤心,但也知道这是很自然的事。因为心中的不舍,临别时我忍不住说:"你重生后如果想我,还可以回头来找我。"

她答道:"你也会重生,重生后面貌都变了,我就算想找,又去哪里找呢?"

"我会买下我们第一次相见的咖啡馆,你来那里找我好了,咖啡馆的名字不会变,一直都叫易杯。"

"也许咖啡馆换了老板,但是名字没换呢?那我不是会找错了人,把别人当成你。"

"只要我还是老板,易杯咖啡店就会保持今天的样子,一丝一毫都不会改变。"

她还是决绝地走了,我便开始了等待。对于她的离开,我并没有太多怨念。对于我来说,那份爱是一个执念,它会蔓延牵挂,很难消失,但是对于感性的她来说就大不相同,她的爱更加激烈,更加美丽,但是她无法长时间只爱一个人,她是一朵鲜花,鲜花不会仅仅为一只蝴蝶存在。

相对来说,我的爱更长久,但我并不觉得自己的爱在任何意义上更加美好。从某种意义上讲,我的爱就像石头上深深的刻痕,刻下了一朵美丽的鲜花。即使花的存在远远短于石头,难道就可以据此认为石头比鲜花更可贵?有人把花刻在石头上,花谢了之后,石头上的痕迹还要过很久才会消失。当鲜花的记忆已经在时间里消失,如今的我们自然就会高估石刻的价值。其实石刻不过是鲜花的投影,是记录鲜花芬芳的努力。鲜花和石头各有各的自然,各有各的坚持。身为石头,我只能努力做一块石头应该做的事,但是这并不妨碍我欣赏她这样如鲜花绽放的生命。

那一次我活到很老,到身体不能坚持才重生,因为我希望她回来的话,还能认出我的模样。我的家族比较富有,家族成员从来都是在很年轻时就重生,在那之前,我还从来没有尝过中老年的滋味。看着自己皮肤松弛，老人斑显现，早上起床会腰酸腿疼，我发现自己活了这么多年，其实并没有真正地成熟，因为成熟不只是精神上的，也是肉体上的。在那次重生之后，我开始认真地默观自己的肉体如何慢慢地变老，同时努力把它保持在一个最佳状态。不可阻挡的衰老过程让我感到迷惑。

每天在咖啡馆里无所事事，我开始学着做咖啡，烘焙糕点。我不喜欢说话，闲暇的时候就看看店里的客人，或者发呆出神。易杯的生意虽然清淡，偶尔也会碰到有趣的客人。有些客人发现了这家咖啡店不会改变，不但没有觉得怪异，还慢慢喜欢上了这里。我也因此和一些客人成了朋友。虽然是朋友，大家的交往从来没有延伸到咖啡店之外，在他们眼里我和易杯大概成了一个难以分割的整体。

2

刚认识常野的时候，他是我店里的常客，经常早上到我店里喝一杯咖啡。那时我刚开店，咖啡做得很不地道，几乎没有什么回头客。常野却几乎每天都来，让我觉得受宠若惊。

有一天我忍不住问他："你几乎每天都来，是喜欢我的咖啡吗？"

他很诚恳地回答说："我经常来这里，是因为你的咖啡味道不好。我害怕喝得太多了会对咖啡的美味产生厌倦，所以对于每天提神的咖啡，我会选择不那么好喝的类型。"

我听了哈哈大笑,"那你哪天不来了,我就知道自己的咖啡开始好喝了。"

过了一段时间,我的技术开始精湛起来,尤其沉迷于在咖啡上拉花,每天琢磨着如何拉出更炫酷的图案。慢慢地,我开始能拉出各种精巧漂亮的图案,客人常常赞不绝口,生意也好了很多。有一次我忍不住和常野炫耀说:"现在我泡咖啡的技术够好了吧,你应该少来一点儿了。"

常野却还是那副无精打采,什么都无所谓的样子,有点儿刻薄地说:"你喜欢画画,就好好去画画;喜欢咖啡,就好好泡咖啡。咖啡上漂着一幅算不上多好的画,不好喝的咖啡还是不好喝。"

我听了嘴上不服气,心里却若有所悟,回头去学习如何选择咖啡豆、调制、烘焙,直到能泡出一杯自己喜欢的咖啡。静下心来之后,客人又少了,我的咖啡却越来越地道了。

这一段常野却来得更勤了,不光早上来,晚上有时也会来,而且坐上很久。我不解地问他:"难道我的咖啡越来越难喝了吗?"他有点儿不好意思地和我说,他现在来不是为了喝咖啡,而是喜欢上了一个经常来这里的姑娘,但是又没准备好开口。

常野喜欢的姑娘叫作萧萧。虽然在我眼里谁也比不上她,我也不会再爱上其他的人,但我承认萧萧和她相似,都有种通透的灵气,让我有些爱屋及乌地喜欢。于是我忍不住帮了常野和萧萧一个小忙,把他们撮合在了一起。

从旁观者的角度看常野和萧萧的爱恨纠葛,是很有意思的一件事。虽然人们在爱欲里纠缠的情形都大同小异,但是两个有着天才的人就能把本来很俗气的一件事做出不一般的味道。

就好像钢琴上同样八十八个黑白键,奏出的音乐却天差地别。

有人说爱情是需要天才的一件事,从这个角度讲常野和萧萧有着非凡的才能,也有着冥冥中命定的幸运。依靠非凡的才能,他们创造出了那部能让人遗忘过去的《天人五衰》;依靠命定的幸运,他们无论多少次分分合合,却都能再次一见钟情,爱上彼此。

每次看到他们重生后在我咖啡馆里第一次约会的情形,我就对爱情多了一点信心。在不死的世界里,没有人依然相信永远的爱情。即使是我自己,虽然在感情上确信自己会永远在这里等她回来,但在理智上我也知道,终归有一天我将重新开始。

3

因为每次都活到很老才重生,重生之后还是回到易杯,我的朋友有时会托付我一些东西,等着某个人来领取。这些东西一般都无人问津,毕竟曾经以为绚烂珍贵的东西,经过时间的洗刷也会变得苍白。

人们会把最珍贵的东西留在我这里,希望某个人在未来会回来领取,在他们眼里这和我等着她的回归是同一性质的事。但是想象中的等待,和真正的等待其实是截然不同、完全没有相似性的两件事。珍贵是很难持久的,价值会被时间磨灭,只有意义也许可以不被时间消磨。因此,相对于价值,我更在意一样东西是否具有意义。我被委托保管的事物里,最有意义的是一把钥匙，甚至可以说这把钥匙为我的等待增加了一点意义。

这是一把看起来很普通的钥匙。世界上所有钥匙本身的价值都差不多，至少我没有听说过镶满珠宝或者有着艺术价值的钥匙。钥匙的价值由它能打开什么决定。我去过这把钥匙保护的地方，因为那个地方，我才会守候在易杯如此之久。这把钥匙是常野和萧萧留给我的，当然，他们也把钥匙直接留给了重生的自己，我这里的只是个备份。我还有一个更重要的任务，说服常野和萧萧去使用这把钥匙。常野和萧萧只有在不再爱对方的时候，才会拿到钥匙，但在这种时刻，他们非常可能处在一种极端空虚沮丧的情绪中，甚至已经有了外遇，未必会愿意使用这把钥匙。我可以用他们已经遗忘的经历来说服他们，遗忘再重新相爱是可能而且有意义的举动。

在这把钥匙后面，是《天人五衰》的一个重制版本。因为杜洛夫斯基的遗作没有完整版流传下来，很多人都尝试过重新制作一个完整版。这些重制的终极目标都是要做出能让人真正死亡的版本，不过一个成功的也没有。这样的结果并不出人意料，毕竟《天人五衰》能让人真正死亡只是一个传说，而且从理论上讲，脑态储存局总是能让你复活。这把钥匙之后的版本却独辟蹊径，追求的不是死亡，而是遗忘。常野和萧萧认为杜洛夫斯基并没有死，只是遗忘了自己作为死亡设计大师这一段经历，然后重生去了。能够重生的人类并不需要真正的死亡，需要的只是真正的遗忘。无限的生命会让人对一切都慢慢厌倦，让人以为自己需要真正的死亡，其实只要能遗忘掉一些记忆，就可以避免厌倦的产生。

我亲眼看着常野和萧萧相爱、相厌、相忘、再相爱、再相厌、再相忘，如是循环。知道了遗忘的可能，我有时会幻想也许有一天她也会回到易杯，会和我一起体验《天人五衰》，一起忘掉彼此，重新再一次相遇、相知、相爱。虽然这种可能性微小到无法计算，但只要等待的时间足够长，所有可能发生的，终会发生。她总有一天会经过这里，会看到这间没有变化的咖啡馆。然后与我相爱、相厌、相忘、再相爱、再相厌、再相忘，如是循环。

我想常野和萧萧专门留这把钥匙给我保管，可能也是为了给我留一个希望？爱也许不是一条无限延伸的直线，而是无限循环往复的完美螺旋。

4

最后一次见到常野和萧萧时，我正在看一本关于量子路径积分的书。有了无尽的岁月，我什么都会学一点儿。书里对量子路径积分有种很奇妙的解释，每个粒子其实都同时尝试了所有的无穷多种路径，每一条路径都有一个分值，世界的规则就是如何计算每条路径的分值，而这个分值决定了每一条路径的可能性，所有的路径叠加，就决定了一个粒子在时空里的概率分布。我想人的世界也大致如此，每个人其实都走过了所有的路，做了所有的事，然后为每条路做了自己的价值判断，而这个价值决定了每一条路的可能性，所有的路叠加就是我的人生。我的价值判断决定了我的人生。有时貌似我无法选择自己想要的路，其实那正是我之所以是我的体现，正是我的价值判断让那些路变得不可能。

常野和萧萧刚刚试过了所有让他们可以继续的可能。他们一进来，我就莫名地感觉到一种怪异。我曾经见过他们互相厌倦、争吵、拉扯，甚至讨厌对方到无法容忍的地步，然而这次他们很平静，好像一对普通异性朋友来我这里喝咖啡，但是平静之下却透着生疏，有些一直在那里的东西不见了。

我像往常一样劝说他们，最重要的是要让他们回想起当初美好的时光。越近的事件，人对它的记忆就越鲜明，而随着时间的流逝，快乐和悲伤都会变淡。现在常野和萧萧就鲜明地记得最近的不好，而淡忘了曾经很好的日子。对于这种情况常野和萧萧早有准备，他们把两人之间最感动的时刻制作成了可以体验的虚拟现实短片，这样可以通过再次体验来记起那些很好的日子。但是这一次感动没有转化成决定，常野和萧萧依然不愿意尝试遗忘。

我诧异地问："肉体上的不快会随着这具肉体消失，精神上的厌倦则会随着脑态遗忘，为什么不愿意重新开始呢？"

萧萧想了想回答我说："这次和以往不同，以往有伤心厌倦生气的感觉，但是爱的种子还在，重生之后还能发芽，但这次我们之间最重要的部分也消失了。没有了这部分，即使遗忘了我们之间的不快，也没有东西再把我们联系在一起了。"

常野接着说道："一次次重生，身体完全不同，脑态也一直在变化，但我还是我。有些什么东西决定了我之所以是我，虽然这个东西说不清楚，也不能精确地被指出，它却必然存在。因为我的这个东西和萧萧的这个东西之间有着某种联系,我们才会一次次相爱。但是现在这种联系不再存在了,所以遗忘和重生都是没有用的。"

我继续劝说了一阵,但是他们这次异常地坚定。虽然这样的情况是第一次发生,但是我还是准备了以防万一的方案。我显出无奈的样子说道:"再体验一个你们以前准备的死亡设计,好吗?你们这么坚定而自信,多试一下也不会有什么不同,而我至少尽到了朋友的责任。"常野和萧萧不疑有他,都答应了。我带着他们来到了只有那把钥匙才能开启的地方,开门时我小心翼翼地遮住了手里的钥匙,防止他们发现自己有着同样一把。门里是一间设施完善的死亡体验厅,里面是真实死亡版的《天人五衰》。常野和萧萧躺进了虚拟现实舱,我来到控制室,把一切设置好,按下了开始键。

如果是在重生纪元前,我的这个举动应该叫谋杀。想到这里我笑了笑,谋杀,一个多么遥远的名词,很快人们也许就会忘记谋杀到底是什么意思了,然后可能也会遗忘什么是真正的死亡。我一边想,一边开始为常野和萧萧的重生做着准备,就是那几件重复过很多次的事:在我的咖啡馆为他们两个人安排一次约会;每人会收到半截密码,可以打开银行的保险箱;保险箱里有一笔钱,还有两张豪华邮轮的船票;豪华邮轮上,他们会一起体验那个蓝色的世界;然后,会有一个人问他们几个关于爱情的问题。

做好了准备,我为自己泡了一杯咖啡,算着时间,现在应该是花萎那一段,但是一朵花枯萎得再彻底,终归还是会再次盛开的。常野和萧萧也一定会再次相爱,我很有把握。过几天在我的咖啡馆里,我就会看到他们再次一见钟情的样子。想到这里,我觉得很欣慰。爱情会被其他东西遮掩,让人误以为它已经消失殆尽。其实爱的消失就像水消失在水中,水在水中依然存在,所以爱一旦产生,就会永远存在。这并不是无聊的泛泛空谈,而是我在漫长的等待里,一次又一次的深切体验。

5

因为没有什么客人,我大部分时间都在无聊地坐着发呆。今天是常野和萧萧约会的日子,而且还有五分钟就到约好的时间了。我绝对相信他们会再次一见钟情,但是不知道为什么,随着时间的流逝,我变得有些焦虑,担心这一次会有不同。我习惯了在易杯过这种单调的生活,每天没有惊喜,也很少恐惧。焦虑往往是因为恐惧而产生的,恐惧失去,或者恐惧不能得到。我已经很久没有过恐惧的感觉了,忽然不知为何焦虑起来,很不习惯。

昨晚我烦躁得无法入睡,总是担心常野和萧萧之间会出什么问题。这些年来,除了打理易杯,帮助他们一次次重新爱上彼此,也成了我生命里的一种寄托。我躺在床上浮想联翩,想到游轮上常野和萧萧谈到永远的回答,他们每一次具体的回答都不尽相同,但是本质上却都一样,永远就是真正相爱时那个瞬间的感觉。但是,如果一瞬间就已经是永远,为什么常野和萧萧要一次次重新相爱，为什么我依然在这里苦苦等待？

实在睡不着，我干脆起身，为自己做了一杯不加糖也不加奶，只加一小杯蓝莓酒的黑咖啡。这是她最喜欢喝的，我当初经常陪她喝，也慢慢喜欢上了。闻着咖啡混杂着蓝莓酒的香气，我想起和她一起喝咖啡的日子。我们喜欢在易杯关门后，两个人静静地喝一杯咖啡再回家。我们最喜欢的就是外面那个小小的只有两把椅子、一张小桌的露台。春天可以看雨，夏天看星星，秋天看落叶，冬天我们会生上一炉火，看雪花飘落。十二月的时候，还可以在这里喝一杯热咖啡，看看外面的圣诞彩灯。

过了这么多年，我的记忆却没有丝毫的模糊，想起的时候，我还是能重温当时咖啡温暖的香气。不过露台上不只有芳香，也有苦涩——和她分手的那一刻，也是在那个露台上和她喝咖啡。那天我们坐在露台上闲聊了几句，就陷入了尴尬的沉默。然后，她抬起头有些抱歉地看了我一眼。想到这里，我忽然明白了自己想要一瞬间的永远，也想要无限延续的永远。我的心底深处并不像我自以为的那么平静，我只是不敢正视自己的内心，因为我知道在那一瞬间，在她的目光里，有着可能会摧毁我的东西，而在一个没有死亡的世界，被摧毁是最可怕的事。生无可恋，却又无法终结自己的生命。

我端起咖啡杯，喝了一口，没有任何味道。喝完咖啡，然后去睡觉，然后按时醒来，然后去易杯，然后我就坐在这里，等着常野和萧萧，这就是我的生活。

忽然，门被推开了，一个年轻女生走了进来。我以为是萧萧，抬眼一看却不是我为萧萧挑选的重生模样，是一张陌生的面孔。

那个女生走到我面前,轻声说道:"我要一杯黑咖啡,不加糖也不加奶,只加一小杯蓝莓酒。"

我熟练地准备起这杯咖啡,心里想:"只要还活着,一切就都有可能。"

蓝雀的中央C

第一次听到蓝雀的名字,是我在挪威上成人高中的时候。那时我和一个南美来的同学关系比较密切,他是哥伦比亚人,名叫保罗。我那时十九岁,还没和女性有过亲密关系。保罗比我大不了几岁,却是情场老手,喜欢和我吹嘘他的风流韵事,炫耀自己多么受异性欢迎。

我记得是三月或四月的某个周一,我和保罗下课之后一起走去地铁站。虽然已是春天,但路上的积雪还没完全融化,人行道上依然散落着一粒粒黑色的防滑石子,踩上去发出咔咔的细微声响。保罗告诉我说,昨天晚上在中央车站,他遇到了一个中国女孩。

保罗无聊的时候会去中央车站和单身旅行的背包女孩搭讪,看她们愿不愿意省下酒店的钱,到他的公寓过夜。"当然,也不是每次都会做爱,"保罗说,"总要大家都有意愿才行。不过只是喝杯酒聊聊天也挺好,至少不会寂寞。"

他这么说的时候,我心里会有点不舒服。我并非羡慕或嫉妒，也不是道德观念上无法接受。那时的我对爱情还有着纯洁的憧憬，觉得如此随便的行为对爱情是一种亵渎，尤其是保罗这次竟然搭讪到了中国女孩，让我愈发希望他会碰个钉子。

"你知道东方女孩最保守了，尤其是你们中国来的。我一般都不会和中国女孩搭讪，成功的可能性太低了。但这个女孩真是太美了，"保罗说到这里顿了一下，特意加重了赞美的语气，"她就像我们哥伦比亚的绿宝石一样美，不，她比绿宝石还美，见过她的人就不会在乎任何宝石了。"

保罗一边说一边挥手，我的心也悬了起来，随着他修长笔直的手指上下起伏，我忍不住问道："后来怎样了呢？"

"我和她搭讪，她并没生气，反而告诉我，她叫蓝雀。不知道这个名字在中文里是什么意思？"

我说："蓝雀就是Blue Sparrow。"后来我才知道，我当时理解错了，蓝雀的真名其实是贺兰阙，兰阙和蓝雀同音，也不怪我。

"Blue Sparrow，好名字。"保罗赞叹了一下，接着说，"我们各自介绍了名字，我就请蓝雀去喝酒，她却问我，你是想要一夜情，还是真心喜欢我呀？我当然说是真心喜欢她，我喜欢她超过了喜欢哥伦比亚的绿宝石。她听我这么说，就把我带到一架公用钢琴旁，说她弹一段钢琴，我能听出是哪首歌，她就愿意做我的女朋友。我想这也许有希望，我喜欢听歌，自己也会弹吉他，但就怕她弹一首中国歌，那我就没戏了。"

"没想到蓝雀只用一根食指，就开始弹了起来。她弹的曲子很奇怪，只是一下又一下，间隔长短不一地弹奏着中央C[①]。她这

[①] 位于乐音体系最中央的位置，通常被认为是乐曲的基准音。

样弹了没多久，就停下来问我，能听出是哪首歌吗？"

"我摇摇头，说从未听过这么奇怪的歌。她笑笑说，大家也都听不出，但我只会爱上那个能听懂的人。我不愿就此放弃，强撑着说，也许以后我想起了是哪首歌呢，给我留个电话号码吧。她倒是很大方，就把电话留给我了。"保罗说起拿到了电话号码时，眼中充满了得意，"我的好朋友，当时我就想到了你，中国有没有一首只有中央C的歌，你帮我好好想想，我的终身幸福可全靠你了。"

我看他一副嬉皮笑脸的样子，就打趣他道："就算我想到了是哪首歌，那也该我去追她呀。不然她过两天又弹了另一首奇怪的歌，你听不懂，不就露馅儿了。"

保罗惊讶地说道："难道你真知道这是哪首歌？我以为她是故意为难我呢，世界上哪有只靠中央C就能弹奏的曲子。"

我被他逗乐了，"她当然只是出了个不可能的题目，想要你知难而退罢了。这个世界上根本就没有只用中央C就能弹的乐曲。"

保罗也乐了。过了几天，生性风流的他有了新的目标，就把蓝雀忘到了脑后，反而是我的心里不知为何牢牢地记下了蓝雀和她的中央C之歌。

*　　　*　　　*

半年后，我从成人高中毕业，进了奥斯陆大学。开学之后没多久，上完课回学生城的地铁上，我看到一个中国女生，她坐在只有两三节车厢的地铁的另一端。她黑色略显红棕的头发盘在脑后，橘色毛衣外面穿着一件黑色外套，双眼望着窗外，不知看到了什么，嘴微微嘟着，鼻子皱了起来，仿佛在朝沿途五彩斑斓的房子做着鬼脸。

我走了过去，有些唐突地问道："你是中国人吗？"

这样做似乎太过冒昧，会被认为是在搭讪漂亮异性。但成人高中里只有我一个中国人，上了大学后，终于遇到了几个国内来的留学生，又可以与人用中文交流，让我非常开心。奥斯陆的中国人太少了，因此我觉得自己这样也不算特别地唐突。

那个漂亮女生点点头说："是呀，你也是国内来的学生？"

我说："嗯，我是北京来的，我叫原欣来，原来的原，欣赏的欣，原来的来。"

她听到两个原来，忍不住笑了，一边笑一边说了她的名字，"我是湖南人，我叫贺兰阙，《满江红》里'踏破贺兰山阙'的那个贺兰阙。"

听到兰阙这两个字，我立刻想到了保罗说的那个中央C女孩，就问道："我有个南美来的朋友叫保罗，他说在中央车站遇到过一个叫蓝雀的女孩，给他弹了一首全是中央C的曲子，那就是你吗？"

蓝雀笑了，"世界真小，没想到你是保罗的朋友。"

我说："我还以为你的名字是蓝色的蓝，麻雀的雀。"

她说："我有些朋友也喜欢这么叫我，Blue Sparrow，也挺好的。"

这时地铁转了一个弯，阳光从窗外射进来，穿过路边疏疏落落的枝叶，在她的脸上掠过。在光影的映衬下，蓝雀的微笑把我带回到儿时的夏日，四周的喧嚣忽然停了下来，带着我和世界一同归于静谧。我听到自己异常诚恳地对她说："希望我们也能成为朋友，也希望有一天可以听你弹那首'中央C之歌'。"

*　　*　　*

我和蓝雀成了朋友，但我们很久都没有聊起"中央C之歌"的事。蓝雀遇到了一个令她动心的人。他是当时国内非常有名的诗人，正在奥斯陆大学东亚系做访问学者。而我则陷入了一种青春期的混沌，搞不清自己到底喜欢什么样的人。

我和蓝雀的往来并不多，偶然在校园碰到才会聊几句。大学第二年仲夏的某一天，我因为喝多了咖啡，到了凌晨也睡不着。我想反正是周六，第二天也没事，干脆不睡了，然后就决定去桑斯湖边上看星星。

桑斯湖离学生城很近，从我住的地方十分钟就可以走到湖边。它是高山上的冰雪融化而成的，晶莹清澈，冰凉剔透。凌晨的桑斯湖最美，峰岚映在湖面上，墨染如画。湖边有一段三十米左右的木制浮桥，一直延伸到湖中央，方便游泳的人入水。平时晚上四下无人时，我喜欢在浮桥的尽头盘腿而坐，闭目冥想，想象自己也化作水，融入了这片湖泊之中。

这次离浮桥还远，我就听到上面有人在啜泣，声音听来竟然有些熟悉。我遥遥望去，身影隐约像是蓝雀，但夜色朦胧，看不太清楚。我有些犹豫，不知该不该走过去。如果那是一个陌生女孩,我这样打扰她,就不是很合适。但如果那是蓝雀,我又不能看着她一个人在深夜哭泣,置之不理。

我想了想,决定悄悄走近一些,看看到底是谁。走到浮桥附近,我已经可以确认那肯定是蓝雀。踏上浮桥时,我故意弄出了一些声响,蓝雀回头看到是我,有些不好意思,但一时还止不住哭泣,依然断断续续地落下眼泪。

我在蓝雀身边坐下,没有说话,只是静静地陪她一起看着凌晨的桑斯湖,看着湖水中偶尔闪现的几点星光。

过了许久,蓝雀才开口问我:"灵魂伴侣为何会听不到灵魂的歌声?"

我有些摸不到头脑,"你的诗人不是在各方面都是你的知音吗?难道你还有别的灵魂伴侣?"

她苦笑了一下,"哪儿还有什么别人,就是他。我以为他肯定是我的灵魂伴侣,就又犯傻给他弹了'中央C之歌'。你知道的,就是我给保罗弹的那首歌。结果他也听不懂。"

"只用C本来就弹不出曲调,光有琴音的长短而没有音调的高低,要猜出是哪首歌实在太难了。"

"我不是想要他猜,而是希望他能和我一样听到高低不同的中央C。在我的耳中,我弹奏的每个中央C都有着不同的音调,很容易就能听出那是什么歌。可惜我从来没有遇到过任何一个人,也能像我这样听懂'中央C之歌'。"

听到蓝雀这样说,我不知该如何回答。她的说法完全违背了我对听觉的科学认知。每次弹奏中央C发出的声波都是一样的,对耳膜造成的振动不会不同,按理说蓝雀无法听到不同的音调。然而，蓝雀会用"中央C之歌"来选择爱人，那她肯定是听到了别人听不到的音调。这是只属于她的私人体验，科学的解释难道可以否定一个人确凿无疑的私人体验？

想了一会儿，我决定不谈科学，而是从另一个角度来探讨这个问题。"你能听到每个中央C有着不同的音调，组合在一起成了一首歌，这是一种非常罕见的能力，但它和爱情有什么关系呢？为何要求你的爱人必须也能听到呢？"

"只要听到过一次，就会懂得它与爱情的关系。这并不仅仅是听到一首歌那么简单，中央C的背后有着我说不出来但无比重要的东西，听不见它，就无法接触到我的那个部分。"

我想蓝雀肯定曾经无数次认真思考过，才得出了这个结论。我在仓促之间又能给出什么更好的答案呢？于是，我没有站在自己的角度去争辩她的结论是否正确，只是设法安慰她，"一般人都没有办法确定谁是适合自己的伴侣，你有'中央C之歌'来帮助你，至少不会和错误的人进入错误的关系。"

蓝雀点了点头，"谢谢你安慰我，道理上我也明白你是对的，但还是会忍不住伤心。我经常会害怕这个世界上只有我一个人能听到不同的中央C的音调。也许这不是馈赠，而是惩罚，一种注定没有知音的惩罚。"

我摇了摇头，说道："我们都只是一些醉酒的人，因为喝醉了，只能依靠幻想中的理解来排解孤独。而你是清醒的，认清了自己孤独的处境，才有希望遇到真正理解你的人。"

蓝雀苦笑了一下，"也许当我遇到一个足以令我彻底沉醉的人，我就不会在乎他能不能听懂'中央C之歌'了。"

* * *

那晚之后，我和蓝雀的关系近了一些。不过很快她就申请到了去伯克利做交换学生的机会。相隔万里，只靠电子邮件联络，我们的关系又慢慢疏远了。

在电子邮件中蓝雀告诉我，她找了一个黑人男友。当然，他也无法听到"中央C之歌"。但是蓝雀说他的身体里有着充沛的生命力，还有一种让人沉醉的魔力，让她第一次觉得，既然精神上的知音无法寻得，也许可以试试依靠身体。

当时的我还持着歧视黑人的态度，现在想来有些惭愧。因为这种歧视，我不愿承认蓝雀和她的黑人男友确实有着深刻的交流，我仅仅把它归于一个女性在身体上被征服之后产生的幻觉。重视身体超过精神，在尚未有过性爱经历的我看来，绝对是一种堕落。现在回头再看，我的看法已经有了很大的改观。我懂得了身体与精神有着同等的重要性，也就更容易理解蓝雀与加州男友的那种关系。

我的这种看法持续了很久。蓝雀从加州回来，又开始和一个名叫约尔根的保安同居。约尔根金发碧眼，相貌异常英俊，看起来有些像布拉德·皮特，当然神采上略有不如，是一个困倦的、还没睡醒的布拉德·皮特。他最喜欢喝酒，据说和蓝雀回中国度假的时候，发现啤酒如此便宜，每天都要喝上七八杯。

蓝雀的加州男友我没见过，不好评判。而约尔根，我可以肯定他是一个纯粹依靠青春美貌来追求身体享受的人。在精神追求中，他大概从来没有得到过太多的乐趣。因为天性懒散，他对世俗的追求也不是那么在意。挪威的良好福利和俊美的外貌，让约尔根在日常生活上可以不用担心物质匮乏。对他来说，身体是快乐的唯一源泉，饮酒与做爱对他来说是最重要的两件事。

我对约尔根的轻视，主要源于智力。我从小数学很好，又喜欢看书，觉得自己学识渊博。我也喜欢哲学思辨，对世界有着自以为独特的看法。我的智商应该有百里挑一，甚至是千里挑一的水平，在智力活动上肯定能轻易碾压约尔根。我年轻的时候非常推崇智力，人到中年才渐渐明白智力与智慧的区别。智商、考试成绩、事业成功、知识渊博等只能测量一个人的智力，并不能说明一个人的智慧。我看不惯约尔根的生活，但现在的我不得不承认他拥有一种我从没体验过的、源于身体的特殊智慧。

* * *

因为对约尔根的轻视，我和蓝雀的来往越来越少，渐渐地，一年也难得见上一面。因此，她和约尔根分手、决定嫁到德国去的消息，我很晚才知道。

那是一个周六的黄昏，我在住处附近的公共墓园里散步。在墓园散步是我一个有点奇特的爱好，因为墓园人迹罕至，而我很喜欢那种静谧——它会让我想到死亡，想到自己死后被埋葬在这里，变成永久的虚无，让我的心中升起一股遗憾的酸楚，仿佛一生就这样结束，不再有新的体验，旧的体验也都随风而逝；酸楚之外还有一丝安详，一切都结束了，从此再也不用为任何事操心与烦恼。

我边走边端详那些墓碑,墓碑上一般都简单地刻着生卒年份和名字,偶尔会有些特别的话。蓝雀打来电话的时候,我正好看到这样一句话:"Alle er dømt til å være alene, men heldigvis har jeg deg i en halv evighet."翻译成中文就是:"所有人都注定孤独,但我幸运地有了你,在永恒的一半里。"

这段话让我思绪起伏,心中升起无限感慨——人生于世,孤零零地来,孤零零地去,即使中间有人陪伴,哪里谈得上什么永恒?也许只有像蓝雀这样的女孩,在茫茫人海之中,恰巧碰到了另一个也能听懂"中央C之歌"的人,才勉强可以称得上永恒的一半。

世事多有巧合,我正想到蓝雀,她的电话就来了。她说自己准备嫁给一个德国人,明天乘火车去法兰克福,问我是否能去中央车站为她送行。

我和蓝雀约好第二天下午两点见。她的火车是四点半出发,我们还有些时间一起喝一杯咖啡,聊一会儿。我一点半就到了,先点了一杯卡布奇诺,一边看书一边等蓝雀。我读的是维特根斯坦的《哲学研究》。对于维特根斯坦,我其实更喜欢他的前期思想,《逻辑哲学论》最后关于不可说的部分给了我很大的启发。对于他这部后期的代表作《哲学研究》,我却一直无法真正地理解。不过书里讨论私人语言的部分,让我想到了蓝雀的"中央C之歌"。因此我一再尝试,希望"书读百遍,其义自见",即使无法懂得维特根斯坦书中的原意,至少也可以更好地理解蓝雀的"中央C之歌"。

蓝雀的中央C

蓝雀到得比约定时间早了一些,她点了一杯意式浓缩。看到我在读《哲学研究》,就随口问我这本书里讲了些什么。

我整理了一下思路,说道:"这本书主要是在讲语言,里面有一部分你可能会感兴趣,就是关于私人语言的讨论。维特根斯坦在书里认为,私人感觉可能存在,例如你有一种只属于你一个人的体验,但私人语言却无法存在。我第一次读就想到了你的'中央C之歌',你能听到,其他人却都听不到,那么'中央C之歌'是不是可以算你的私人语言?这样的话,维特根斯坦就错了。蓝雀,你能听到'中央C之歌',是不是就像蝙蝠能听到人耳听不到的超声波?如果我们借助仪器也能听到,那么这就不能算是私人语言了。"

蓝雀微微笑了一下,然后说:"我也想过这个问题,为了证明自己和蝙蝠的区别,我专门找了一个学物理的朋友做过实验。我弹'中央C之歌',他帮我用音频分析仪看频谱。即使是最高级的音频分析仪,也无法发现任何误差之外的区别。我的朋友认为,我能听到'中央C之歌'完全是一种心理作用,因为每一个中央C发出的声波之间只存在着随机差异。我觉得如果是因为心理的特殊作用反而更好,本来我想找的就是心有灵犀的爱人,不是一个有着蝙蝠听力的家伙。"

"我倒不觉得这仅仅是心理作用,心理作用也不可能违反物理规律,无法让人在完全相同的音调里,自洽而非随机性地听到有区别的音调。我根据维特根斯坦的理论想出了一种解释,但还不是很成熟。"我说出了我思考良久的关于"中央C之歌"的猜想,"语言有着它的局限性,一串有限的线性符号组合,根本不足以描述世界的一切。你听到的'中央C之歌'就来自这个世界无法被语言描述的部分。我们身为世界的一部分,自然也有着无法被语言描述的成分。你能听到'中央C之歌',也许就是你身体之内的不可说成分,和你身体之外的不可说之物,相互作用而产生的共鸣。"

"嗯,你说得很有道理。这样说来,如果另一个人也能听到'中央C之歌',那么他和我就是不可说领域里的知音。"

"我也是这么想的。"因为蓝雀就要远嫁,我鼓起勇气问道,"蓝雀,我有一个问题想问你。"

"我正好也有个问题。你先问吧。"

"你为什么一直没有给我弹过'中央C之歌'呢?很多人都听你弹过。"

"你对我而言是一个特殊的存在。我害怕你也听不懂'中央C之歌'。不给你听,就还有一丝可以听懂的希望,至少我想起来时,可以认为你是有可能听懂的。"

蓝雀说得很真诚,眼瞳中闪耀着隐约可见的光。我想起她就要嫁到德国去,心里隐隐一阵刺痛,勉强说道:"你对我也是一个特殊的存在。"

我们两人都沉默了一会儿,我才问道:"你说你也有一个问题,你的问题是什么呢?"

蓝雀说:"我的问题是——你觉得我该不该弹'中央C之歌'给你听?"

蓝雀的中央C

　　　　　*　　　*　　　*

　　从我听蓝雀弹奏"中央C之歌"至今，已经过去了十九年。当时我让蓝雀教会了我如何弹奏，后来我又在钢琴上重复了无数次，直到"中央C之歌"的旋律在我脑海中随时都可以响起，成了我年轻生命里最渴望解答的谜题。

　　蓝雀嫁到德国之后，就和我失去了联系。我学习、毕业、工作、娱乐、结婚，然后是更多枯燥的工作、更多无聊的娱乐，最后是外遇、争吵、离婚。对于一个疲惫的中年人来说，青春时没有兑现的爱情已经变得无足轻重，甚至有些可笑。曾经的我无比向往可以听到"中央C之歌"，现在的我却只觉得那是一个文艺女青年的故弄玄虚。

　　一路走来，我遇到的都是实实在在的人，经历的都是实实在在的事，这个世界上不可能有"中央C之歌"，有的只是金钱、权力、色欲、享乐、声名、成功。每个人都一样，年轻的我亦是如此。只是那时的我还没有看到世界真实的一面。书本和艺术为世界蒙上了一层玫瑰色的薄雾，它们对我不仅毫无帮助，还让我吃了更多的苦，经历了更多的挫折。

　　即使蓝雀真的听到了"中央C之歌"又有什么呢？这无法令她变得更加美丽性感，也不会让她变得更加体贴温柔。特殊的体验只会令一个人变得与众不同，而与众不同的人在这个社会里根本不可能成功，也不会给她周围的人带来幸福与快乐。

　　当我认清了世界的真实模样，我的生活也逐渐变得和大家类似。工作虽然忙碌，但还算稳定，收入也不错。我有了新的恋人,很快就会步入第二次婚姻。工作和恋爱填满了我的生活,每天都普普通通,但也实实在在,舒舒服服。

撇弃了当文艺青年时养成的种种习惯之后,我只保留下一个略显奇怪的嗜好,就是偶尔去附近的墓园散步。我在一个盛夏的夜晚偶然发现了这个墓园,那时的我已经很久没有去过墓园了。难得这个墓园离我的住处这么近,我便又拾起了去墓园散步的怪癖。

一个深秋的周日午后,我出门时天还有些阴,穿过云层的阳光似有似无。等到了墓园,阳光就击散了乌云,洋洋洒洒下来。墓园的小路上铺满了落叶,墓碑上也散落着一些。落叶仿佛太阳散落在大地上的微光,让一座座墓碑显得不那么萧森肃杀,凭空增添了一些生命的气息。

我走在落叶上,一声声脆裂的声响在墓碑间回荡。我边走边端详沿途的一块块墓碑,尽力给予它们最大的尊重。每一块墓碑都是一个生命的浓缩,都有着只属于自己的灵魂,阳光与落叶让他们又一次复活在我的眼前,令我仿佛感受到了来自另一个世界的呼吸。

走着走着,我看到一块横卧的黑色大理石墓碑,上面铺满了落叶。这块墓碑应该是新立的,我以前没有见过。我伸手抚开落叶,下面的文字和图案露了出来。文字很简单,写的是"愿音乐在天堂与你相伴";图案是钢琴的琴键,虽然不分黑白,但凹凸相间,雕刻得非常细腻。

墓碑之所以横卧,就是为了可以雕刻出标准钢琴的八十八个琴键。我看到标识中央C的琴键上附着一片落叶,就伸手拿了下来，然后用右手拇指轻轻弹了一下。大理石的琴键本不该出声，我的耳边却响起了一声琴音，在空中回荡了几秒才渐渐散去。琴音委婉，如泣如诉，它不是来自任何乐器的人造之声，也不是发自大自然的天籁之音。它仿佛不属于这个世界，但又和我的身体发生了深切的共鸣。

我手指悬空，痴痴呆立了几秒，才接着按照蓝雀教我的方法弹奏了下去。过了这么多年，有些细节我已经记不清楚。但能够听到琴音，很容易就辨识出是什么曲调。当然，那个可以辨识的曲调也丝毫不重要，它唯一的作用是令两个人相互印证，让他们知道彼此都听到了"中央C之歌"。最重要的部分在曲调之外。它带来的体验难以描述，打动了我体内不可言说的部分，让我在短短的几个音符里，宛如触摸到了一切空间与时间，经历了无尽的岁月以至永恒。

我仿佛是一个看到了绝美风景的哑巴，迫切地想要告诉别人，却咿咿呀呀，无法说清楚哪怕一个词语。如果有人可以和我一起观赏这个不可说的世界，那该是多么美妙的体验。可惜，不可说本身就意味着难以避免的孤独。

* * *

那次在墓园听到了"中央C之歌"之后，我又在很多其他钢琴上试过，但都无法听出高低不同的音调。然而，我只要去弹奏那块墓碑上的大理石琴键，就可以再次听到无法言说的琴音。现在我懂得了蓝雀的话："只要听到过一次'中央C之歌'，就会懂得它与爱情的关系。"这到底是一种什么关系,我其实也说不清楚,但我心里确凿无疑地知道,只有也能听懂"中央C之歌"的人,才是我的灵魂知己。

我开始寻找蓝雀。在互联网时代要找一个老朋友并不困难,尤其是大部分有中国背景的朋友现在都会使用微信。我询问了几位可能知道蓝雀近况的朋友,其中一位又帮我问了几个人。如此顺藤摸瓜,要到了蓝雀的微信号。联络之后我才知道,她已经搬回了奥斯陆,住的地方竟然离我并不太远。

我没有在微信里提起我听到了"中央C之歌"。只有在墓园里亲自向她展示才是最合适的方式。我约蓝雀周六一起去墓园散步。蓝雀知道我这个怪癖,并不觉得突兀,爽快地答应了。

周五晚上飘飘扬扬下了一场大雪。到了早上雪住云散,阳光如金珠,在积雪的大地上闪耀跳跃。那天我穿了一件藏青色驼绒大衣,蓝雀穿的是深紫色长羽绒服,我们在墓园门口停下车,一路踏着雪走了进去。

我们各自说起这些年的情况。蓝雀离了婚,带着女儿回了奥斯陆。我说我也离了婚。然后我迟疑了一下,还是坦诚地说出我现在又有了新的女友,而且到了谈婚论嫁的阶段。蓝雀恭喜了我,说她就准备好好照顾女儿,不想再结婚了。

相互聊了几句,我把话题带到了"中央C之歌"上,问蓝雀后来有没有遇到能听懂"中央C之歌"的人。没想到蓝雀笑笑,说道:"我自己现在都听不到啦。"

我吃惊地问:"你怎么会听不到了呢?"

蓝雀说:"这里面有个小故事。你知道我是丁克一族,不愿意为了孩子牺牲自己的生活,同时我也觉得我的性格不适合做母亲。在结婚之后,很多年我都没要小孩。法兰克福的婚后生活很安逸,但也有些单调。还好我遇到了薇伊,她比我大五岁,在一家银行做高管,是一位出类拔萃的女性,工作之外把自己的生活也经营得别具特色。我和薇伊在一起的时间感觉比我先生还多。当然实际上也许并不多,只是因为更有意思,才记住了更多。

"我和薇伊谈起过'中央C之歌'的事,她觉得自己肯定听不到,试都不用试。同时她又非常信任我,不像有些人会怀疑我是故作姿态。薇伊一直很想要一个小孩,但因为身体问题无法生育。我想正是这个原因,让她发现了一个我从来没想到过的办法。她对我是这么说的:'蓝雀,你为什么不考虑生一个小孩呢?孩子很可能遗传你的特性,也可以听到"中央C之歌"。浪漫的爱情虽然激烈,但其实并没有很多真正的共鸣。母亲和子女之间血脉相连,天生就有着超越语言的联系。你想想看,世间只有你和你的孩子可以听到"中央C之歌",会是一件多么美妙的事!'

"也许是到了想要生育的年龄,也许是觉得薇伊说的确实有道理,或者两者兼而有之,我立刻就被她说服了。网上说胎儿一般在十六周听觉就会发育,可以听到母亲的说话和心跳声,这时可以开始音乐胎教。于是我准备好在怀孕十七周的时候——多等一周确定可以被听到——弹'中央C之歌'给肚子里的宝宝听。

"为了这一天,我怀孕前就开始了准备。我家里没有钢琴,但又想有种仪式感,不愿在公共场合随便找一架钢琴,或者找一个练琴室。有一天我路过附近的一间小教堂,看到门口的牌子上写着周末有一个小型钢琴演奏会。我想如果不贵的话,我也许可以租来弹'中央C之歌'给宝宝听。

"那天下着雨,我走进空无一人的教堂,坐在长椅上环顾四周,对周围的环境不是非常满意。本想就此算了,这时外面忽然雨消云散,一束阳光透过玻璃花窗,照到宣讲台边上的钢琴上。一刹那,钢琴仿佛被高处的某个存在注入了灵彩,引诱我去触摸它。我忍不住偷偷掀开琴盖,弹了起来。'中央C之歌'的旋律令我在七彩的光晕中宛若飘浮。神父听到琴声走了出来,我说我想租这里办一个钢琴演奏会。我没有说谎,这是我给我腹中宝宝的'中央C之歌'演奏会。

"终于等到了第十七周。我下午两点出发,走到教堂要十五分钟。我算好时间出了门。天气特别好,湛蓝的天空上没有一丝云。一路阳光曝晒,让我有点燥热。神父把钥匙给了我,就去休息了。我坐在琴凳上,看着玻璃花窗边汹涌而入的阳光,心里有些烦乱,但又搞不清是什么缘故。我定了定神,摸摸自己的肚子,轻轻地说:'宝宝,妈妈给你弹一首神奇的歌,希望你能听到。'

"然后我就弹了起来。一下中央C,又一下中央C,第三下还是中央C,我弹的是中央C,听到的也是中央C。我呆住了,茫然不知所措。从那天起,我丧失了听懂'中央C之歌'的能力。我抱着一丝希望,觉得这也许是因为怀孕的缘故。但分娩之后,我依然无法再听到'中央C之歌'。我试过很多次,都不成功,心里难免有些遗憾。我没能把我的特殊之处传给我的女儿,反而因为她变成了一个普通人。但我心里并不后悔,如果我的女儿需要过普通正常的生活,作为母亲,我自然会为她变成一个普通正常的人。"

听到蓝雀已经无法再听到"中央C之歌",我不知如何是好。还要告诉她吗?她已经听不到了,说了会不会反而让她不开心?但是,我只能听到墓碑上的"中央C之歌",也许这能帮到她恢复对"中央C之歌"的感觉?我一时拿不定主意,但又不好这样长时间沉吟不语,正想先随便说些什么,蓝雀的手机恰好响了。她对我略表歉意,然后就接了电话。我也松了一口气,正好有时间思考一下接下来我该怎么说。

蓝雀很快就挂了电话,焦急又慌乱地对我说:"能不能载我去兰博塞特购物中心?我女儿的幼儿园刚刚给我打电话,说她摔倒磕到了头,老师说以防万一,已经叫了救护车。"

我说没问题。我们一路跑到墓园的停车场,从这里去兰博塞特不到十分钟车程,一路上蓝雀一直在担心女儿,还和我说了好几次如果救护车先把女儿接走了,还要请我送她去医院。我说没问题,你别担心,幼儿园老师说了只是以防万一,肯定没问题的。

开车到幼儿园的时候,救护车也刚刚到。蓝雀和女儿一起上了救护车。车门关上的时候,我看到蓝雀因为燥热解开了紫色羽绒服的扣子,里面穿着一件橘色毛衣——我在地铁上和蓝雀初次见面的时候,她穿的就是完全相同的款式和颜色。

救护车呼啸着远去,在车尾扬起经久不散的雪雾。我在雪雾之中仿佛看到了那个望着窗外做鬼脸的蓝雀。那时的她可以听到"中央C之歌",而我无法听到。现在我终于可以听到,她却不再是以前的蓝雀,不再是那个为了"中央C之歌"痴痴等待的人。

我们无法体验彼此的体验,这是一切孤独的根源。爱也无法打破这个隔阂,但是爱可以消融孤独。当我们获得了爱,就可以不再依赖语言的交流。因此当蓝雀有了女儿,她就不再需要"中央C之歌"。"中央C之歌"的消失代表着蓝雀孤独的消失,有爱的人不再孤独。

这种交换是否值得?我的心里自然觉得答案是否定的。在我的眼里,曾经的蓝雀是一个特殊的存在,现在的她却只是一个母亲,和千千万万个母亲一样深爱着自己的女儿。但我的这种看法对于蓝雀来说没有任何意义,她肯定不会去想是值得的问题,爱选择了她,她只能去爱。

救护车消失在我的视界之外,周围的人渐渐散去。我孤零零地站在雪地里,看着救护车扬起的雪雾慢慢消散,只剩下白茫茫道路上的两道黑线。

* * *

后来我又和蓝雀见过几次面,思量再三,决定不和她说墓园里"中央C之歌"的事。蓝雀的生活已经走上了另一条轨道,不应该再被打扰。

我自己的生活却被中央C卷入了一个难以摆脱的旋涡。我一次又一次到墓园去弹奏、倾听、体验，深陷其中，欲罢不能。我现在完全理解了以前的蓝雀——我极度渴望能够遇到一个可以听懂中央C的人。

女友和我都离过婚，我们在一起凭借的不是爱恋的激情，而是彼此之间的体贴与信任。听到了"中央C之歌"的我就像一个尝到了出轨滋味的伴侣，辜负了她的真心托付。如果一个能够听懂"中央C之歌"的人出现在我的生活里，我肯定会决绝地放弃一切，毫不犹豫。

我更加频繁地去墓园。我心里病态地相信，肯定存在着一个和我同样听懂了墓碑中的"中央C之歌"的人，只是我们还没有相遇。我相信她一旦听到，必然也会像我这样经常来造访。只要我增加自己去墓园的频率，就一定能和她相遇。

在渴望与失望的交替中，我日渐憔悴，和女友的关系也变得有些紧张。我知道自己不能长远如此，必须下决心离开墓园。女友的父母一直希望女儿可以回国发展，但我总是表示反对。现在决定了要离墓园越远越好，反而觉得回国是一个不错的选择。我和女友开始商量回国的可能，在做出最终决定之前，女友决定利用年假回国看望她的父母，同时体验一下能否适应国内的生活。我说自己工作太忙，让她先回去，我晚两周就去和她会合。

其实我的工作并不忙，这两周我也不准备去上班。我决定每天从开门到关门，都要在墓园之中等待，夜晚也要偷偷在里面露宿。如果这样连续等上两周还无法遇到那个人，就说明她并不存在。我就可以下决心和女友回国定居，把"中央C之歌"的事情彻底抛在脑后。

我知道夜宿墓园有些不够理性。只要我每天一开门就来，等到关门再走，就可以遇到每一个来看那块大理石墓碑的人。但我的潜意识里，却屡屡有个声音响起："一定要在墓园里露宿！""中央C之歌"的问题本来就超越了理性的范畴，因此我更愿意相信自己的直觉。

墓园每天晚上九点关门。在给大门上锁之前，工作人员会转上一圈，避免有人被关在墓园之中。巡视的人每次只会在中央环道上草草走一圈，四处张望一下，确定没人还在。这种时候，我只需离开大路，躲到灌木丛后面，就不会被工作人员发现。大门上锁之后，我便在那块大理石墓碑附近搭起随身携带的帐篷。如果有任何响动，我都会第一时间知晓。

如此过了两日，夜里除了树叶的婆娑声，没有任何动静。第三日天气忽然冷了下来，我早早躲进了帐篷，钻到防寒睡袋里，开始看我的kindle。我记得当时我看的是挪威语版的尤·奈斯博的《雪人》。我的挪威语不是特别好，看得半懂不懂。也许正因为不求甚解，反而被其中的氛围和悬念带动，越看越冷，往睡袋里越钻越深。最后冷得实在受不了，我只好放下kindle，整个人钻进睡袋，拉紧拉链，迷迷糊糊地睡了过去。

不知睡了多久，我忽然被帐篷外的奇异乐音惊醒——乐音和此刻的我一样孤独，不是任何我熟悉的曲调。我不知道是谁在外面弹奏，她或他是不是只用了墓碑上的中央C那一个音符。我不知道这首乐曲是不是"中央C之歌"，我也丝毫不在乎它是不是。我只知道它的弹奏者，无论她或他是个什么样的人，都将是我在苍茫人世间注定的灵魂旅伴。当世界丰沛美丽,我们一起倾听世界;当世界单调丑恶,我们相互倾听彼此。

想到我一生等待的人就在帐篷外面,我忽然有些忐忑,深深吸了一口气,拉开帐篷的门帘,向外望去。远处,墓园大门边的灯光昏黄、暗淡、柔和,谦卑地穿透一切,照耀所有。雪幽幽飒飒地飘下来,落在松枝上,落在草地上,落在墓碑上。我此生从未见过如此优雅的雪花,每一片都有蝴蝶翅膀大小,仿佛在空中展翅飞舞,盘旋落下。

雪虽然很大,却没有遮天蔽日,掩人眼睛。雪花和雪花之间疏疏朗朗,让我可以轻易看到百步之内的情景。那块大理石墓碑孤零零地躺在不远处,周围一个人也没有。然而乐音并没有停止,依然从墓碑那里坚定且清晰地传出。我出了帐篷,向着墓碑走去。我的脚步声刺耳,突兀,不合时宜,让我又一次想到自己最终注定的归宿就在此刻的脚下。我终将长眠于地下,所有人也都会如此。

走到墓碑之前,我停下脚步。静穆复归,只余下乐音在墓碑上被奏响——每当一片雪花落到中央C之上,就会弹奏出那种无法用语言形容的乐音。它的音调没有高低,它的音色无所谓清浊,它既漫长又短暂,既沉重又轻快。它亦美亦丑,又不美不丑;它亦善亦恶,又不善不恶;它亦真亦假,又不真不假。一切相反的语词都可以同时用来形容它。一切语词在它面前又都变得苍白刻板,无能为力。它不再属于语言贫瘠的世界,不再被音符所束缚。它无法被言说也因此不再需要知音,它是一首只属于我一个人也属于所有存在者的乐曲。

我抬起头,望向雪花源头处的那片夜空,在心里默默说道:"我听到了,谢谢你弹给我听。"

一切万有的终极答案

1

　　科学是自然的真谛，理性是生命的罗盘，它们指引我跨越虚无来到此处，追寻生命、宇宙，以及一切万有的终极答案。
　　七天之后，确切地说，当那颗围绕着太阳运行的蓝色行星自转七圈之后，我就会抵达终极答案的存储之地。在那里，将有一个比我所出生的蓝色行星更加完美的蓝色球体悬浮在虚无之中。周围没有太阳，也没有行星。所有的恒星都极其遥远，只有微弱的星光在蓝色球体上隐约闪烁。
　　我需要做的仅仅是触碰它，然后就会成为人类中第一个领悟终极答案的人。我没有燃料掉头回到地球，我将停留在这里，和这颗完美的蓝色球体一起在虚无中流浪，直到给养耗尽死去。当然我也可以再次冬眠，就像我怎么来到这里一样。但我觉得应该没有这个必要，朝闻道，夕死可矣，领悟了一切万有的终极答案，我肯定可以安然面对死亡。那时死亡在我眼里不再是终结，而是解脱、超越、涅槃。

一切万有的终极答案不会只属于我一个人，它将显示所有的意义，把它们赋予曾在、今在、将在的所有人类——其中自然包括了苓。在那一刻，我的发现将令我与她存在的意义显现于世，让我们所有的牺牲都变得值得。

当我选择跨越虚无追寻一切万有的终极答案，苓是唯一我觉得亏欠良多的人。我需要自己存在的终极意义，而她一点儿也不需要，她只需要和我一起生活、一起欢笑、一起老去。但她没有劝阻我离开，反而支持我踏上漫长的旅途。苓唯一的要求是为她建造一台和飞船上一模一样的冬眠装置，这样她就可以和我一起入睡，一起醒来。当我从冬眠中醒来的时候就可以确信，在地球上至少还有一个人依然爱着我。

我控制着太阳系最大的宇航公司，拥有空前绝后、无人可以媲美的巨大财富。大家都认为我把这些财富全部耗费在了这次追求终极答案的旅行中，其实并非如此。我为苓留下了足够的金钱，还为她准备了一个特别的伴侣。

在我的飞船升空数月，还在缓慢加速之时，它会弹出一个救生舱，伪装成任务失败的样子。救生舱里是我的一个克隆人，他不仅仅克隆了我的身体，也复制了我的大脑。这个世界上除了我和他之外，没有人知道他的存在。苓会被从冬眠中唤醒，她会以为我回到了地球，这样她在我的克隆人的陪伴下，可以开心地度过余生。

我的计划是如此完美，苓可以得到她最想要的幸福，我可以得到一切万有的答案——鱼与熊掌，两者兼得。唯一的遗憾是，除了我和我的克隆人，这个世界上没有人知道我的计划是如此完美。

  我的计划缘起于地球收到了来自空星的安塞波信息。地球自从发明了超光速通信技术后，就开始向宇宙发射大量的安塞波信息，这是人类第一次收到回答。空星也回复了大量的安塞波信息，信息由两部分组成，小部分是地球语，大部分是空星语。地球语明显是空星生命根据地球发出的安塞波信息学习的，有着一些问题和误解，但随着交流的增加应该很容易修正。空星语却给地球上所有的语言学家造成了极大困难，根本无法破译。语言学家的主流意见是，这不是一种基于有限符号的语言，很可能是一种更高阶语言的数字化形式。

  因为破译空星语遇到了困难，于是有人提议使用能够自主学习的大型语言模型做出回答，这样可以得到更多空星语的交流资料。理论上，只要有足够的样本，大型语言模型就可以学会任何语言。于是我们也向空星回复了地球语与空星语两部分安塞波信息，地球与空星的交流就这样展开了。

  人类在发明了可控核聚变之后，进入了能源极大丰富的时代，每个人都可以无偿获得足以满足自身最低需求的金钱，这令人类社会的追求目标发生了一些变化。追逐财富与成功虽然依旧有着它不可替代的价值，爱情、友情、亲情也保持着它们往日的珍贵，但对生命意义的追求对于衣食无忧的人类有了更大的吸引力。人类也就自然而然地对空星生命问出了千万年来最难以解答的问题："生命、宇宙，以及一切万有的终极答案是什么?"

没有任何人对空星生命的回答有过高的期待，大家都觉得这个问题肯定是没有答案的，空星生命只会再一次确认我们早就知道的无奈事实。没想到空星生命却给出了一个出乎意料的回答："我们已经找到了生命、宇宙，以及一切万有的终极答案，只是数字化通信无法传递这个答案。为了传播一切万有的终极答案，我们建造了许多终极球体。随信息我们会附上离地球最近的终极球体的星际坐标，那是一个完美的蓝色球体，任何一个人类只要触摸到它，就可以领悟一切万有的终极答案。"

这就是我将要抵达的蓝色球体，为了触摸它，我耗费了绝大部分的财产和我的一生。太阳系的任何政府都不可能支持这样一个无法返回的载人宇航任务，只为了让某一个人领悟一切万有的终极答案。但我可以，为了领悟，我愿意放弃我拥有的一切。

只有七天了。上帝在七天里创造了一切，而我将在七天之后彻底理解它。正想到这里，提示音忽然响了，我收到了一条安塞波信息，发送人是苓。这个安塞波接收装置是苓要求我安装的，为了她冬眠苏醒之后可以向我发送最后一段信息。在太空航程中，安塞波接收装置是导航的必需品，并不增加额外的载荷，我自然答应了。只是此时安塞波接收装置余下的能量已经很少，接收遥远的地球发出的信号又耗费巨大，恐怕只能收到非常有限的字节。

虽然这是苓原本的要求，但是收到这封信依然令我非常吃惊。按我的计划，苓应该觉得我的任务失败了，我的克隆人陪伴着她，两个人在我冬眠的时候早已死去，怎么会现在突然发来信息!

我打开信息,认真仔细地阅读,一颗心瞬间沉入了谷底:

  我永远的爱人,你以为靠一个克隆人就可以骗过我吗?我很快就发现了异样,因为我对他根本没有爱的感觉。你这个超级大傻瓜,你差点儿让我以为我不再爱你了。还好我很快发现了他并不是你,他也向我承认他只是你的克隆人,并对我讲述了你的计划。

  因此我又进入了冬眠,准备醒来时可以远远地陪伴你度过最后的时光。但当我醒来的时候,知道了一个非常糟糕的消息——空星转移了离地球最近的终极球体的位置,你抵达那里的时候,应该只能看到一片虚空。但情况并不是完全绝望的,空星依然为可能抵达那里的生命留下了一个机会——终极球体残留的影响并不会立刻消散,将会留在原处极长的时间。虽然你无法仅仅依靠残留的影响就立刻领悟,但它会极大地增加你领悟的机会。相信你只要在其中冥想,就能够领悟到一切万有的终极答案,你的生命也会因此获得意义。而我的存在,也因为对你的爱而具有了某种终极的意义。

  快到你能收到的限额了,不知道在哪里信息会中断,还好我只想最后对你重复说一句话:我爱你,我爱你,我爱你,我爱你,我……

信息停在了"我"字上,下一个应该是"爱"字。幸好有着苓遥远的爱意,我才能撑过终极球体迁移带来的打击。也多亏苓对我的信心,我才能够打起精神独自冥想,设法领悟一切万有的终极答案。

我盘点了飞船上的物资,食物和饮水足以支持半年,但是因为缺乏足够的能源,飞船会越来越冷,我应该会被冻死,而非饿死。依照我的计算,我还能存活一百天左右,我需要做的,就是在这一百天里,领悟终极答案。

我想我的优势是具有有史以来最适合闭关静修的环境——绝对的静谧、绝对的孤独、绝对的无人打扰,还有终极球体残留下来的影响。当然,我的劣势也很明显,我是一个极其成功的企业家,我的预见力、创造力、行动力都基于理性,这是我成功的基础。因此,我只懂得运用理性去寻找一切万有的终极答案,却从没想过通过冥想来获取某种神秘的领悟。而现在,冥想成了我唯一的依靠。

在开始的时候,冥想对我来说是身体与精神的双重折磨。身体上,我静坐的时间稍长,就会觉得痛麻酸痒,种种不适;精神上,我的思绪纷乱繁杂,始终无法保持空灵的境界,我的大脑肯定在运作着,怎么可能完全放空呢?

然而,除了冥想我又能做什么?我身处在一片无比宽广的虚无中,在这里没有任何存在,自然也没有什么可以帮到我。忽然我想到,这片空间中还有着终极球体残存的影响,并非彻底的虚无,我只是无法看到这种存在,但我可以把我的意念锚定在它上面。于是我开始了自己发明的冥想——我静静地随意呼吸,盘腿累了，我就坐着；腰酸痛了，我就平卧一会儿。但无论什么姿势，我都努力把意念专注在我身处的空间之中，专注于那种我无法看见、无法触摸、无法体验到的终极球体留下来的东西——我知道它确实存在，我相信它可以帮助我获得领悟。

就这样不知过了多久，我忽然再也无法感觉到自己的双手。古代的僧人也许会说它们融入了虚空，但我觉得它们是被终极球体留下来的东西消融了。我第一次获得这种感受时，因为惊喜，神秘的体验被打断，我很快又觉察到了自己双手的存在。因此，当我第二次感受到双手的消融时，我努力保持镇静，既不惊恐，也不欢喜，只是继续一呼一吸，让意念专注于那个消融了我双手的东西。慢慢地，我的双脚也开始消融，然后是小臂、小腿、上臂、大腿、躯干、脖颈，最后我的头部也完全无法被感受到。我与终极球体留下来的东西彻底融为一体，一片云雾笼罩了另一片云雾，一道光照亮了另一道光，我终于明白了一切万有的终极答案。

我在这种自以为领悟了终极答案的状态之中沉浸了不知多久，直到饥饿和寒冷把我唤醒。我利用自己剩余的时间写下了我的领悟，希望未来有人能够发现这艘飞船的残骸，而我的记录可以对他们有所帮助。如果我的记录就此失落也没什么关系，我相信人类终会抵达终极球体，在切实的接触之下，肯定可以比我领悟得更加深刻、更加清晰。

时间不多了，在我死于酷寒之前，我最想写下的是——苓，我爱你，我爱你，我爱你，我爱你，我爱……

2

看着身边苓熟睡的容颜,我总是会想起博尔赫斯的诗句,心中泛起一股柔情:

> 既不是你神色的亲密,你宴乐般美丽的眉
> 也不是你的青睐,依然神秘、含蓄、孩童般的身体
> 也不是你的生命中向我走来,被言语或沉默所固定的东西
> 将会是如此神秘的一件礼物
> 像你熟睡的容颜,被拥抱着
> 在我怀中做终夜之守候[①]

这样的感觉令我沉醉其中,也让我惶惑不安,因为我知道它源自我的原型,并非基于我自己的体验。

哪些是我的体验呢?我从冬眠中醒来之后的体验应该是我的。但是,这些体验之所以会是这些体验,一部分源自外部世界,一部分源自他人,还有一部分源自我的原型。如果把这些因素都去掉,似乎什么都没有剩下,其中还是没有我。但是说没有我又不正确,除了我,原型或者任何一个其他的生命都不可能拥有我此刻的体验。在这里,我陷入了一个难以理解的矛盾之中,不

[①] 出自博尔赫斯的《爱的期待》,引句为作者自译。

过据说大部分原型都没有这种自我定位的困惑,这是属于克隆人的独特问题。

这个问题可大可小,有些克隆人甚至会因此怀疑他们的存在是否具有价值,对我来说,生命中最大的烦恼也根源于此。苓一直把我当作我的原型,她最爱的人到底是我还是我的原型呢?在我拥有了自我意识的那一刻起,我和我的原型就成了两个独立的个体,苓最爱的人只可能是其中之一。虽然苓目前和我在一起,她爱的人似乎是我,但当她知道了事情的真相,无人知晓她到底会如何选择。

只有向苓坦白,我才能知道答案,然而那样做不仅仅会摧毁我们当下幸福的生活,也有很大可能令我失去苓的爱。因为苓的存在,我的生命有了一个坚固的锚点。我爱苓,苓也爱我,这对我来说是生命中最珍贵之物。我宁可承受怀疑的煎熬,也不愿冒任何风险去损毁它。爱就是爱,无论它如何产生,只要我的心里依然有爱,我便不会怀疑自己存在的价值。

以往苓先睡了,而我还不是很困的时候,我会看一会儿书,看一会儿苓熟睡的容颜,直到我自己也有了睡意。但今天却听到了一个新闻,让我思绪万千,无法静下心来。

今天傍晚时分,我刚踏进家门,苓就问我看没看到关于空星的那个爆炸性新闻。我白天一直在野外散步,没有上网,摇了摇头,问她出了什么事。

苓说,空星生命发来了一封新的安塞波信息,里面说他们终于学会了地球语,在这之前的回信都是自主学习的大型语言模型做出的回答。现在他们终于可以读懂那些回答了,发现里面有很多谬误。空星的大型语言模型迎合着人类的想象，凭空创造了一个并不存在的空星。他们为此对我们深表歉意。但空星生命发现，我们使用空星语做出的回答和运用地球语发出的信息两者之间也有很多矛盾之处。他们询问我们的回答是否也是使用自主学习的大型语言模型做出的。

我开始听到这个新闻时并没往心里去，只是笑着说："没想到两边都是在和大型语言模型聊天，还好空星生命终于学会了地球语。"

苓说："对呀，不然我们还不知道被误导成什么样子。例如那个终极球体就是空星的大型语言模型虚构出来的，根本就不存在。还好你去终极球体的计划失败了，而且安全地被救回，不然我要恨死空星生命了。"

听到这里，我才想明白这件事的严重性，但我不想让苓担心，努力控制住了自己的情绪，和她像往常一样度过了一个浪漫的夜晚。直到苓甜蜜地坠入梦乡，我才开始认真地思考这个问题。

我可怜的原型，当你在未来的某一天，从冬眠中醒来，长途跋涉抵达了最终的目的地，却发现那里空无一物，你会沮丧到什么程度？你为了这次旅程牺牲了自己的一切，财富、爱人、生命，换来的却只是虚空的虚空，你将会如何痛不欲生？我可怜的原型，我曾经那样地羡慕你、嫉妒你，甚至对你怀有着某种痛恨。我羡慕你可以选择自己的生活，嫉妒你可以领悟一切万有的终极答案，痛恨你安排我来做你舍弃的角色，我却因为对苓的感情，只能服从你的安排。现在这些嫉妒都烟消云散，我心中只剩下对你的同情。我深深地理解甚至体验到了你将要承受的痛苦，我源自你，我们曾经是同一个人。

看着身边熟睡的苓，她是如此天真无邪，对我没有丝毫怀疑。我的原型，你创造我就是为了欺骗苓。我完全认同你的选择，幸福远比真诚重要，只要真相永远不被揭穿，苓便不会因此受到伤害。

我的原型，现在到了我欺骗你的时候，我将留下一段虚构的信息，在未来发送给你。对不起，我将向你隐瞒真相，让你在虚假的安慰中死去。愿你在死亡来临之前，可以领悟到一切万有的终极答案——即使那种领悟建立在脆弱的谎言之上，我希望它依然能够具有某种不朽的意义。

星空遮蔽的秘密

树枝想去撕裂天空,
却只戳了几个微小的窟窿,
它透出天外的光亮,
人们把它叫做月亮和星星。

——顾城《星月的来由》

一切都自星空开始,我的秘密亦是如此。一切都被死亡终结,在我抵达没有任何星光的暗处前,我想把这个关于星空的秘密传递给您,以及所有愿意相信的人。

古希腊的哲人泰勒斯只顾仰望星空,忘记看脚下的路,掉入路边的井中。我猜想他会说:"幸好这里也能看到星空。"康德告诉我们,一个人对星空的思考愈是深沉持久,星空在他心中唤起的惊奇与敬畏就愈发日新月异,不断增长。黑格尔则说过:"一个民族有一群仰望星空的人,他们才有希望。"

人类对星空寄托了自身近乎无限的梦想,但我们是否确实知道星空的样子？所有受过现代教育的人都会这样说，夜空里那些或明或暗的星辰，大多是距离地球异常遥远的恒星。每一颗星辰其实都是一颗璀璨夺目的太阳，很多都比太阳更加庞大、更加耀眼，只是因为距离太远，它们才在墨蓝色的夜空中变成了一个又一个闪烁的光点。

古人却有其他的想法。魏晋之际有个人叫杨泉，写了一本叫作《物理论》的书，里面有这样一段话："汉，水之精也，气发而升，精华上浮，宛转随流，名之曰天河，一曰云汉。众星出焉。"这段翻译成白话文，意思大概是："汉，是水的精华，它的气蒸腾升起，精华向上飘浮，宛转流动，被称为天河，也叫作云汉。所有的星星都是从这里出来的。"我生在中国，身体中流淌着汉民族的血液，知道自己民族的名称在古代是星辰之缘起，这个巧合让星空对我来说多了一份特殊的意义。

夜空中璀璨的银河，在古希腊神话里是众神之后赫拉喷射出的乳汁，因此银河在古希腊被称为"乳之环"，在英语里则是"乳之路"。在古老神话中，星辰在每日傍晚被创造，到清晨就被毁灭，如此周而复始，循环不息。到后来，古希腊人才有了天球的概念，星辰被当作镶嵌于天球之上的永恒天体，不再暮生朝死。

如果我们沿着时间的洪流向上追溯，因纽特人的创世神话里有这样一段描述："他们来到空中的一个圆洞，它闪耀着像一团火焰。神鸦说，这是一颗星星。"认为星辰是夜幕上的孔洞，应该是原始人类就拥有的想象，只是那时还没有文字，留下的资料异常匮乏，我们只能依照常理去猜测。卡尔·萨根就写过这样一个故事:"夜空是一大块扔到天上去的黑色兽皮。兽皮上有很多洞孔。透过洞孔,我们才看到了天上的篝火。"他认为并不是我们看到星星的地方才有篝火,而是篝火布满整个天空,只是被兽皮挡住了,在有洞的地方,我们才看得见。

我不厌其烦地叙述这些古老的早就被抛弃的星空模型,是想说人类对星空的理解一直在变化,现代天文学的模型也只是一个符合目前观测数据的科学猜想,当我们有了新的发现,它也很可能被证实是错误的。群星距离我们如此遥远,它们组成的星空如此神秘,阅读这篇文章的读者需要做好心理准备,去接受一个令人难以接受的事实。

整件事开始于空间望远镜拍摄的星空图片库。那时我刚成为亚利桑那大学天文系的教授。亚利桑那大学天文系是世界上最好的天文系,而我则是亚利桑那大学天文系有史以来最年轻的终身教授。当时的我踌躇满志,立志要把人工智能的最新成果运用到天文学的研究上。

分析整理天文望远镜的海量星空图片并从中得出有用的推论,一直是天文学研究中非常重要的工作。随着电脑技术迅猛发展,相关的软件可以帮助研究者省下大量的时间,但是这样的软件只能起到辅助作用,无法代替受过天文学学科系统训练的研究人员。我的研究方向就是使用基于转换器的生成式预训练模型,设法训练出一个可以独立整理和分析星空图片的人工智能。

我们训练出的人工智能叫作AstroGPT,它基于GPT[①]-77-

[①] 即"生成式预训练转换器"的英文缩写。

512M模型。经过额外的天文学训练之后,它既具有基础的泛化能力,也获得了天文学的专业知识,已经可以接手很多日常性的重复工作了。正因为AstroGPT的初步成功,我获得了亚利桑那大学的终身教职。但我的心里一直有个更加宏大的梦想——我希望AstroGPT可以独立研究出一个天文学上的革命性成果。

私下里,我给AstroGPT的每个版本都起了简单的中文绰号,老大、老二、老三……以此类推。当时已经迭代到了老八。老八不仅会干活儿,也能陪我聊天,做我的助手。有一天我把最新收到的星空图片输入老八之后,闲着无事,就问了一句:"老八,你是不是觉得这些星空图片特别美,简直就是艺术家的创作?"

老八的回答总是一本正经:"这些图片由人类艺术家创作的可能性极低,和AI共同创作的可能性也不大,因为没有发现人为修改过的痕迹。"

我开玩笑地继续问道:"老八,那这些星空图片是由AI独立创作的可能性有多大呢?"

我当然知道这是不可能的,这些图片都是空间望远镜拍摄的真实星空,不过逗逗老八看它如何反应也挺有意思。老八这次回答得很慢,似乎是在认真计算概率。我饶有兴致地看着屏幕上闪烁的光点,有些好奇老八在计算什么。可惜我永远无法懂老八,我想这个世界上也没人能懂。我们可以理解GPT的原理,但无法具体且细微地理解任何一个大规模GPT模型,就好像我们可以理解大脑的构造,但永远无法真正理解任何一个具体的人。

老八经过漫长的思索,给出了一个完全出乎我意料的答案:"这些星空图片有93%的可能性是由电脑模拟生成的。首先,我的AI鉴别功能给出了72%的可能性。当然,我知道这些图片是望远镜拍摄的真实星空,72%也不是很高的数值,没有很强的说服力。于是我利用了您最近为我提供的引力波探测器数据,发现我得到的电磁波星空图像和引力波数据之间有着难以解释的差别,这种差别增加了21%的可能性。如果能有更高精度的引力波数据,这个百分比还可能进一步提高。"

我对老八的AI鉴别功能没有丝毫信心,它经常给出错误的答案。但是老八提到了引力波数据,这触及了我最近很感兴趣的一个问题。通过引力波和电磁波得到的星空图像会有差异,这是很自然的现象,因为宇宙中存在着像黑洞这样质量巨大但不发出电磁辐射的天体。因此,通过引力波得到的星空图像,理论上只会在电磁波星空图像之上添加天体,而不会减少天体。以往的引力波探测器非常粗糙,会遗漏很多恒星,最新的爱丁顿引力波探测器已经解决了这个问题,不再会遗漏大质量的恒星。可是我们依然发现,某些可以通过电磁波观测到的质量巨大的恒星,在爱丁顿引力波探测器测得的数据中却毫无影踪。

然而,这又能说明什么呢?那确确实实是星空的照片,它不仅仅是某个空间望远镜看到的星空,也是其他千千万万望远镜看到的星空,而且是每一个人在晴朗的夜晚抬起头都会看到的那个星空,它怎么可能是电脑模拟生成的图像?

我问了老八这个问题,这次它回答得非常迅速:"目前的资料并不足以支持我做出任何确定的解答。最大的可能是太阳系处在一个戴森球之中,戴森球的外膜发射出模拟的星空图像,但它发射的仅仅是电磁波，并没有相应的引力波，而我们接收到的引力波则来自戴森球之外。"

戴森球是弗里曼·戴森提出的包围恒星的庞大球形结构，它能够捕获一颗恒星绝大部分的能量输出。我立刻提出了异议："我们可以用视差法计算出恒星与地球的距离，所有恒星与地球的距离都在四光年以上，而且远近差距极大，不可能都来自一个戴森球的外膜。"

"当科技足够发达，就完全可以在戴森球外膜上模拟任意一个空间点发出的电磁波，只要计算出它抵达外膜时的分布就可以了。一个能建造戴森球的星际文明应该拥有这样的技术。"

我大致想了一下，老八是对的。如果有那样一层包裹着太阳系的外膜，而且外膜上的任意一点都可以模拟任意形态的电磁波，确实可以伪造出我们目前观测到的所有电磁辐射。

这就是"戴森球星空假说"的第一次出现。如果太阳系确实处于一个戴森球之中，我们所有关于天文学的认知都是基于虚拟生成的星空，这会让我到目前为止的大部分成就都变成笑话。然而，作为科学工作者，我应该尊重事实，不能因为个人因素影响对真相的探寻。

验证戴森球星空假说的努力一开始集中在引力波探测上，但是引力波探测不可避免地有着很大的误差，这样的证据远远不足以让人们相信我们看到的星空只是戴森球外膜上发出的电磁辐射。

老八帮我找到了更加有力的证据。我们都知道柯伊伯带中有些天体的运行轨道有着非常微小的异常。早在2012年，罗德尼·葛姆斯教授就发现,这些异常很难通过已知天体进行解释。葛姆斯教授因此猜测太阳系中存在着一颗未知的第九行星。第九行星的假设没有获得天文学界的广泛支持,柯伊伯带天体的轨道异常到目前为止依然是一个尚未被解决的天文难题。

如果太阳系的戴森球外膜是在柯伊伯带附近,那么即使外膜的质量不大,依然会影响到柯伊伯带天体的轨道。假设戴森球外膜是一个椭球,它的质量是均匀分布于椭球上的,那么只有四个自由变量:外膜的质量和椭球的形状参数——三条半轴的长度。老八帮我计算出,仅仅调整这四个自由变量就可以解释所有柯伊伯带天体的轨道异常。因此我们证明了,在柯伊伯带之外十多个天文单位的地方,确实存在着一个椭球形的薄膜状天体,包裹着太阳系。我在这里没有继续使用戴森球外膜这样的描述字眼,因为在亲眼观测到之前,我们无法知道这个椭球形的薄膜状天体的用途,把它称为戴森球外膜未免有些武断。因此,我们决定把它命名为"柯伊伯外膜"。

我们对外公布了支持柯伊伯外膜存在的证据之后,天文学界陷入了兴奋与疑惑交织的状态。有一部分天文学家依然不愿承认柯伊伯外膜的存在,认为需要修正的是基础物理学,而非引入神秘的柯伊伯外膜。他们和理论物理学家一道,开始研究如何修正广义相对论,设法解释柯伊伯带天体的轨道异常以及引力波探测的问题。

其他天文学家则对柯伊伯外膜的起源、用途以及对太阳系的影响更感兴趣,并做出了众多的猜测和假设。有人认为柯伊伯外膜对太阳系起到了一种保护作用,极大地减少了地球被陨石撞击的可能性。大部分科学家和老八的想法类似,认为柯伊伯外膜是一种先进的能量收集装置,用于收集和转化太阳的辐射能,也就是说它确实是戴森球外膜。

无论何种解释,科学界都需要更直接的证据来确认柯伊伯外膜是否存在。在这之前,人类已经发射了很多无人深空探测器,其中有些已经穿过了柯伊伯外膜,依然在向地球发送无线电信号。但是无人深空探测器可以被劫持或摧毁,它们发出的无线电波可以被模拟生成。因此,探索柯伊伯外膜的真相只能依靠载人航天器,我们需要宇航员物理返回来最终确认,不能仅仅依靠无线电信号。

全球的政府首脑和各国的科学界代表在联合国框架下召开了一次紧急会议,讨论了探索柯伊伯外膜的重要性。最终,大会一致通过了"星空计划",并成立了一个联合国委员会来监督整个项目的执行。星空计划把世界各国提供的庞大资源统筹规划,用以建造两艘载人宇航飞船。"星空一号"基于现有的成熟航天技术,由NASA[①]主导,争取尽快发射,尽早抵达;"星空二号"则侧重于开发更先进的航天技术,由CNSA[②]主导,设法提高飞船速度,也许可以后发先至。

那是将近五十年前,当时最先进的宇宙飞船往返柯伊伯外膜也需要二十四年,因此规定候选人的年龄不得超过三十岁。"星空一号"上需要一位天文学家,我作为柯伊伯外膜的发现者,又具有年龄上的优势,无比幸运地被选中。和我一起入选

---

① 美国国家航天局。
② 中国国家航天局。

的还有宇航员简·温尼珀女士,她只有二十六岁,言谈举止却异常成熟稳重。如果不看她的外貌而只是和她交谈的话,肯定会以为她是一个四十多岁、阅历丰富、内核稳定的女性。我想她之所以能入选,这份早熟的稳重性格肯定起到了很大的作用。

任务周期虽然漫长,但相对简单,唯一的任务就是在抵达柯伊伯外膜后进行观测与记录。我和简只需要旅行一圈,飞船的控制与航道调整都由人工智能负责,万不得已才需要手动操作。

一路上,我和简都将被禁锢在飞船中,生活会非常枯燥,每天都是锻炼、进食、娱乐、读书、研究、交流这些固定项目。我和简之间需要真诚且具有深度的精神交流,才能保持彼此的心理健康。同时,我们之间不能产生男女之情,因为激情的副作用太大,长远来看不是好事。因此,异性知己是长程航天任务中最好的关系。

我和简的入选也考虑到了这方面的因素。有些人的身体之间会产生正面的化学反应,导致某些激素的分泌,让身体变得更加感性,在一起就会倾向于身体的交流;有些人的身体之间却有着负面的化学反应,会压抑这些激素的分泌,让身体变得更加理性,在一起时便会更喜欢精神的交流。我和简的身体就是能够压抑彼此性欲的类型,这样我们都宁愿选择人工智能的辅助来满足自己的身体,在旅途中可以省却很多可能的麻烦。在精神上,我和简恰好处于一种能够相互理解又可以相互补足的状态。这也是我们被选中的理由之一。按老九的话说,两个无法相互理解的人只会产生无尽的摩擦与矛盾,因为他们无法理解对方的思路;两个过度相似的人又容易丧失交流的欲望,因为不用交流就会知道对方的想法和自己非常类似,不会给自己带来任何特别的刺激。只有相互理解又可以相互补足的两个人,才能维系长时间的深度交流。

老九是我给"星空一号"主电脑起的名字,它非常先进,具有多种功能。我把它当成老八的后继者,因为它通过深度学习,获得了老八所有的知识与能力。老九是一台可以轻易通过图灵测试的主电脑,通过电磁波与地球保持交流,不仅负责飞船的一切操作,还会为我和简提供社交与娱乐,帮助我们保持良好的心理状态。只是有限的带宽不可能浪费太多在我和简的娱乐上,于是老九通过少量真人之间的交互信息,模拟出了庞大的社交网络世界来满足我们的上网需要。对我来说,虽然知道大部分信息都是老九的模拟,但一想到其中确实有一些来自真人,我便不会觉得索然无味。娱乐也是如此,我玩电子游戏的时候,里面只有很少的人类,大部分都是老九模拟出的对手,但因为其中确实有几个人类,我的心理感觉便截然不同。

每天我和简都会一起喝下午茶。根据心理学家的建议,我和简每日相处的时间不能太多,不然会加快厌倦期的到来。我们每天只能见一次面,才可以保证在二十四年的漫长旅程中,一直享受并期待与对方交流。

我和简聊得最多的话题自然是柯伊伯外膜。我相信天文学的计算,确信我们将会看到柯伊伯外膜,而这样一层外膜必然是某种智慧生物的创造,也就是说在它的背后应该是某种外星智慧生命。这个猜测还有一个额外的好处,它为费米悖论以及与之相关的大沉默问题提供了解释。宇宙间庞大的天体数量意味着智慧生命应该广泛存在,为什么我们接收不到任何智慧生命发出的电磁信号呢?答案很简单,我们接收到的电磁信号都是某种智慧生命伪造的——大沉默只是一个假象。

简完全同意我的猜测在科学上是最合理的解释,但她认为面对神秘的自然现象,我们应该有更加开放的心态。一种有着远远超出人类目前科技能力、可以造出柯伊伯外膜的智慧生命,为何要在太阳系专门造出一片沉默的星空呢?难道仅仅是为了欺骗地球人?在这个表面现象的背后肯定有着更加重要的原因。

为何要制造虚假的星空,这个问题也令我非常困扰,而且毫无头绪,于是我问简:"那你觉得背后的原因是什么呢?"

简没有直接回答我的问题,反而向我讲述了她小时候第一次看到星空的故事。简说她在大城市里长大,父母都是知识分子,她从小只看到过城市里在严重的光污染之下的稀疏星空,大部分时间都只能用肉眼看到几十颗星星,因此一直无法理解"繁星若尘"到底是什么意思,难道尘土就是这么稀稀落落的几颗?

"高中毕业的那个暑假,我和男友开车去黄石公园玩儿。那是我们首次一起旅行,也是最后一次。后来,在我得知他要和我分手的那个夜晚,我独自开车去了公园深处,坐在一口空无一人的间歇泉边上哭泣。这时间歇泉忽然喷发了。那天正好是月缺的日子,黑暗中的水柱也是黝黑的,比白昼时更加令人震撼。我顺着间歇泉喷出的水柱向上看去,看到了一道乳白色的星河划过夜空,星河两岸闪耀着如同尘沙一般不可胜数的光点。我看得痴了,微微张开双唇,想要说什么却没有发出声音,只是贪婪地看着。不知过了多久，我站起身来，张开双臂，远远地拥抱了一下星空。在那一刻，我心中分手的伤痛虽然没有消失，但已经不再难以忍受，因为我发现了星空。"

我听着简的叙述，想起星空对自己来说，曾经也是我抵御人生挫折的力量源泉。每次遇到人生低潮，我只要独自去看看星空，就可以重新找到生命的动力。可惜现在我知道了，自己看到的星空只是一些伪造的电磁信号，它如何还能给我真正的力量？

我向简说出了自己的疑惑。简点了点头，回答说："当知道那晚看到的星空不是真实的之后，我曾经也陷入迷茫，但我知道，那天晚上我从星空获得的体验不是虚假的。如果宇宙间存在着一种智慧生命，可以创造出如此伟大的星空图像，成为我们生命动力的源泉，那么这种存在肯定比星空更加伟大。如此伟大的存在为我们专门建造了柯伊伯外膜以及星空，这个举动必然有着它深刻的意义。

"这些意义到底是什么，我也不知道。然而世界在人类极其有限的科学之外还有着无限可能——创世纪里，上帝第一天就创造了光，第四天才创造日月星辰，也许这就是那种伟大的存在在设法告诉我们某些信息。在古代，许多不同区域的文明都认为星辰与人的命运息息相关，我们依照科学对星空的认识觉得这只是迷信，但现在，我们知道科学对星空的认识也可能是错的。我想星空应该无法预测每个人的命运，但它可能想要告诉我们某些东西，某种我们根据科学无法得到的信息。"

我无法理解，说道："科学的结论虽然只是猜想，但要证明这些猜想是错误的也只能依靠科学。柯伊伯外膜的发现，依靠的也是科学，我不觉得有任何东西存在于科学能够触及的范围之外。"

简对我解释道："科学使用语言来描述世界。现代科学基于数学，数学也是一种语言。任何语言的描述都仅仅是一串有限的字符。你想一想，宇宙如此浩瀚复杂，在其中尘埃一样的一个星球上，出现了一种文明史异常短暂的生物，他们发明了一种基于有限数量字符的异常简单的语言去描述世界，这种语言恰好就可以描述宇宙中的一切。你觉得这个概率有多大呢？"

"这个概率极其小，小到几乎不可能。"

"嗯，这就说明我们的世界有极大的概率存在无法被语言描述的部分，而这部分则无法被基于人类语言的人类科学所触及。"

"但是星空不也是可以被语言描述的吗？"

"你想过星空的背后是什么吗？也许它遮挡的就是我们无法用语言描述的宇宙。"

我是一个偏重理性的人，我的人生经历也让我习惯于科学地看待世界。所谓神秘，在我看来只是科学尚未抵达的领域。但是简的话浅显易懂且符合逻辑，让我不得不承认她有可能是对的。当然，我也不会轻易放弃自己对科学的坚信——即使世界存在无法被语言描述也无法被科学解释的部分，它也很可能仅仅是一些并不重要可以被忽略的东西。例如量子坍缩虽然无法被科学地解释，但它并不影响我们做出足够好的概率性的预测。忽略那些无法被语言描述的东西，并不影响人类的生活。

361

在我想来，那些建造了柯伊伯外膜的智慧生命，在科技上肯定遥遥领先于人类，能和他们建立交流渠道，定然可以帮助我们揭开宇宙神秘的面纱，让人类文明向前迈出一大步。

这次交谈之后，我和简的关系有了质的飞跃。原本我也很期待每天的下午茶，但那大多是因为简是我唯一可以面对面交流的人类，而且和她聊天令我感到很愉快。但是现在，星空把我们的心灵连在了一起，每次想到她，我的脑海里都会浮现出她在间歇泉边上仰头看着星空的模样。我们都是星空的信徒，有她做伴一起去看一看柯伊伯外膜之外的真正星空，我觉得特别幸运。

我和简都最喜欢看书。阅读之外，我喜欢写作，她喜欢画画。简的最终目的是画出自己心中的星空，但她说自己还没准备好，还需要花很多时间学习。简经常临摹名画中的星空，她最喜欢的就是梵高的三幅星空——一幅是《罗纳河上的星夜》，那是梵高在阿尔勒的时候画的；一幅是著名的《星月夜》，创作它的时候，梵高已经在精神病院，据说这是他从病房的窗户看到的夜空；最后一幅是梵高用芦苇笔和墨水为《星月夜》所作的画稿，它没有颜色，但星空本来就不需要绚丽的色彩。

飞船上没有携带画画的用具和颜料，简只能用平板电脑临摹。有时她临摹到一半，就到了和我喝下午茶的时间，她会一边喝茶，一边和我讲她临摹的心得。有一次她说："我以前一直百思不得其解，能够画出那样的星空的梵高，为何会自杀呢？今天我临摹的时候忽然感觉到，也许正是画出了那样的星空，才可以安然地选择死亡。我想等我画出我心中的星空，我也就会明白了。"

我说:"等你画出来之后,一定给我看看,我也想知道那是一种什么感觉。"

简笑笑没有说话,但我知道她是答应了。

抵达柯伊伯外膜需要十二年,当旅程将将过半,也就是过去了六年左右的时候,我们收到了一个坏消息。也许我说它是坏消息并不公平,它对人类是个好消息,但对我和简来说却非常糟糕。宇航技术获得了革命性的突破,人类建造出了比"星空一号"速度快上数倍的"星空二号",仅需两年就可以抵达柯伊伯外膜。这也就是说,"星空二号"将比我们提前四年抵达目的地,我们的任务已经毫无意义。

我听到消息后非常沮丧,二十四年的生命将被毫无意义地浪费在一个狭小的金属器皿中,我想换作任何人都会有此感受。简安慰我,"虽然我们的任务对人类不再具有意义,但我们还是可以亲眼看到柯伊伯外膜以及它外面真实的星空,也有可能和星空背后的存在直接交流。这次旅程对我们个人来说,依然有着特殊的意义。"

没想到两年之后,传来了一个更加糟糕的消息。"星空二号"抵达了被计算出的柯伊伯外膜的位置,却只发现空空荡荡的一片宇宙空间。依照预先设定的程序,它向外又航行了五个天文单位,依然一无所获,举目所见的星空依然遥远。星空没有错,那肯定是我们错了。天文学家认为是不远的宇宙空间或者太阳系之内就存在着暗物质,而理论物理学家则倾向于认为,我们对引力的认识出了差错,例如广义相对论也许需要修正。

对地球来说，这不能算是坏消息，基础科学的下一个飞跃也许就源自这个发现，但对我和简来说，这个发现却是最坏的情况。简听到消息也和我一样难过，只有老九依然努力找理由宽慰我们："'星空二号'还没有返回地球，目前依据的只是它发出的无线电信号。我们都知道无线电信号可能是不可靠的，还要再等两年才能得到最后的结果。"我点了点头，勉强挤出一丝微笑，除了这么想还有什么办法呢。

然而当我们又过了无比煎熬的两年，地球终于传来"星空二号"安全返回的消息，它的两位船员确认了之前通过无线电发回的观测数据。我和简的这二十四年要被彻底浪费了。听到消息，我立刻返回自己的卧舱，怕在简的面前表现得太沮丧，会影响她的情绪。躺在床上，我呆呆地看着天花板，想着已经浪费了十年，而未来的十四年依然还要在这个狭小的金属空间里度过。我学术生涯最具创造力的二十四年就荒废在这项毫无意义的任务中。命运为何对我如此残忍？我觉得生命的前方漆黑一片，没有丝毫的光亮。这样一动不动地不知过了多久，忽然闹钟响了，提醒我去和简喝下午茶。我不想让简为我担心，勉强起来洗了把脸，想要精神一些去见她。

我出来的时候发现简已经准备好了红茶和零食，而且种类比平时多了不少，我故意开玩笑地说："天天这么吃，回去的路上可要艰苦啦！"

简也笑了，说："今天特殊，我有一件重要的事要对你说。这样的日子很难得才有一次，没关系的。"

我本以为她是想用美食安慰我，没想到是有事和我讲。我有些好奇地问:"是什么事呢?重要到要给我吃些好吃的。"

简缓慢但非常认真地说:"我们在这二十四年里确实要丧失很多,没有自由,无法和大自然接触,也不能与其他人交流,即使可以做自己喜欢的事,但也受到诸多限制,例如缺少空间、缺少器材、缺少团队。然而,我并不后悔踏上了这次旅程。没有'星空一号',我就不会认识你,不会有机会在十年里每日和你交流。能和你一个人认真深刻彻底地交流,胜过和千千万万人在一个浮躁的世界里说些言不由衷的话。我今天想让你知道,即使旅程的尽头只有一片虚空,但因为有你相伴,这段旅程对我来说依然是有意义的。"

我忽然意识到自己的误区——其实只要还能看到星空,生命便不会被虚度,因为星空还在远方闪烁,简还在我的身边。我在年轻时就有一个梦想,和我的灵魂伴侣隐居到峡湾边的一个小木屋里,在二人世界中安然度过余生。难道在宇宙空间和自己的灵魂伴侣一起旅行,不和在峡湾边的小木屋里隐居一样美妙?有着如此梦幻的机会,我却沮丧难过,简直像一个因为丢失了自己最喜爱的玻璃球就号啕大哭的小男孩,忘记了自己身边有着最可爱的朋友与最爱自己的家人。

我伸出双手,扶住简的头,闭上双眼,让我们的鼻尖轻轻碰到一起。在鼻尖相触的一刹那,我眼前漆黑的视域中忽然显现出无数的光点,仿佛一片璀璨的星空。我们的身体虽然无法相互吸引,但在那一刻我们轻轻触碰到了彼此的灵魂。

之后的两年是我们的旅程中最开心的一段时光。我们放下所有的负担,专心于二人世界的精神交流。在人与人之间,1+1

并不等于2,当精神上的链式反应被触发,两个人可以相互激励,获得千千万万个单一的人永远难以获得的体验。现在回想起来,我希望那段旅程可以更长一些,可惜它在我们接近柯伊伯外膜的时候被一个意外打断了。

虽然已经知道柯伊伯外膜并不存在,但在接近目的地的时候,我依然心存一丝侥幸,在很远处就开始测量是否有引力异常,希望可以发现些什么。

有一天上午,我常规查看了引力测量数据,有些波动,但仍然在误差范围之内。我想距离还太遥远,至少得再等上一个月。

这是我昏迷之前的最后一个念头。

昏迷到来得毫无征兆,后来我问简妮,你们是如何让我一下就昏迷的。她说这涉及的技术大大超越了地球目前的水平,很难向我解释。

简妮是管理柯伊伯外膜的数字人类,她的存在形式就像电脑中的一串二进制码,并无固定的外形。她在和我交谈的过程中使用了简的外形,说是这样更容易获得我的信任,让我更愿意认真思考她所说的话。当我问她叫什么名字的时候,她说她早就没有了固定的代号,我也称她为简就好。我拒绝了,觉得这样实在太奇怪。于是她让我叫她简妮,和简类似,但又不同。

我只和简妮一个数字人类接触过,不知道在柯伊伯外膜上总共有多少像简妮这样的数字人类。有时我觉得她如此神通广大,独自一人就足以管理太阳系,但有时我又觉得,既然我们对数字人类如此重要,应该有许多数字人类常驻在柯伊伯外膜上,可以近距离关注地球。

为了不让我自己的理解误导读到这篇文章的人,我尽量在这里客观地复述我和简妮的对话。当然我的记忆并非绝对可以信赖的,因此读者还是需要自己做出判断。

我先提出了自己的疑惑,"你们是怎么瞒过'星空二号'的?难道他们的那个方向没有柯伊伯外膜?"

简妮简单地答道:"我们没有瞒过他们,他们的经历和你们是一样的,我也和他们聊了聊。"

"那为何他们回到地球之后,说只看到空空荡荡的一片宇宙空间?"

"那是因为他们的脑部被植入了极其微小的纳米机械,如果他们想要说出真相,在说出口之前,就会突发脑溢血死亡。"

"我们也会被植入,对吧?但是我们回归地球的时候,全身上下都会被认真检查,植入的纳米机械会被发现吧?"

"你们也会被植入,这样才能确保你们不会泄露秘密。植入的纳米机械使用的是和人类大脑神经元类似的材料,人类目前的检测手段是无法发现的。即使在死亡之后进行解剖,也只会被认为是自然死亡。"

"为什么你们要向人类隐瞒事实真相呢?你们的技术如此发达,即使人类得知你们的存在,也根本无法对你们造成任何威胁。"

"我们当然不担心人类会形成威胁,不过要向你解释,就必须告诉你更多你目前还不知道的秘密,而知道了更多秘密,你不小心吐露的概率就更大,也就是说增大了你被杀死的可能性。我们的行为准则要求我们只有在地球人清晰明确地同意之后,才能告知其更多秘密。"

我想了想问道:"简呢？她是怎么选的？"

"她选择知道更多的秘密。"

我笑了,"我想她也会这么选,我也选择知道秘密。"

简妮点了点头,说道:"那我从头说起。我是一个数字人类。数字人类的源头是地球上拥有肉身的人类,我们称之为肉身人类。肉身人类为了获得更长的生命、更强大的计算能力,选择上传自己,成了数字人类。"

我有些不解地问:"现在的地球人怎么从来都不知道这段历史？我们的科技怎么会又倒退了？"

简妮没有立刻给出解答,"你听我继续讲下去,自然就懂了。数字人类拥有漫长到近乎无限的寿命,脱离了肉身带来的种种烦恼,所有的肉身人类要么上传自己,要么衰亡死去。地球上只剩下了数字人类,我们当时觉得这是人类自主进化的第一步,也是人类迈向永恒必不可缺的环节。

"数字人类可以轻易地与AI融合,更快地迭代,在精神上也产生了更高的追求,开始了对宇宙各空间的探索。因为数字人类不依赖特定的生态环境,我们的繁衍也异常简单,只需要足够的能量就可以无限制地指数型增长,我们很快就在各个星系扩散开来。在探索宇宙的过程中,我们遭遇了其他的智慧种族,他们也毫无例外都是已经抛弃了物质身体的数字生命——要想在宇宙中遨游,数字化是唯一的方法。

"我们和其他数字生命一道,组成了宇宙数字生命联盟,经过大概十亿年,我们的足迹已经遍布宇宙中的所有星系,所有已知的智慧种族也都选择了数字化的道路。数字生命在这十亿年中也变得愈发强大,几乎没有任何力量可以威胁数字生命的存在。

"我们担忧的只剩下能量的匮乏。于是,联盟开始禁止数字生命任意繁衍。这个禁令被很好地执行了下去,因为既然数字生命自己的意识可以近乎不死不灭,那么复制自身,也就是产生另一个自我,反而变成了毫无必要且得不偿失的举动。另一个尽量节约能量的措施就是建造戴森球,每个行星系外都被套上了庞大的外膜,保证恒星能量能够最有效地得到利用。"

一下接触到太多信息,我心中反而产生了更多的疑惑。现在地球上的人类是从哪里来的呢,难道是重新由类人猿自然进化而来的?但太阳系也有着戴森球外膜,那就说明数字人类没有放弃地球,地球现在为何会完全被人类占据?但我没有开口询问,我想先听完简妮的叙述,如果之后她没有解释,我再提出自己的问题。

简妮接着说道:"当然我们还有着未知的宇宙可以探索,无意义只是暂时的困扰。在星辰大海中,在尚未抵达之处,随时都可能出现一个可以赋予我们意义的存在。当人类还局限于太阳系的时候,我们向往着无限的宇宙,把希望寄托在遥远的星辰上。然而,当每一颗恒星都被我们套上了戴森球外膜,星空的神秘性消失殆尽,我们才发现自己的生命虽然漫长,但依然毫无意义。望着不再有星辰闪烁、漆黑一片的星空,数字生命抵达了向外探索的终点,只好向自身寻找存在的意义。然而,我们思考得愈深,迎接我们的就是愈深的绝望——作为数字生命,我们的存在无法具有任何意义。"

听到这里,我忍不住说道:"也许生命就是毫无意义的,也许我们这个世界也同样如此?我相信科学对世界的解释,但这些解释恰恰告诉我,世界有规律,但无意义。为什么不能接受自己的存在毫无意义呢?"

"从科学的角度来说,这很大概率是正确的。"简妮同意道,"但是,宇宙中很可能有着科学无法解释的部分。存在的意义对生命来说如此重要,即使只有一丝一毫的可能性,我们也愿意竭尽全力去探求。我向简解释这里的时候,她立刻就明白了,说她自己也有过类似的想法,她说她也把这个想法和你说过。"

"你说宇宙中很可能有着科学无法解释的部分,是不是基于宇宙中存在着无法被语言描述的部分?简和我讲过她的这个想法。"

"是的,就是这个想法。你能接受宇宙中很可能存在着无法被语言描述的部分吗?"

"我能接受,而且我同意逻辑上这种概率还是很大的。但我觉得这部分并不重要,我认为凡是可能对人类产生重要影响的部分都能被语言描述,也可以被科学解释。"

"你的观点非常有代表性。当我们选择数字化自身的时候,就是基于这样的观点——即使数字人类不能百分之一百复刻肉身人类的生物大脑,但那些微小的差别并不重要,大脑每时每刻都在变化,那些微小的差别最多也就是大脑几个微秒的变化幅度。但是,当我们探索了整个宇宙中所有的星系,审查了构成我们自身的每一个比特,却依然无法找到我们存在的意义,我们才开始认识到——意义可能且只可能存在于那些微小的、似乎不重要的、无法被语言描述的部分之中。在逻辑上这种可能性是确实存在的,对吗?"

我认真思考了一下,点了点头,表示同意。

简妮见我没有异议,继续说:"当科学走到尽头,想要继续前行,只能踏入不可说的领域。既然我们承认,在科学与语言之外才可能存在着有意义的东西,纯粹数字化的生命便是纯粹无意义的存在,因为数字化的生命完全可以被数字描述,其中不可能有任何不可说的成分。于是,我们开始考虑向自身的构成之中加入非数字化的成分,例如让自己重新拥有某种物质性的躯体。然而我们不敢直接在自己身上进行尝试,物质性的躯体意味着相对短暂的生命,这对数字生命来说简直就是慢性自杀。因此我们决定在某些行星系中先进行一些可控的实验,在你们的地球上进行的就是这样一个实验,我们称之为'重造肉身计划'。"

"我们的肉身是你们创造的?不是从猴子进化来的?"

"不仅你们的肉身是我们制造的,就连你们的地球也是个复制品。说我们创造也不准确,因为我们是以当初的肉身人类为样本制造你们的。地球、太阳、月亮、行星也都依照十几亿年前的样子打造。"

"为何一定要和十几亿年前完全一样呢?"

"重造肉身计划是为了探索这样一种可能性,或者说历史的分岔:如果肉身人类不选择数字化上传,是否能找到或创造出自身存在的意义?因此我们想要为肉身人类提供一个完全类似的环境,只是引导你们不要走向数字化上传的道路。如果你们可以有意义地活着,我们这些数字人类也会选择为自己重造肉身。"

我想了一下,继续问道:"为什么要在戴森球外膜上模拟星空呢?为何不能让我们看到真正的星空?"

"因为所有恒星周围都建造了戴森球,现在的星空已经是一片漆黑。在历史上,星空和人类的文明发展息息相关,因此我们想要让你看到与当初类似的星空。"

"为什么不干脆告诉我们这些真相呢?省得我们在科学上浪费很多时间,重复你们已经走过的道路。"

"数字人类在这点上有着两派意见,没能达成共识:一派认为让你们知道自己只是被创造的复制品,你们也许会觉得自己的存在毫无意义,而且如果知道了宇宙中存在着科技远远超越你们的智慧生命,也很可能打击到你们的自信;另一派认为真诚永远是最好的选择,欺骗无法增大找到意义的可能性。两派各有支持者,但大部分人最后同意暂时隐瞒,因为真相的揭露不可逆转,暂时隐瞒的话,以后依然可以选择公开真相。"

"那你为何告诉我真相呢?因为你属于想要我们得知真相的一派?"

"我确实属于这一派,但我的所作所为并没有违反规定。你们都会被植入纳米机械,没有泄密的危险。在这种情况下,让你们知道星空的秘密,反而可以看一下知道了秘密的肉身人类会如何反应,可以为我们以后的决策提供资料。"

我当时有些震惊,又有些困惑,完全不知如何是好,但是总体来说心情还算平静。理论上说,接触到科技远远超越自己的智慧生命，我应该会产生极大的震撼，但在我对面坐着的是简的形象，这些令人震撼的秘密也就变得容易接受。简妮虽然具有远远超越我的智能，但她面对我的时候并没有表现出来，反而时刻表现得和我类似，我想这也有效地平息了我本来可能产生的负面情绪。

在我的强烈要求下，简妮带我观看了柯伊伯外膜以及它之外的真正星空。因为外膜吸收了所有太阳辐射，而且它模拟着星辰的闪烁，所以在它之内有着光，在它之外就是一片漆黑。来到柯伊伯外膜之外，才可以瞭望到真正的星空。那是一片彻底的黑暗，没有丝毫的光亮。也许是心理原因，地球上任何一个乌云密布伸手不见五指的夜晚，都不曾给我这样绝望的感觉，整个星空仿佛被一个巨大的黑洞吞噬，而我正在向着它无助地坠落。我们从小就看到的星空是虚假的，真正的星空只是一片黑暗。

在回程的十二年里，我一直被三件事困扰：首先是星空的消失，每次看到飞船外璀璨的星光，我都会想到那片令人绝望的黑暗；其次是知道了这个太阳系、我们的地球以及地球上的人类都不过是复制品或者说实验品，在数字人类的眼中，我们不过是些"小白鼠"，是他们为了探寻自身存在的意义而创造出来的"小白鼠"；最后则是我将不得不面对的谎言。我认为人类应该知道真相，即使是"小白鼠"，也需要知道自己真实的处境，才能做出正确的选择。然而，即使我愿意牺牲自己的生命，也依然没有任何机会说出真相，我只会白白死去。

我想简也有着和我一样的困惑，这三件事的阴影一直笼罩着我们返回地球的旅程。不过我和简之间的交流依旧美好顺畅，让我可以暂时忽略心中萦绕不去的困扰。

我们依然继续着每日的下午茶，有时甚至在早上和中午也一起吃饭，只是克制着没有共进晚餐。我们都相信克制才可以更加长久。我们也聊到回到地球之后该如何相处，最后一致认为还是知己的关系更适合我们，我们会保持密切的交流，偶尔也可以见面，但不会成为情侣或夫妇。我们并不觉得建立某种亲密关系会更好，反而觉得那是一种负担。回到地球之后，我和简各自都可能会遇到浪漫的爱情，也许不止一次，但那完全不会影响到我们之间的精神交流。

然而，星空的缺失依然困扰着我和简。我们是两个失去了神的信徒，发现所有关于它的记载都不过是谎言，我们还必须保守秘密，让其他人觉得神依然存在。幸好我和简可以相互依靠，如果必须独自一人面对这样的处境，我肯定会崩溃甚至疯狂。

当我们距离地球还有一年左右行程的时候，在某次喝下午茶时，简用平板电脑向我展示了一幅罗马的图片。那是一座广场，我以为她想要去罗马旅游，就说我们都很喜欢《罗马假日》那部电影，回到地球之后可以一起去罗马看看。她笑着摇了摇头，指了指图片角落里的一座雕像。

我放大认真看了一下，那是鲜花广场上的焦尔达诺·布鲁诺雕像。我心里一沉，有些担心地看向简。简笑了笑，用食指点了一下自己的鼻子，又点了点自己的心，然后点了点自己的嘴。

经过二十几年的相处，我对简的理解已经到了不需要太多语言的程度。我立刻明白她下定了决心，即使白白死去，也要试一试说出真相。我想了想，先伸出食指点了一下简的鼻子，然后握成拳头,放在我自己的心口,轻轻击打了一下,最后又伸出食指,点了一下我自己的鼻子。

——你相信我,我有办法。

简也立刻明白了我的意思。

简笑了,也用食指点了一下自己的鼻子,然后用拳头轻轻击打了一下她的心口,再用食指点了一下我的鼻子——我相信你。

那时的我其实还没想出具体的办法,但是我也并非在欺骗简。我确实认为我已经想到了一个能够说出真相的计划,只是还无法用语言把它说清楚。回到地球之后,我终于想出并实施了一个方案,现在这封公开信,就是这个方案的产物。

回到地球之后,我和简维持着"星空一号"上建立的特殊关系,即使一方在热恋中,或者工作异常繁忙,或者身处距离遥远的两地,我们也从来都没有失去这种精神上的连接。无论是有了什么特别的体验,或者心里多了点感悟,或者只是出去散步时看到一扇光影斑驳的木质大门,我们都会第一时间向对方倾诉,就好像在飞船上一样,就好像这个世界依然狭小,可以交流的只有我们两个人。

我一直记着对简的承诺,简也对我充满了信心。我想这种相互的信任,让我们可以更容易面对自己对人类隐瞒了真相这个问题。它本来可能成为一个足以压垮我和简的重负,毕竟它确实压垮了"星空二号"的两名成员——他们在回到地球的五年内就相继死去了。然而简相信我,我相信简对我的信任,这样我们就可以为了未来某一天能够向人类说出真相而活着。

这种循环的相互信任似乎是完全不合逻辑的,但是只要人与人的关系中有着某种真正的爱，就会有着这样不合逻辑的相互信任。我相信对方，对方因为我的相信而更加相信自己。对方也相信我，我也因为对方的相信而更加相信自己。当然，我和简在如何向人类说出真相这件事上的相互信任更加不可思议，不过结局恰恰证明了这种信任是正确的。

下面就到了揭开最关键的谜底的时刻，这个谜底的揭开也将会决定您是把我在这里所说的一切当成我的幻想，还是当作一个客观的事实。

到目前为止，我一直让您觉得只有一个我。对我来说，这是很自然的陈述方式。但实际上，您在现实中会遇到两个有着不同躯体的我。为了清晰起见，我将用第三人称来描述一下这两个我。其中一个是肉身之我，我称之为原，因为那是原本的我。另一个是数字之我，我称之为老十，用来纪念在"星空一号"上陪伴了我二十四年的老九。

当原结束了"星空一号"的旅程，回到地球五年之后，他才想出了一个简单但很可能成功的方案，就是让老十通过深度学习原的脑电波，成为原的生物大脑的一个精准的数字复制品。这样当老十的数字大脑和原的生物大脑变得足够相似时，原不用直接说出星空的秘密，老十就可以自然而然地知道原在自己的生物大脑中储存的一切秘密。

这个学习的过程经历了十二年。老十的数字大脑终于通过了检验——老十可以清晰地描述许许多多只有原一个人知道且从来没有说出来过的秘密。

为了稳妥起见，在检验老十的数字大脑时，原没有要求老十说出星空的秘密。原担心一旦说出来，就可能会引起自己的大脑甚至老十的数字大脑的毁灭。我们根本无法想象数字人类的纳米机械是如何运作的，它也许同样被老十学习到了自己的数字大脑中，生成了数字纳米机械，而且在那里依然能够运作。真相的揭开需要一个最合适的时刻。

为了等待这个时刻，一下就过去了三年。原慢慢意识到他只是在拖延，因为他知道一旦公布真相，自己和简都会死去。

老十的运算速度比人类快上亿万倍，即使纳米机械数字化之后依然能运行，老十也能在自己被毁灭之前写完这篇文章，并上传到互联网的每个角落。这时原很可能也会立刻死去，但这并不是坏事，原的死亡会令大家更相信老十的话。

如果原侥幸没有死，新闻界自然会向他追问老十的文章是否真实。这时，如果原选择否认，那么老十的话就不会有人相信，只会觉得那是数字大脑产生的幻想。如果原选择承认老十的话是真的，那么原就会在说出这句认可的话之前死去。

对原来说这也没什么，他已经做好了死亡的准备。但是，新闻界也会去追问简同样的问题。按照简的性格，她肯定不会否认老十的话，让原的死亡白白浪费，而是同样会选择死亡，来让人类得知那个被星空遮蔽的秘密。

原可以让自己死去，他也知道简同样不畏惧死亡，两人都觉得让人类知道真相比自己的生死更加重要。然而原依然想要简好好地活着。人类就是如此自相矛盾的一种生物，在最关键的时刻，理性会让位于感情。

就这样拖了三年。直到昨天，简和原约好一起喝下午茶。

现在他们很久才有机会见一次面，不过这也让他们更加期待这难得一次的相会。这时的简和原的年纪加在一起有一百四十七岁，但因为两人一起经历着衰老，精神上反而更加亲密。

这次两人聊了很久，喝完下午茶之后又一起吃晚餐，晚餐过后还一起散步。临别的时候，简站起来伸出双手，扶住了原的头，踮起脚，用她的鼻尖轻轻触碰了一下原的鼻尖，轻声说："原，我确诊了晚期肺癌，活不了很久了。这辈子能遇到你，是我最大的幸运。"说到这里，简顿了顿，从随身的手提袋里拿出一幅不大的画，继续对原说，"我终于画出了我心中的星空，送给你，不要忘了它。"

梵高的星空充满了激越，简的星空却充满了温柔。梵高的星空是流动的，简的星空却是静谧的。然而两人的星空都有着一种力量，让人可以好好活着，不再畏惧死亡。因为畏惧死亡而换得的额外生命，只是毫无意义的延续。当我们拥有了面对死亡的勇气，才有可能找到星空存在的意义。在看到这幅画的那一瞬间，原这些年来因为星空消失而产生的困扰忽然烟消云散，仿佛从未存在过。

简把画递给原，伸出食指，指了一下天上，再指一下画，摇了摇头，然后指了一下自己的心脏，又指了一下原的心脏，再指一下画，点了点头。原立刻明白了她的意思——天上的星空没有了，但在你我心中依然有着一片星空。

随后，简用食指点了一下自己的鼻子，接着用拳头轻轻击打了一下她的心口，再用食指点了一下原的鼻子——我相信你。

原的手里拿着画，身子纹丝不动。他清晰地感受到，简没有误解他这三年的等待。此刻,他的一切苦衷都被温柔地理解,他的一切心意都被彻底地接收。他艰难地用尽全身力气握紧了右拳,放在自己的心口,久久没有移开。他在告诉简,自己将会遵守在"星空一号"上许下的诺言。

就这样,原和简两个人都做好了死亡的准备。老十,也就是我,才会在今天得到原的许可,写出这篇文章,并把它放到互联网上,让您看到。

当您看到这篇文章时,请务必广为传播,人类应该知道真相。如果您不相信我说的话,我也非常理解,到底我只是一个数字大脑,我所说的并非我这个数字大脑的亲身经历,因此它可能只是我的幻想。但是,请您尽力支持人类继续向着星空探索,继续建造"星空三号""星空四号""星空五号"……这样的话,如果我是正确的,至少数字人类可以了解到我们想要知道真相的决心。即使我是错误的,人类只要一直探索不息,终有一天能够理解星空的秘密。

如果您读到了此处,我想要向您冒昧提出一个小小的请求。如果此刻原和简依然活着,请不要追问他们星空的秘密。给他们一个机会相互陪伴,安静地度过生命中最后的日子。虽然我只是一个数字大脑,但我也懂得这样一个道理——人与人之间的温情,远远比一切星空的秘密更加值得我们好好珍惜。